Rosi Nieder

Es kribbelt so schön

edition winterwork

Bibliografische Informationen der Deutschen Nationalbibliothek:
Die Deutsche Nationalbibliothek verzeichnet diese Publikation in der Deutschen Nationalbibliographie. Detaillierte bibliographische Daten im Internet über http://www.d-nb.de abrufbar.

Impressum

Rosi Nieder, »Es kribbelt so schön«
www.edition-winterwork.de

Satz: Rosi Nieder
Umschlag: edition winterwork
Druck und Bindung: winterwork Borsdorf

ISBN 978-3-943048-73-5

Es kribbelt so schön

Marlene, die Maikäfer und die Männer

Roman

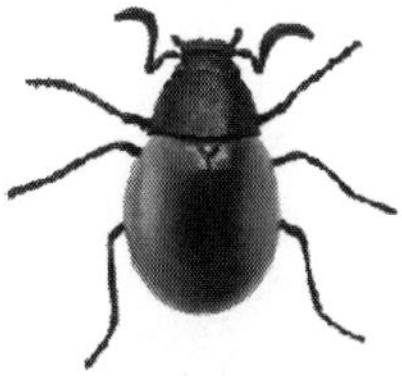

Rosi Nieder

edition winterwork

Marlene

Als Mädchen vom Land lernt sie zuerst die Maikäfer und nach und nach auch die Männer kennen. Und auch das Gefühl, das dieses merkwürdige Kribbeln verursacht. Das Kribbeln der Maikäfer auf der Haut und das Kribbeln im Bauch, das sich so ähnlich anfühlt und doch so vieles mehr beinhaltet.

Marlene verkörpert eine Frau, deren Lebensweg – wie bei den meisten Menschen - stark geprägt wird von der Liebe. Die als Kind im beschützten Umfeld einer Eifeler Bauernfamilie aufwächst, in ihrer Jugendzeit in den wilden 60-ern die sexuelle Revolution kennen lernt, die nach einem emanzipierten Leben und beruflichem Aufstieg strebt, dabei aber trotzdem liebend gerne die konventionelle Rolle einer Ehefrau und Mutter einnehmen würde. Dass ihr Lebensweg nicht so gerade verläuft, wie sie es sich vorgestellt hat, daran sind Männer schuld.

Marlene lernt die Höhen und Tiefen der Liebe kennen und erlebt, wie sehr die ganz normale Anziehungskraft zwischen Geschlechtern ein Leben lang Einfluss auf das Gefühlsleben und alles andere rundum nehmen kann.

In ihren Erzählungen über ihr Liebesleben spielt aber auch ihr zum Teil inniges, aber nicht immer konfliktfreies Verhältnis zu ihrer Familie und zu ihrer Heimat eine wichtige Rolle. Und natürlich die Maikäfer, die auch in ihrem gesetzten Alter von 65 Jahren zwar seltener herum schwirren und kribbeln, aber immer noch nicht ausgerottet sind.

Maikäfer (Melolontha melolontha)

Einst gefürchtete Schädlinge, galten Ende des 20. Jahrhunderts fast als ausgerottet. Weil sie an Pflanzen große Schäden anrichten können und es früher regelrechte Maikäferplagen gab, wurden sie in den 60-er und 70-er Jahren massiv mit chemischen Mitteln bekämpft. Heute sieht man sie eher selten. Größere Vorkommen werden nur aus einigen Gegenden gemeldet.

Maikäfer sind Insekten und gehören zu den Blatthornkäfern. Sie werden 2-3 cm lang, haben sechs Beine, rotbraune Flügel, darunter zwei dünne Hautflügel, ein schwarzes Halsschild und Zickzackmuster an den Seiten. Manche weisen auch Behaarung auf.

Die Enden ihrer Fühler bestehen aus kleinen Blättchen, die wie ein Fächer gespalten sind. Die Fühler der Männchen haben je sieben Blättchen, die der Weibchen sechs.

Maikäfer haben eine Lebensdauer von 4 – 6 Wochen. Männchen sterben nach der Begattung, Weibchen nach der Eiablage. Die Weibchen legen die Eier in eine Bodengrube. Nach 4-6 Wochen schlüpfen die Larven (Engerlinge) aus. Sie ernähren sich von Pflanzenwurzeln. Nach 3-4 Jahren verpuppen sie sich, überwintern in der Erde und kommen im Frühjahr als Maikäfer an die Oberfläche.

Männer (Homo sapiens malus)

Die menschliche Spezies mit ausgeprägter Muskulatur, tiefer Stimme, breiten Schultern, Bartwuchs und Körperbehaarung. Ausgestattet mit primären Geschlechtsmerkmalen im Lendenbereich, einem Hang zum Jagen (was erklärt, dass Männer so gerne Frauen oder aber kollektiv Fußbällen hinterherlaufen), zur Selbstüberschätzung (immer noch gibt es so einige Macho-Exemplare und viel zu viele Männer in Chefetagen) und zum Angeben (mein Haus, mein Boot, meine Kreditkarte). Es wird ihnen nachgesagt, über wenig emotionale Intelligenz zu verfügen, wehleidig zu sein, wenig zu reden (zumindest zu Hause) und nur bedingt zuhören zu können.

Bis Mitte des letzten Jahrhunderts wurden Männern in Mitteleuropa sämtliche Vorrechte zugestanden. Sie waren die Bestimmer in der Familie (durften ihren Frauen die Berufstätigkeit verbieten), in Unternehmen und in der Politik. Erst nach der Einführung des Gesetzes über die Gleichberechtigung 1958 war ein stetiger Abbau des männlichen Dominierens zu beobachten. In den Zeiten, in denen Maikäfer mit chemischen Mitteln in Zaum gehalten wurden, mussten sich die Männer zunehmend einer massiven Emanzipation der Frauen beugen.

Obwohl Männer heute im Schnitt immer noch etwa 20 % mehr verdienen als Frauen, hat ihre Vormachtstellung stark abgenommen. Seit Frauen studieren, Berufe ausüben und politisch mehr Mitspracherechte beanspruchen, pochen sie auch auf ihre Gleichbehandlung und auf männliche Mithilfe in Familie, Haushalt und Kindererziehung.

Männer haben ein höheres Renteneintrittsalter, aber eine geringere Lebenserwartung. Die Rituale der Fortpflanzung haben sich im Laufe der Evolution zwar nicht verändert, werden aber heute nicht mehr von den Männern dominiert, vielmehr von beiden Geschlechtern gleichermaßen lustvoll erlebt.

Schmetterlinge im Bauch. Kaum ein Liebesroman, eine Seifenoper oder ein Teenager kommt ohne diese Redewendung aus. Ich weiß, von welchem Gefühl die Rede ist. Aber bei mir waren es nie Schmetterlinge, die flatterten. Bei mir krabbelten Maikäfer. Ja, solche Maikäfer, wie man sie heute gar nicht mehr so oft zu sehen bekommt.

Als sich die besagte Empfindung bei mir zum ersten Mal einstellte, da flogen sie noch, die Schornsteinfeger, die Müller, die Bäcker und wie wir Kinder sie sonst noch so bezeichneten. Sie flogen gegen Abend in den Maitagen, wenn Apfel-, Birn- und Zwetschgenbäume blühten, wenn es wärmer wurde und wir Kinder schon in Kniestrümpfen herumlaufen durften. Im Halbdunkel rannten wir dann über die Wiesen, in einer Hand Vaters alte Mütze, in der anderen Hand eine Dose, in dessen Deckel wir vor- und fürsorglich mit Hammer und Nagel Luftlöcher geschlagen und die wir mit frischen grünen Blättern bestückt hatten. Wir jagten sie, fingen sie ein oder schüttelten sie von den Bäumen.

Zu Hause ließen wir die Maikäfer auch schon mal über unsere Hände und Arme krabbeln und kicherten, wenn es kribbelte und kitzelte. Dass man ein ähnliches Gefühl jedoch auch in seinem Bauch oder gar im ganzen Körper verspüren kann, wusste ich damals noch nicht. Ein Gefühl, das das Herz höher schlagen lässt, das erregt, aufwühlt, betört, verzaubert und eine tiefe Sehnsucht nach einem ganz bestimmten Menschen auslöst, der Anlass für das Ganze ist.

Zum ersten Mal spürte ich ein solches Kribbeln kurz vor meiner Kommunionfeier. Ich weiß es noch so genau, weil ich zu dieser Zeit anfing, heimlich Tagebücher zu schreiben. Anfangs schrieb ich in einfache Hefte, wie ich sie für die Schule brauchte. Mutter sagte manchmal „Was, schon wieder ein neues Heft?“, wenn ich sie um Geld bat. Sie konnte ja nicht wissen, dass ich für die Tagebuchschreiberei fast genauso viele Hefte benötigte wie für die Schule. Ich war im dritten Schuljahr und konnte schon so gut lesen, dass ich sämtliche Kinderbücher aus der Bücherei mindestens schon zweimal gelesen hatte. Erst am Palmsonntag hatte ich mir drei Stück ausgeliehen, obwohl wegen der Vorbereitungen zur Kommunion nicht viel Zeit zum Schmökern blieb.

Angefangen hat es mit der Kribbelei am Dienstag in der Karwoche. Das heißt, eigentlich erst an dem Mittwoch danach. Dienstags gab es bei uns zu Hause nämlich große Aufregung. Wir bekamen einen Traktor!

Ich muss ein wenig ausholen, schließlich kann sich nicht jeder in die Lage eines kleinen Mädchens hineinversetzen, dass in den 50-er Jahren des letzten Jahrhunderts auf dem Land aufwuchs.

Meine Familie lebte auf einem Bauernhof in einem kleinen Dorf in der Eifel. Neben unserem Haus gab es einen Kuhstall, einen Schweinestall und eine Scheune, in der wir Kinder gerne im Heu herumtobten oder uns beim Versteckspielen unter frisch gemähtem Gras versteckten. Ein Traktor – das muss ich erklärend dazu sagen – war damals nicht irgendein landwirtschaftliches Gefährt, das in jedem Hof herum stand. Ein Traktor war eine Neuheit, eine ungeheure Arbeitserleichterung, eine Sensation. Aber auch ein Objekt, für das sich sein Besitzer auf Jahre hin verschuldete. Ein Traktor stand für Fortschritt, Umwälzung, Wirtschaftswunder. Und wir waren die Glücklichen, die so ein Ungetüm, so einen ‚Bulldog' bekamen. Natürlich waren wir aufgeregt, aber das war noch nicht das Kribbeln. Das merkte ich erst später.

Als wir an diesem Tag ein unverkennbares lautes Tuckern hörten und meine Eltern mit dem teuren Gefährt in den Hof fuhren, hatte ich gerade mit meiner Oma beichten geübt. Sorgfältig hatte ich meine Sünden auswendig gelernt und Oma hatte den Herrn Pastor gespielt. „Gelobt sei Jesus Christus" musste ich sagen und sie hatte geantwortet: „in Ewigkeit amen." Und dann konnte ich loslegen: „In Demut und Reue bekenne ich meine Sünden: Ich habe meinen Eltern nicht gehorcht, ich habe gelogen, ich war trotzig, ich habe mit meinen Geschwistern gestritten, ich war unmäßig im Essen."

Eigentlich aß ich nicht wirklich viel, zumindest nicht so, dass man es unmäßig hätte nennen können. Aber Oma meinte, man müsse das so ausdrücken, wenn man genascht hatte aus dem Glas, in dem alle Bonbons und Süßigkeiten über die ganze Fastenzeit hinweg aufgespart wurden. Nein, wenn auch meine Brüder Otmar und Gerd viel weniger als ich ihre Finger und ihre Gier im Griff hatten und mein Einmachglas in der Regel an Ostern viel mehr beinhaltete als die meiner Brüder, ich hatte nun mal genascht und ich musste es beichten.

Auch die Tatsache, dass ich ständig zu hören bekam: „Sei nicht so bockig", wenn ich einfach nur eine andere Meinung hatte, als die Erwachsenen, musste ich im Beichtstuhl in andere Worte kleiden. Und ich sollte meinen Trotz tunlichst bereuen. Ich war nämlich ein Kommunionkind und ich wollte doch rein sein für Gott. Eine Menge Heiligenbildchen hatte ich in dieser Zeit gesammelt und manchmal ging ich sogar einfach so in die Kirche und betete. Neben den Besuchen der Sonntags- und Werktagsmesse, des Beicht- und Kommunionunterrichts und der Kreuzwegandachten in der Fastenzeit. Ich betete, dass ich ein frommes Kind würde, dass Omas offenes Bein heilte, dass meine Brüder mich nicht immer ärgerten, dass ich die Rote Bete nicht essen musste, weil ich mich davor so sehr ekelte, und dass am Kommuniontag gutes Wetter sein sollte.

Ich freute mich schon so sehr darauf, mein schönes weißes Kommunionkleid zu tragen, das mir Mutter in der Kreisstadt gekauft hatte. Mit Petticoat. Und dazu ein Kränzchen für auf den Kopf und ein Beutelchen für das Taschentuch. Oh Mann, war ich stolz.

Kaum hatte an besagtem Dienstag der neue grasgrüne Traktor draußen im Hof aufgehört zu tuckern, da standen auch schon sämtliche Nachbarn drum herum. Natürlich lief auch ich ganz schnell nach draußen, obwohl ich mit meiner Beichtübung noch gar nicht fertig war und das letzte „Gelobt sei Jesus Christus" noch gar nicht gesprochen war. Auch Oma erhob sich aus ihrem Lehnstuhl, kam mir aber so schnell nicht hinterher wegen ihres wehen Beines. Das umwickelte sie immer gut mit Binden und streifte darüber einen dicken braunen Strumpf, der am Oberschenkel mit einem schwarzen Gummi festgehalten wurde.

Otmar und Gerd, meine Brüder, standen mit staunenden Augen im Hof. Zusammen mit ihren Freunden, mit denen sie gerade Verstecken gespielt hatten. Otmar hatte noch Heu in den Haaren hängen, hatte sich bestimmt auf dem Heuboden versteckt.

„Dunnerwedder" äußerte Nachbar Kloos und nickte anerkennend, vielleicht auch ein bisschen neidisch.

„Mättes, dän lo wollt ich aber net bezahlen" sagte Pitter von gegenüber und Onkel Christoph, der Vater von meiner Freundin Uschi, fummelte bereits an sämtlichen Knöpfen herum und machte Anstalten, das Ungetüm einmal kurz zu besteigen. Vater strahlte. Er war so stolz mit seinem nagelneuen Traktor, der dritte jetzt im Dorf. Mutter strahlte auch. Allerdings, kürzlich hatte ich noch gehört, wie sie zu Vater gesagt hatte:

„Wenn wir ihn nur schon gut bezahlt hätten. Ich drehe ja schon jede Mark dreimal rum, aber jetzt kommt die Kommunion und die Kinder brauchen schon wieder neue Schuhe… Ach Mättes, eigentlich können wir uns so einen Traktor gar nicht leisten."

Otmar und Gerd kletterten auf die Beifahrersitze.

„Komm Vatter, lass uns eine Runde fahren. Bitte!"

„Oh ja bitte", rief ich. Ich wollte auch mit.

„Lass die Marlene sitzen" sagte Vater zu Otmar. Otmar war schon groß und er konnte hinten auf der Ackerschiene stehen während unserer Probefahrt. Und dann tuckerten wir los. Das war ein Gefühl, auf so einem Traktor zu sitzen! Ganz anders als auf dem Wagen hinter dem Kuhgespann. Alle Leute im Dorf schauten uns nach. Manche von ihrer Arbeit im Hof aus, andere heimlich hinter den Gardinen. Manche mit anerkennenden Blicken, andere mit unverhohlenem Spott ob solch modernem Zeugs. Vermutlich spürte Vater damals schon mehr von der allzu menschlichen Eigenschaft Neid, von der ich als Kind nur ansatzweise etwas wusste.

Er lenkte den Traktor bis zu unserer großen Wiese mit den vielen Apfelbäumen. Weil er noch nicht so geübt war im Traktorfahren, blieb er beinahe im nassen Gras stecken, als er drehen wollte und zurücksetzte. Auf der Dorfstraße genossen meine Brüder und ich, und vermutlich mein Vater ganz besonders, dann wieder die vielen erstaunten Blicke, die uns von allen Seiten her neugierig zugeworfen wurden.

„Der Mättes hat en neuen Bulldog“ würden sie jetzt sagen und vielleicht würde auch der ein oder andere, wie ich es kürzlich in der Familie meiner Schulkollegin Magda gehört hatte, hinter vorgehaltener Hand tuscheln: „Die sein gääkisch, su en deyer neymodisch Maschien!“ (die sind verrückt, solch eine teure neuartige Maschine!).

Ich war jedenfalls froh, dass mein Vater so neumodisch war. Auch wenn er sich manchmal deswegen mit Opa in die Wolle bekam, der immer sagte: „Wir waren früher froh, wenn wir was zum Essen hatten und du schmeißt das Geld zum Fenster raus.“ Wenn Otmar im Radio Schlager hören wollte, dann schimpfte Opa über die „gääkisch Musik“. Er hörte lieber richtige Marschmusik, so wie sie von Vaters alter Schallplatte ertönte, die er manchmal auf seinem Grammophon hörte. Das Grammophon hatte einen Ehrenplatz in der guten Stube, die wir nur an Weihnachten, Ostern und an der Kirmes benutzten. Im Winter über war es kalt dort, deshalb konnte Mutter dort auch den guten Kuchen aufheben, den sie samstags immer für den Sonntag backte. Aber zu meiner Kommunion, dann würde in der guten Stube der Tisch gedeckt und alle Verwandten würden kommen. Ich freute mich schon.

Als Vater mit dem Traktor in die Seitenstraße abbog, die zu unserem Hof führte, musste er abbremsen, weil eine Kuh mitten auf der Straße trottete. Der rothaarige Günter aus meiner

Schulklasse und dessen Vater trieben eine ihrer Kühe zu dem Gehöft unseres Nachbarn, der den Gemeindestier hielt. Den Weg dorthin mussten wir mit dem Traktor im ersten Gang hinter der Kuh her tuckern, die prompt zweimal riesige, ziemlich weiche Kuhfladen fallen ließ. Günter, der gerade mit staunenden Augen unseren Traktor beguckt hatte, bekam ein paar ordentliche Spritzer davon ab. Meine Brüder krümmten sich vor Lachen, aber mir tat Günter richtig leid. Er war einer der wenigen netten Jungen in unserem Schuljahr. Die meisten waren ziemlich doof. Ich konnte, nachdem ich in unserem Hof angelangt von dem neuen Traktor heruntergeklettert war, nur kurz einen gründlichen Blick auf Günters kuhfladenverschmierte Hose und auf sein nettes Grübchengesicht werfen. Denn wie immer, wenn beim Nachbarn eine Kuh zum Gemeindebullen geführt wurde, schickte man mich ins Haus, während sich ein merkwürdiges Grinsen auf den Gesichtern meiner Brüder breitmachte.

„Ist nichts für kleine Mädchen“ konnte sich Gerd nicht verkneifen, mir hinterher zu rufen. Ich hatte zu der Zeit keine Ahnung, was es mit den eigenartigen Kuhbesuchen auf sich hatte. Nur ein einziges Mal hatte ich einen Blick durch Tante Franziskas Schlafzimmerfenster auf die Rindviecher erhaschen können. Ich weiß noch, dass ich damals nicht verstehen konnte, wieso man mich ins Haus schickte, nur weil der Stier mit der Kuh ein paar Turnübungen machte und seine Vorderbeine auf ihren Rücken stellte. An dem Tag machte ich mir auch keine Gedanken mehr darüber, höchstens noch darüber, ob Günter, „Dä Ruden“ (der Rote), wie meine Brüder ihn oft spöttelnd nannten, nun den ganzen Tag in der mit Kuhscheiße verkleckerten Hose herumlaufen müsse. Zu dem Mitleid mit ihm gesellte sich noch eine andere Empfindung. Eine, die ich damals noch nicht definieren konnte.

Am nächsten Tag wurde bei uns ein Schwein geschlachtet. Ich aß zwar gerne frische Blutwurst und einen guten Braten, mochte aber diese Schlachterei überhaupt nicht. Während meine Brüder das Ganze aus nächster Nähe verfolgten, lenkte ich mich im Haus mit Lesen oder Topflappen-Häkeln ab, bis endlich das geschlachtete Tier an einer Leiter hing, die gegen das Scheunentor gelehnt wurde. Ab diesem Zeitpunkt mussten Gerd und Otmar dort abwechselnd Wache stehen, um Katzen und Hunde abzuhalten oder sogar erste Mücken.

Wir hatten Osterferien und brauchten nicht zur Schule und ich wusste genau, dass ein, zwei Stunden später auch ich dort stehen müsste, weil meine Brüder keine Lust mehr hatten. Jungen! Bei solchen Sachen wie Klappern gehen, Rollschuh fahren oder Fußball spielen, durften wir Mädchen nicht mitmachen. Wenn es aber ums Arbeiten ging, dann hieß es: „die Marlene kann auch mal was machen." Phh, was mussten sie schon arbeiten? Einen Korb Holz im Schuppen holen, in der Scheune helfen oder im Sommer draußen auf dem Feld. Das hätte ich auch noch lieber gemacht als beim Melken den Kühen den Schwanz festzuhalten oder mindestens zweimal am Tag mit dem Küchentuch zum Geschirrabtrocknen abkommandiert zu werden. Dabei hatte doch Tante Franziska, die wie Tante Agnes auch in unserem Haus wohnte, genug Zeit für solche Tätigkeiten.

Tante Agnes war kränklich. Das einzige, was sie machen konnte, war Nähen, Stricken, Häkeln und Bügeln. Sie strickte, ähnlich wie meine Oma, meistens Strümpfe, die furchtbar juckten. Lange Strümpfe für den Winter und Kniestrümpfe für den Sommer, immer in den gedeckten Farben grau, braun oder dunkelblau. Ich mochte viel lieber gekaufte Kniestrümpfe oder welche aus dem Quelle-Katalog, aus dem ich sie mir selbst aussuchen konnte. Aber dafür hatten meine Eltern nicht immer Geld, also musste ich die gestrickten von Tante Agnes anziehen. Tante Agnes, gab ganz oft Laute von sich wie „Oh je!" oder sie ließ ganz lange und intensiv Luft durch ihre Nasenlöcher ein- und ausströmen, was so viel hieß, dass es ihr mal wieder nicht gut ging. Dann erhob sie schwerfällig ihren äußerst rundlichen Körper, watschelte zum Küchenschrank und nahm eine Tablette aus der

Packung, die sie in der im oberstem Regal stehenden selten benutzten Kaffeetasse versteckte, damit Oma oder Tante Franziska sie nicht fanden. Daneben stand mein Tetravitol. Eine Saft, der mich dünnes und schmächtiges Kind etwas auf Vordermann bringen sollte. Jeden Tag musste ich einen Löffel davon nehmen. Immerhin schmeckte das Zeug besser, als der grässliche Lebertran, den meine Freundin Uschi schlucken musste.

Über Nacht wurde das geschlachtete Schwein mit der Leiter in den Schuppen gestellt und am nächsten Tag kam der Schlachter und machte ‚klein'. Mutter und Tante Franziska versorgten die Fleischstücke. Zwischen den beiden gab es oft Zoff, weil Tante Franziska immer etwas an Mutter herumzumeckern hatte. Und dann flogen nicht nur böse Worte, sondern hier und da auch schon mal Spüllappen durch die Gegend.

An dem Tag waren sie friedlich, aber dafür waren meine Brüder in Streitlaune. In einem großen Kessel schwammen jede Menge Fleischstücke, der Schweinekopf, die Füße und das Schwänzchen. Mutter rührte in der Brühe herum und es duftete schon herrlich. Tante Franziska briet eine ganze Menge Fleisch auf dem Herd und machte es in Gläser ein. Als das Fleisch in dem großen Kessel gar war, durften wir Kinder abwechselnd den Fleischwolf drehen und dabei zwischendurch ein paar Fleischreste in den Mund stecken und die Knochen ablecken. Schon gab es wieder Streit darum, wer drehen durfte. Als Kommunionkind durfte ich nicht streiten, sonst hätte ich meiner Sündensammlung noch eine hinzufügen müssen. Ich hielt mich also auch zurück, als sich Otmar und Gerd darum rauften, wer das Schwänzchen ablecken durfte. Mutter schimpfte und vermittelte. Wenn Gerd das Schwänzchen bekam, dann durfte Otmar dafür mit Vater auf dem Traktor fahren.

„Marlene, hier bring die Fleischbrühe zu Bayers" bat mich Mutter wenig später und überreichte mir ein mit Brühe aus dem Kessel gefülltes Aluminiumeimerchen. „Und sag ihnen, morgen bringst du noch eine Wurst." Es war üblich, dass man von einem

Schlachtfest den Nachbarn etwas abgab. Ich musste sehr vorsichtig gehen, denn die Brühe schwappte bei jedem Schritt ein wenig über den Rand. Auf dem Rückweg begegnete mir meine Freundin Uschi. „He Marlene, hast du den Kommunionunterricht vergessen?“ fragte sie

Ach Mist, daran hatte ich gar nicht mehr gedacht. Schnell rannte ich nach Hause, band mir anstelle der abgetragenen Schürze für nachmittags meine gute Schulschürze um, schnappte mir mein Religionsbuch und flitzte in Richtung Pfarrhaus. Als meine Mutter aus dem Schuppen rief „Du kannst dem Herrn Pastor auch Fleischbrühe mitnehmen“ tat ich einfach so, als ob ich es nicht gehört hätte. Sollte es doch einer meiner Brüder machen. Gleichzeitig jedoch drückte mich mein schlechtes Gewissen und ich überlegte, ob ich das nun auch noch beichten müsse.

In dem Raum für Gelegenheiten wie Messdienerunterricht, Beicht- und Kommunionunterricht und auch Gruppenstunden für etwas größere Kinder saßen schon alle Kommunionkinder auf ihren Stühlen, als ich keuchend dort angehastet kam. Hedwig und Magda aus meinem Schuljahr, die manchmal meine Freundinnen waren und manchmal eher das Gegenteil, schauten mich ein wenig spöttisch an.

„Na, habt ihr einen neuen Traktor?“ sagte Hedwig. „Aber der ist längst nicht so stark wie unserer! Unserer hat viel mehr PS, hat mein Vater gesagt!“

Es wäre mir lieber gewesen, der Herr Pastor wäre schon gekommen, denn Magda spielte den Ball weiter: „Und so ein grüner ist auch nicht so schön wie ein roter.“

„Aber ihr habt ja gar keinen, also lass Marlene in Ruhe“ verteidigte mich Uschi. Die Jungens aus unserem Schuljahr begannen, sich gegenseitig Papierschnipsel an den Kopf zu werfen. Nur Günter nicht. Er setzte sein süßestes Lächeln auf und sprach so gelassen wie irgendein Erwachsener die Worte, die mir runter gingen wie Limonade: „Marlene kann aber viel besser lesen als ihr.“ Ich merkte, dass ich einen ganz roten Kopf bekam und traute mich gar nicht, Günter noch einmal anzuschauen, damit das Rot seiner Haare und seiner Sommersprossen nicht noch mehr auf mich überging.

Zum Glück hatte gerade eines der Papierkügelchen Hedwig getroffen, die daraufhin wütend aufstand und ihre Hand zum Schlag ausholte. Ein kleiner Tumult entstand, und wäre nicht in diesem Moment die Tür aufgegangen und der Herr Pastor hineingekommen, dann hätten wir vermutlich alle noch ein paar Sünden mehr zu beichten gehabt.

Auf jeden Fall war es wirklich passiert. Ich hatte mich verknallt. Zum ersten Mal. Es war ja erst April und von Maikäfern war noch lange nichts in Sicht, aber irgendwie fühlte es sich an, als ob diese niedlichen Maikäfer an mir herum krabbelten. Es kribbelte auf meinen Armen, auf meinen Beinen, überall. Von dem Kommunionunterricht bekam ich an diesem Tag nicht viel mit. Immer wieder musste ich meine Blicke auf Günters leuchtenden Rotschopf, seine Sommersprossen übersäte Stupsnase und seine süßen Grübchen werfen.

Am Gründonnerstag nach dem Abendmahl flogen die Glocken nach Rom, wie man uns Kindern weismachen wollte, und anstatt des Glockengeläutes wurde geklappert. Otmar und Gerd kamen sich furchtbar wichtig vor, als sie zusammen mit den anderen Jungens, unter ihnen auch Günter, dessen Rotschopf aus der Gruppe heraus leuchtete, mit umgehängten Klappern durch das Dorf liefen und immer riefen: „Et leit Bätklook“ oder so ähnlich. Natürlich hätte ich furchtbar gerne mitgeklappert. Allein schon, um möglicherweise kurze Zeit neben Günter herzulaufen. Aber Klappern war Jungensache. Wir Mädchen hatten dabei nichts zu suchen.

Am letzten Tag ihrer Klapperaktion gingen die Jungs mit großen Weidenkörben durch das Dorf und sammelten in jedem Haus Eier. Sozusagen der Lohn für ihre Klapperei. Die Eier wurden aufgeteilt und jeder Junge bekam seine Ostereier, meistens aber ungefärbte.

Fürs Eierfärben und solche Arbeiten war bei uns im Haus Tante Franziska zuständig. Sie backte einen schön gespritzten Cremekuchen für Ostersonntag, sie kochte jede Menge Eier hart und dann durfte ich helfen, sie zu färben und anschließend mit einer Speckschwarte schön glänzend zu reiben. Zwei beim Kochen geplatzte Eier durften meine Brüder schon ungefärbt essen. Sie waren immer hungrig und Oma sagte oft: „sie fressen uns noch die Haare vom Kopf." Im letzten Jahr hatte Otmar, der dreieinhalb Jahre älter war als ich, am Ostersonntag acht Ostereier verdrückt. An einem einzigen Tag! Ich glaube, dann hätte ich längst kotzen müssen.

Ich freute mich auf Ostern. Dann roch alles so schön nach Frühling. Dann standen die Hafernester auf dem Tisch in der guten Stube, die mit bunten Ostereiern und kleinen Zuckereiern gefüllt wurden. Und in der Mitte stand jedes Jahr unser Osterhase aus Keramik. Die Vorderläufe in die Luft gestreckt, eine „Hott" auf dem Rücken, in die ganz kleine Zuckereier gefüllt waren. Ich stellte mein Sträußchen mit Gänseblümchen dazu, das ich gepflückt hatte, genoss den Anblick und dachte an Günter.

Am Abend vor Ostern waren wir alle in der Kirche, außer Tante Agnes, die mal wieder mit der Gicht und Rheuma geplagt war und nicht gut gehen konnte. Für mich war es aufregend, denn normalerweise gingen wir sonntags in die Kirche und nicht samstags abends spät. Es war die Osternacht. Und da durfte ich ganz lange aufbleiben und wäre in der Kirche fast eingeschlafen, weil es so furchtbar lange dauerte und weil ich ganz müde war. Nur die Tatsache, dass ich ab und zu ganz unauffällig meinen Kopf in Richtung der Jungenbänke drehte und so tat, als ob ich das Taufbecken oder die Heiligenfiguren an der Wand betrachte und dabei heimlich einen Blick auf Günter erhaschte, konnte meine Müdigkeit etwas vertreiben. Aber als endlich die Glocken wieder läuten durften und die Orgel spielte und alle Leute sangen: „Christus ist erstanden", da war das doch ein sehr schönes Gefühl.

Ganz feierlich. Noch feierlicher wurde mir zumute, als Günter zu mir rüberschaute.

Als Osteressen hatte Mutter einen riesigen Schweinebraten gemacht mit viel Soße, denn Otmar und Gerd stritten sich immer um die Soße. Dazu gab es Erbsen und Möhren und Kartoffeln. An dem großen Tisch in der Küche saßen wir alle zusammen. Oma und Opa, meine Eltern, meine Tanten und wir Kinder. Neun Leute. Ich war die Jüngste. Und die Liebste, sagte Oma immer.

Weil es Ostern war, beteten wir den Engel des Herrn anstatt wie sonst nur ein Vater unser und ein Gegrüßt seist du Maria. Ich spürte unter dem Tisch, wie meine Brüder sich während des Betens gegenseitig auf die Füße traten, weil einer von ihnen einmal meinen Fuß traf und ich beinahe aufgeschrieen hätte. Das würden sie mir büßen müssen. Während ich wie automatisch weiter die Gebete murmelte und meine Hände gefaltet auf dem Schoß hielt, überlegte ich, wie viel Bonbons oder Zuckereier ich dafür von ihnen verlangen könnte. Als Strafe.

Tante Agnes meckerte mal wieder am Essen herum und fand, dass das Fleisch zu sehr gesalzen war und Tante Franziska sagte: „Dann lass et doch stehn, du bist sowieso zu dick“. Als Opa dann auch noch meinte, dass die Kartoffeln nicht weich genug gekocht wären, sagte Vater: „Kann nicht wenigstens an Ostern mal Ruhe und Frieden sein?“ Beim Puddingessen sagte dann niemand mehr etwas.

Weil ich so ein liebes Kind war, bot ich nach dem Essen freiwillig an, beim Abtrocknen zu helfen. Mutter meinte, das brauche ich heute nicht, ich könne ruhig noch ein wenig mit Uschi draußen auf der Wiese ‚Ostereier verstecken' spielen, aber ich solle ja nicht die Nachmittagsvesper versäumen.

Uschi wohnte ein paar Ecken weiter in einem Haus, hinter dem ein großer Schuppen stand. Uschis Vater war Schreiner. Einer der wenigen Männer im Dorf, die keinen Bauernbetrieb hatten. In dem Schuppen, wo ganz viel Holz lagerte und es immer so gut roch, durften wir manchmal im Sägemehl spielen. Natürlich nicht sonntags und schon gar nicht an Ostern. Ich ging mit Uschi zu der Wiese mit den Gänseblümchen, ein paar hundert Meter vom Dorf entfernt. Jede von uns hatte ein Körbchen mit einigen Ostereiern dabei und abwechselnd versteckten und suchten wir die Eier in der Wiese und hinter den Bäumen. Leider konnte ich es nicht verhindern, dass dabei meine schönen schwarzen Lackschuhe schmutzig wurden. Als wir auf dem Rückweg ins Dorf dann auch noch die Jungen aus unserem Schuljahr trafen, schämte ich mich wegen der schmutzigen Schuhe. Aber ich sah ihn. Günter mit den Grübchen! Ich hätte ihm so gern ein Osterei geschenkt, traute mich aber nicht. Immer wieder musste ich heimlich einen Blick auf ihn werfen, auf seine lustigen Grübchen, sein kurz geschnittenes rotes Haar, seine Sommersprossen. In meinem Magen war mir, als ob sich die gegessenen Zuckereier hin und her rollten.

Samstags nach Ostern, am Tag vor dem großen Tag der Kommunion, herrschte Hochbetrieb in unserem Haus. In der Küche duftete es herrlich nach frisch gebackenem Kuchen. Tante Franziska stand mit bemehlten Händen am Tisch, rührte, knetete, spritzte Creme aus einem Spritzbeutel auf eine Torte und gab mir die Reste zum Auslecken. Mutter spülte das gute Geschirr, das nur bei solchen Festlichkeiten benutzt wurde und putzte das gute Silberbesteck. Otmar hatte die Aufgabe, den Hof zu kehren und Gerd musste auf dem Heuboden Heu rupfen. Tante Agnes bügelte in der weniger guten Stube die weißen Tischdecken und seufzte alle paar Minuten. Als Tante Franziska gerade unsere nach Essensresten bettelnde Katze Mimi hinausscheuchte und dabei einen Blick nach draußen warf um zu sehen, wie das Wetter sich entwickelte, stieß sie einen kleinen Schrei aus.

„Majusebetter, Onkel Johann kommt!“

Onkel Johann war der jüngste Bruder von Opa. Er war Pfarrer in einem Dorf im Hunsrück und entsprechend hatten alle im Haus tiefsten Respekt vor ihm.

Tante Franziska stakste so schnell sie konnte mit ihren dünnen Beinen in den Garten und holte mir ihren immer noch mit Mehl behafteten Händen die riesigen Unterhosen von der Wäscheleine sowie den Büstenhalter von Tante Agnes. Schließlich war einem geistlichen Herrn der Anblick solch weiblicher Utensilien absolut nicht zuzumuten. Aber als sie dann schnellen Schrittes auf das Haus zutrat, stieg Onkel Johann, der Herr Pastor, schon aus seinem Auto und so musste Tante Franziska die noch nicht ganz trockenen Sachen schnell unter ihrer Kittelschürze verstecken.

„Onkel Johann, wir haben gedacht, du kommst erst morgen. Musst du denn keine Messe mehr halten?"

„Das ist ja mal eine Begrüßung hier" sagte der würdige ältere Herr ruhig lächelnd.

„Ah, da ist ja das Kommunionkind". Ich stand etwas unschlüssig auf der Treppe und wie jedes Mal, wenn Onkel Johann uns besuchte, wusste ich nicht recht, ob ich „Herr Pastor" zu ihm sagen sollte oder nur „Onkel Johann". Er war ja nicht richtig mein Onkel.

„Gelobt sei Jesus Christus" sagte ich deshalb nur und er entgegnete, genauso wie unser Herr Pastor, wenn ich ihm im Dorf begegnete, mit „in Ewigkeit amen." So wie im Beichtstuhl beim Rein- und Rausgehen.

Dann erschienen Mutter, Oma und Tante Agnes vor der Haustür. Auch Vater, der in der Scheune gewerkelt hatte, ließ sich blicken, weil er das Auto gehört hatte. Leute, die ein Auto besaßen, waren zu der Zeit noch rar in unserem Dorf. Deshalb war die Ankunft eines Autos etwas ganz besonderes und sämtliche Dorfbewohner reckten die Köpfe. Noch am Vortag hatte Vater eine Bemerkung gemacht über Onkel Johann, wenn er mit seinem DK Wupptich angebraust käme… Aber Otmar meinte, von Brausen könnte man bei Onkel Johann nicht gerade reden, mit dem Traktor käme Vater ihm sicher noch locker hinterher.

Als sich dann alle auf den Weg in unsere große Küche machten, fiel plötzlich unter Tante Franziskas Kittelschürze heraus der fleischfarbene riesige Büstenhalter von Tante Agnes zu Boden. Geradewegs vor die Füße von Onkel Johann. Ich hob das noch feuchte Teil an einem Träger vom Boden auf und rief, ohne mir etwas dabei zu denken: „Tante Franziska, du hast was verloren!“ Sie drehte sich um. Den Blick von ihr werde ich nie vergessen. Ihr Gesicht wurde innerhalb weniger Sekunden so rot wie Günters Haare und vermutlich wie mein eigenes Gesicht in besagtem Kommunionunterricht. Hastig grapschte sie nach dem sündigen Unterwäscheteil und eilte in ihr Zimmer. Ich vermutete, dass sie erst einmal ein paar Gesetze vom Rosenkranz beten würde, ehe sie sich wieder unter die Augen von Onkel Johann traute, der – obwohl verwandt – immerhin ja eine ehrwürdige Kirchenperson war. Und dann diese Schande! Dass Kirche und Sexualität im weitesten Sinne, selbst wenn es sich nur um ein harmloses Kleidungsstück handelte, in keiner Weise miteinander in Verbindung gebracht werden durften, davon hatte ich damals noch keinen Schimmer. Wohl aber konnte ich erahnen, dass es in dieser Beziehung absolute Tabus gab. Und ich bemerkte in diesen Jahren schon sehr gut, wie besonders meine Tanten und meine Großeltern ausnahmslos alles, was von kirchlicher Seite vorgegeben wurde, für absolut unantastbar hielten und nichts, aber auch gar nichts hinterfragten oder gar anzweifelten.

Obwohl ich mich in der Phase „ich will ein gutes Kind sein“ befand, musste ich immer wieder an Günter denken und an seine süßen Grübchen, wenn er lachte. Zu diesem Zeitpunkt hatte mir noch niemand verboten, an Jungen zu denken. Trotzdem empfand ich selbst dieses Bedürfnis irgendwie als sündig. Am Tag meiner ersten heiligen Kommunion hätte ich eigentlich ganz andere Gedanken haben müssen. Ja, ich hatte tatsächlich auch ein etwas schlechtes Gewissen, denn ich hatte es nicht gebeichtet, das mit Günter. Ich wusste auch nicht richtig, ob man so etwas beichten musste. Schließlich konnte ich ja nicht meine Oma danach fragen. Da mich aber der Fotograf, der nach der Kommunionandacht am Nachmittag ein Foto von uns Kommunionkindern machte, genau leicht versetzt neben Günter platzierte, dachte ich, dass der liebe Gott es vielleicht genau so gewollt hatte. Als Hedwig mir stolz ihre neue Uhr zeigte, hatte meine Hand gerade den dunkelblauen Anzug von Günter gestreift. Oooh!

Meine Patentante schenkte mir auch eine goldene Uhr mit einem Lederarmband. Mein Pate überreichte mir einen Umschlag mit Geld, Tante Agnes hatte mir neue, sogar bunte Kniestrümpfe gestrickt und meine Tante aus Duisburg brachte sechs Silberlöffelchen mit und dazu noch das Buch „Heidi". Doch all das verblasste hinter meinem sehnsüchtigen Warten auf das Foto, das der Fotograf gemacht hatte und das meine Eltern hoffentlich bestellen würden. Auch als montags die Nachbarsfrauen zum Kaffee kamen und mir fast alle irgendwelche Sammeltassen schenkten, war ich mit meinen Gedanken oft abwesend. Nur die drei dicken Hefte mit hartem Einband von Tante Maria von nebenan erfreuten mein Herz, denn nun hatte ich endlich richtige Tagebücher. Doch dann kam noch Tante Resi aus Köln, die sonntags bei einer anderen Kommunionfeier gewesen war, und sie brachte mir etwas ganz Tolles mit. Ein Poesiealbum, und dazu noch ein Bogen mit glänzenden und glitzernden Klebebildchen. Juhu, das war ein Geschenk! Da konnte ich alle Kinder hineinschreiben lassen, die mit mir zur Kommunion gegangen waren. Auch Günter. Das tat ich dann auch.

Rosen, Tulpen, Nelken, alle Blumen welken,
nur die eine nicht, diese heißt Vergissmeinnicht.
Schrieb Uschi.

Hedwig schrieb:
Wenn du einst als Großmama
im Lehnstuhl sitzt bei Großpapa,
dann denke einst im stillen Glück
an deine Freundin Hedwig zurück.

Na ja, das Wort Freundin passte bei Hedwig nicht wirklich. In diesem Sommer spielten wir zwar zusammen Nachlaufen,

Verstecken, im Sägemehl bei Uschi im Schuppen und auf einer ausgebreiteten großen Decke auf der Wiese mit unseren Puppen. Aber mit Hedwig gab es oft Ärger. Sie war eine eifersüchtige Zicke.

Günter hatte in mein Poesiealbum geschrieben:
Froh zu sein bedarf es wenig, doch wer froh ist, ist ein König.
Dies schrieb dir dein Freund Günter.

Dass er „Dein Freund“ geschrieben hatte, trieb mir fast wieder die Schamesröte ins Gesicht und ich befürchtete, dass alle, die es lesen würden, nun Bescheid wüssten. Es fiel aber niemandem auf, denn daraufhin schrieben die anderen Jungs das auch so.

Im darauf folgenden Mai betete ich an meinem Maialtärchen, wenn ich einen Strauß Schlüsselblumen oder Wiesenschaumkraut zwischen die Engelchen vor die Muttergottesfigur stellte, auch für meinen Freund Günter. Und als es etwas wärmer wurde und wir gegen Abend auf den Wiesen vor dem Dorf herumliefen und mit den Mützen unserer Väter auf Maikäferfang gingen, dann rannten dort auch die Jungen herum. Einmal schenkte mir Günter einen Müller, so nannte man die Maikäfer, deren Rücken wie weiß bestäubt aussahen, und ein anderes Mal zeigte ich ihm meine Maikäfersammlung in der großen Blechbüchse und als er anerkennend sagte: „Ganz schön viele!“ war ich sehr glücklich.

Die vielen hingen dann morgens alle bei uns zu Hause an den Gardinen, weil ich die Dose mit dem löchrigen Deckel, in die ich noch ein paar frische grüne Blätter hineingestopft hatte, nicht richtig verschlossen hatte. Tante Agnes, die als erste die gute Stube betrat, stieß einen Schreckensschrei aus. „Majusebetter, Milliune Käwerrickessen!“ rief sie (genau wie Oma, die in der westlichen Südeifel aufgewachsen war, sagte sie manchmal so komische Wörter in Platt). Mutter befahl mir, alle Käfer von den Gardinen abzusammeln und sie den Hühnern zum Fraß vorzuwerfen.

Das hätte ich sowieso gemacht, denn irgendwann musste ich ja Platz haben für weitere Maikäfer. Vorher aber ließ ich sie noch über meine Hände und Arme krabbeln. Es war doch so ein schönes Gefühl.

In meinem Tagebuch, das ich ab dem Zeitpunkt, in dem Günter darin einen Platz bekam, noch viel sorgfältiger versteckte als vorher, gab es danach keine wichtigen Einträge mehr, zumindest nicht über Günter. Überhaupt, bis auf die Tatsache, dass er mich beim Fangen spielen als Erste fing und mich in dem nahen Bach nass spritzte, in dem wir Kinder im Sommer manchmal herumplanschten, passierte weiter nichts in unserer Freundschaft. Und am Ende des Sommers waren mir unsere kleinen Kätzchen, die ich im Heu gefunden hatte, viel wichtiger als Günter mit den Grübchen und den roten Haaren.

Als es das nächste Mal passierte und mir ein ganzer Schwarm von Maikäfern überall herum krabbelte, war ich schon im achten Schuljahr. Wie immer bei Wandertagen durch die Eifellandschaft, deren Natur uns zu dem Zeitpunkt nicht wirklich sonderlich interessierte, latschten wir großen Mädchen in den Augen unseres Lehrers viel zu langsam. Für uns 14-jährige Mädels war es viel aufregender, die Jungs zu ärgern oder deren Aufmerksamkeit auf uns zu lenken, als irgendeinen Lavastein oder ein Trockenmaar zu besichtigen. Was interessierte es uns, was vor zehntausenden von Jahren in der Eifel passiert war? Viel spannender war das Jetzt.

Ich kann mich noch erinnern, dass ich einen hellblauen Pulli trug mit einem kleinen Ausschnitt, denn an dem Tag war es ziemlich warm. Uschi und Hedwig hatten von Bäumen kleine Buchenzweige abgebrochen. Heimlich schlichen sie sich von hinten an die Jungen heran und kitzelten diese mit den Blättern der Zweige im Nackenbereich. Wenn einer von ihnen sich daraufhin hinter den Ohren juckte, kicherten die Mädchen. Drehten sie sich aber um und erwischten die Übeltäterinnen auf frischer Tat, dann wurde Rache ersonnen. Besonders Arnold war äußerst schnell zu erregen. Ob er sich wirklich ärgerte über solche kleinen Streiche, weiß ich nicht. Vielleicht war so eine kleine Rangelei für ihn nur ein willkommener Anlass, mit uns Mädchen auf Tuchfühlung zu gehen.

Arnold also machte sich sofort daran, Uschi hinterherzulaufen, sie am Pulli festzuhalten und ihr den Arm herumzudrehen. Klaus zog eine Spritzpistole aus seiner Tasche, die vorsorglich bereits mit Wasser gefüllt war, und spritzte uns Mädchen nass. Mir spritzte er von oben in den Ausschnitt, obwohl ich überhaupt nichts getan hatte. Natürlich stieß ich einen spitzen Schrei aus und hatte Glück, dass unser Lehrer ganz weit vorne bei den jüngeren Schülern weilte und uns wegen eines vorstehenden Felsens nicht sehen konnte. Ich hielt mit der Hand meinen Ausschnitt zu, doch dann spritzte mir Klaus mit der blöden Spritzpistole in die Ärmelausschnitte. Ich wurde nass und es kitzelte überall. An meinen Armen, an meinem Hals, an meinen nackten Beinen. Magda, die kichernd daneben stand und vermutlich darauf wartete, dass Klaus sie ebenfalls mit der Spritzpistole bearbeitete, grinste nur dämlich.

Willi war einer der ruhigsten. Er war damals schon der intellektuelle Typ, der mit unserem Lehrer oft im Alleingang diskutierte, wenn es um Gedichte, Literatur, Rechtschreibung und solche Sachen ging, mit denen seine Klassenkameraden durchweg überhaupt nichts im Sinn hatten.

Dass Willi mich einmal retten würde, damit hätte ich nicht gerechnet. Und dass er so urplötzlich sauer reagierte und Klaus die Spritzpistole aus der Hand schlug, das hätte ich schon gar nicht erwartet. Selbst Klaus war baff. Verdutzt bückte er sich nach seiner Waffe und Willi konnte von Glück sagen, dass dieses billige Plastikteil von der letzten Kirmes nicht zu Bruch gegangen war. Ich stand da, wischte mir mit meinem besten Taschentuch mit gelber Häkelspitze Arme und Beine trocken und glotzte Willi an, als ob ich ihn noch nie vorher gesehen hätte. So hatte ich ihn auch noch nie gesehen. Etwas in seinen blauen Augen war anders. Wow! Willi! Willi und ich?

Verlegen wandte Willi sich ab und machte sich auf und davon. Hätte nicht der blöde Arnold das Ganze auf einen Blick erfasst, hätte sonst überhaupt niemand etwas davon mitbekommen. So aber sagte er ganz laut, damit es fast alle hören konnten, und ziemlich spöttisch: „Ooh, Willi ist in Marlene verknallt, hahaha, der zarte Willi, schau mal an!“

Oh, was bekam ich einen roten Kopf. Ich fühlte, wie mir das Blut ins Gesicht stieg. Leider konnte ich mich überhaupt nicht dagegen wehren. Je mehr ich rot wurde, umso mehr fiel ich auf und umso mehr Klassenkameradinnen starrten mich an. Ob es Willi genauso ging, der sich im Laufschritt bereits entfernt hatte?

Zuerst war es nur eine Irritation. Doch dann spürte ich die ersten zarten Maikäfer-Trippelschritte. Es kribbelte. Und dieses Gefühl war aufregend, berauschend. Nicht zu vergleichen mit dem aus Kinderzeiten. Aber ausgerechnet Willi? Er war so gar nicht der Typ, wie ich ihn mir in meinen abendlichen Träumen manchmal ausgemalt hatte. Kein wilder, mutiger Draufgänger, kein Held aus irgendeinem Buch.

Auf meinem weiteren Weg durch die Vulkanlandschaft fielen mir an diesem Tag so einige Sachen ein, die ich vorher nicht registriert hatte. Zum Beispiel, dass Willi mir kürzlich unten auf dem Schulhof den Ball zugeworfen hatte, der während unseres Völkerballspieles über den Zaun auf die Straße gehüpft war. Oder dass er mich gefragt hatte, ob ich auch zum Aufbaugymnasium ginge so wie er nach Beendigung des letzten Schuljahres in der Dorfschule. Einmal hatte Willi mir sogar sein Heft so entgegen gehoben, dass ich die Lösung der Matheaufgabe hatte sehen können. Da hatte ich noch gedacht, er hätte es aus Unachtsamkeit zufällig so gehalten und mir ins Fäustchen gelacht, weil ich keinen blassen Schimmer gehabt hatte, wie die Lösung war. Jetzt auf einmal fiel es mir wie Schuppen von den Augen. Na klar, Willi musste schon länger in mich verliebt sein.

Das Gefühl in meinem Herzen wurde wärmer und wärmer. Willi! Ich blöde Kuh, wieso hatte ich das nicht bemerkt und wieso klopfte plötzlich mein Herz so schnell? Als wir später oben auf dem Mosenberg Pause machten und auf den Windsbornkrater – laut unserem Lehrer der einzige wassergefüllte Vulkankrater nördlich der Alpen - hinunterschauten und unsere mitgebrachten Butterbrote auspackten, saß ich ganz natürlich, so als ob nichts wäre, inmitten meiner Freundinnen und plauderte munter darauf los. Aber ab und zu musste ich dann doch einen Blick hinüberwerfen zu Willi. Einmal bemerkte ich, dass er auch gerade zu mir herüberschaute und schon hatte ich wieder einen roten Kopf und alle Mühe, mein Gesicht vor den anderen zu verstecken. Die Käferchen fingen an zu krabbeln.

Er wurde auch geneckt. Ich hörte, wie Arnold an Willi herumstichelte und wie mein Name fiel. Wäre es Werner gewesen oder Otmar, mein Bruder, dann hätte es längst ein Gerangel gegeben, ein körperliches Kämpfchen. Aber Willi war nicht so einer. Er ließ die Sticheleien einfach an sich abprallen. Ich hoffte nur, er würde es nicht einfach zugeben, sein Verliebtsein. Dann nämlich würde es sofort die Runde machen in der ganzen Schule. Womöglich sogar im Dorf. Um Gottes willen.

Bei unserer Schulentlassung aus der Volksschule flossen die Tränen. „Ade zur Guten Nacht“ sang der gesamte, äußerst gemischte Schulchor. Uschi, Hedwig, Magda, Gisela und ich trugen unsere Sonntagskleider. Meines hatte mir Tante Agnes genäht und ich hatte ziemlich lange mit ihr herumgestritten, weil wir in punkto Ausschnitts unterschiedliche Ansichten hatten. Um jeden Zentimeter hatte ich feilschen müssen, auch beim Saum. Die Röcke wurden kürzer Anfang der 60-er Jahre, aber Tante Agnes, die Fromme, fand das total unanständig. „So kannst du doch nicht in die Kirche gehen“ fand sie. Immerhin hatte mein Kleid kurze Ärmel und es war ein Kleid und keine Hose. Denn Frauen in Hosen mochte unser Herr Pastor überhaupt nicht, und wenn ein

Mädchen ärmellos in die Kirche kam, wurde es prompt zurückgeschickt.

„Wenn Onkel Johann dich so sehen würde“ jammerte Tante Agnes und atmete wieder einmal tief ein und aus, als sie sah, dass ich den Saum eigenmächtig selbst gekürzt und dabei nicht unbedingt die kunstvollsten Stiche angewandt hatte (obwohl ich das in der Handarbeitsstunde ja gelernt hatte). Ja, mit dem geistlichen Herrn unserer Familie hatte ich schon Monate zuvor einen kleinen Zusammenstoß gehabt, als ich ihm von dem Pastor aus der Nachbargemeinde vorschwärmte. Der nämlich war ganz modern, übte vor jeder Messe mit seinen Gläubigen die Lieder aus dem Gebetbuch so ein, dass sie nicht endlos langsam und schleppend gesungen wurden, sondern im Takt und ordentlich schnell. Und er hatte sogar eine Jugendmesse gehalten mit einer ganz anderen Art von Liedern, wozu er selbst Gitarre gespielt hatte. Das war etwas für uns jungen Leute. So konnte man uns begeistern. An diesem Abend waren wir sogar zu Fuß zum Nachbarort in die Kirche gegangen. Wir alle zusammen, die jungen Leute aus unserem Dorf. Richtig schön war das.

Onkel Johann, der Pastor im Hunsrück, war von solchen Aktivitäten gar nicht begeistert. Er hatte es schon ganz schrecklich gefunden, seinen Gottesdienst nicht mehr in Latein zu halten, so wie es bis vor kurzem noch überall gewesen war.

Das Wichtigste aber, an diesem Abend nach dem Jugendgottesdienst war Willi im Dunkeln plötzlich neben mir aufgetaucht. Während ich zusammen mit meinen Freundinnen von dem neuen Pastor schwärmte, ging er still neben mir her. Und als sich im Gehen unsere Hände zufällig streiften, nahm Willi meine Hand und drückte sie. Ganz kurz. Die Geste genügte, um mich innerlich jauchzen zu lassen und die winzigen Beinchen der Maikäfer überall auf meiner Haut und auch innen in meinem Bauch kitzelten. Dass äußerlich mein Gesicht wieder einmal rot anlief, sah niemand in der Dunkelheit.

Bei der Schulentlassung herrschte Trauerstimmung, wie jedes Jahr, wenn das älteste der acht Schuljahre entlassen wurde. Nur für die, die in ihrer Schulkarriere mehr als einmal den Stock auf ihrem Po gespürt hatten, hielt sich die Betrübtheit in Grenzen. Eigentlich hätten die anderen zu Entlassenden auch nicht besonders traurig sein müssen, endlich die Schulzeit hinter sich zu haben, aber irgendwie war es so. Melancholie. Nach ein paar feierlichen Reden, als das Abschiedslied ausgeklungen war, standen wir, das gewesene achte Schuljahr, unten auf der Straße und wussten nicht so recht, was wir machen sollten.

„Los, wir gehen in die Kneipe" sagte Werner und freute sich darauf, als ‚freier Mensch' ein Bierchen zu trinken.

„Die hat doch jetzt nicht auf" bellte Arnold, der ab jetzt seinem Vater auf dem Bauernhof helfen sollte.

„Ich weiß was! Wir holen uns beim Bürgermeister den Schlüssel und dann machen wir heute Abend im Gemeindehaus eine Party." Das war ausnahmsweise einmal eine klasse Idee von Arnold.

„Oh ja, jeder bringt irgendetwas mit. Ich mache Schnittchen" begeisterte sich Hedwig.

„Ich bringe Viez mit" sagte Günter und Magda wollte ihren Onkel aus der Metzgerei im Nachbarort fragen, ob er zwei Ringel Fleischwurst spendiert.

„Und ich frage Otmar, ob er mir sein neues Kofferradio ausleiht" steuerte ich bei, schielte mit einem Auge nach Willi und freute mich unbändig. So einen kleinen Schulabschluss würden uns unserer Eltern sicher gönnen.

„He Leute, jetzt sind wir raus aus der Schule, ist das nicht klasse?" Arnold hatte in der Tat allen Grund zur Freude, denn er war nie ein Musterschüler gewesen und er hatte auch keine einzige Gelegenheit ausgelassen, unseren Lehrer so zu ärgern, dass diesem die Haare zu Berge standen und er seinen Stock zu Hilfe genommen hatte. „Na ja" sagte Franz „du schon, aber für uns fängt es jetzt erst richtig an."

Franz, Willi und ich waren im Aufbaugymnasium in der Kreisstadt angemeldet. Nach den Ferien würde für uns ein ganz anderes Leben anfangen. Mit frühmorgendlicher Busfahrt, mit neuen Lehrern, neuen Fächern, vielen Hausaufgaben und dem Traum, einmal zu studieren und vielleicht selbst einmal Lehrer zu werden. Mit meinen vierzehn Jahren, erst einmal entlassen aus der Volksschule, machte ich mir noch nicht allzu viele Gedanken über meine Zukunft. Viel wichtiger war die Tatsache, dass ich mit Willi zusammen jeden Morgen im Bus fahren würde, dass wir hoffentlich zusammen in eine Klasse kommen würden, dass wir – vielleicht im Winter – Hand in Hand in der Dunkelheit zum Bus marschieren könnten. Nur zu blöd, dass auch Franz dann immer dabei sein würde. Irgendwie müsste es uns gelingen, ihn abzuschütteln. Ach, was machte ich mir Gedanken? Zunächst einmal würden wir eine Super-Party feiern und Ferien haben.

Otmar machte wie erwartet einen furchtbaren Aufstand, als es darum ging, mir sein neues Kofferradio auszuleihen.

„Nun lass sie doch, ihr habt doch auch ein wenig gefeiert, als ihr aus der Schule kamt", half mir Mutter.

„Da hatte ich auch noch kein Kofferradio. Soll sie doch auch in die Fabrik arbeiten gehen." Otmar hatte zwei Winter lang in der Fabrik gearbeitet, um sich ein wenig Geld zu verdienen. Ansonsten war geplant, dass er einmal den Bauernhof übernehmen sollte, während Gerd bei Uschis Vater in die Schreinerlehre ging. Otmar fand es nicht besonders gut, dass unsere Eltern mich weiter zur Schule schickten, weil er der Meinung war, dass ich doch besser eine kaufmännische Lehre machen sollte, weil ich dann wenigsten ein bisschen Geld bekäme und weil ich dann auch nicht wirklich viel zu arbeiten brauchte.

Oma konnte die ganze Aufregung wegen so einer Schulentlassungsparty überhaupt nicht verstehen. „Party" sagte sie „wat as dat dan?"

„Oma, auf einer Party feiert man, macht Spiele, Musik und tanzt… und trinkt ein bisschen".

„Oh, aber doch net ihr Mädchen! Marlene, du wirst doch wohl keinen Alkohol trinken?“

„Nee Oma.“ Sie musste ja nicht alles wissen. Die Zeiten waren vorbei, in denen ich mit Oma beichten übte.

„Kannst du denn überhaupt schon Walzer tanzen? Oder macht ihr eure Nejer-Musik?“ Immer gab es Streit in unserem Haus um das Radioprogramm. Wenn ich mal englische Lieder hören wollte, ging garantiert eine der Tanten hin und drückte auf den Aus-Knopf.

„Ja, Mutter hat mit mir geübt. Eins-zwei-drei – guck so!“

Ich machte ein paar Walzerschritte und schwebte auf Wolken, weil ich mir vorstellte, in Willis Armen zu tanzen. Oh Gott, würde ich wirklich am Abend mit ihm tanzen? Hoffentlich klappte das mit der Party und der Bürgermeister rückte tatsächlich den Schlüssel heraus.

Heutige Jugendliche würden die Party, die wir abends feierten, als hipp oder absolut mega-geil bezeichnen. Wir fanden sie damals einfach nur klasse, toll. Alle hatten etwas mitgebracht. Schnittchen, Salate, Wurst, Getränke aller Art. Sogar eine Flasche Danziger Goldwasser war dabei und eine Flasche Schwarzer Kater. Von solch leckeren Sachen hatten wir Mädchen bisher immer nur nippen dürfen, wenn wir irgendwo bei Verwandten zu Besuch waren. Die Musik aus dem Transistorradio, auf das ich ganz besonders achtete, damit mir Otmar nicht später die Ohren abriss, bot an diesem Abend alles auf. Neben den Schnulzen wie „Eine Rose aus Santa Monica“ und „Paradiso“ von Connie Francis tanzten wir den ersten twistähnlichen Tanz unseres Lebens. Pat Boone krächzte dazu seinen „Speedy Gonzales“, so dass nicht einmal die Stillsten unter uns auf ihren Stühlen sitzen bleiben konnten.

Zu den Stillsten gehörte zweifelsohne auch Willi. Doch Willi ließ an diesem Abend nicht nur so einige Gläser Viez, sondern auch etliche Kurze durch seine Kehle laufen, während er mir schmachtende Blicke zuwarf. Es blieb nicht ohne Wirkung. Nicht der Alkohol und auch nicht meine ebenfalls sehnsüchtigen Blicke in seine Richtung. Irgendwann schaffte er es, sich den Weg zu mir zu bahnen. Er traute sich sogar, mit mir zu tanzen. Da sang gerade Katharina Valente „Ich schau den weißen Wolken nach und fange an zu träumen". Und wir beide träumten, während Willi immer noch ein wenig schüchtern seine Arme um mich herum legte. Arnold, der zu dem Zeitpunkt schon so viel getankt hatte, dass er bereits zum ersten Mal die Wiese hinter dem Gemeindehaus aufgesucht hatte, blökte herum wie die Schafe dort und stänkerte: „He, guckt euch die an! Verknallt! Willi und Marlene sind verknallt!"

Irgendjemand hatte ein rotes Tuch um die helle Lampe gewickelt, so dass der Raum in gedämpftem Licht aussah wie in einer dieser neuartigen Diskotheken, die ich bis dahin noch nie von innen gesehen hatte und wovon ich nur in Illustrierten gelesen hatte, die unsere Nachbarn ins Haus bekamen. Bei diesem Licht war es mir scheißegal, was Arnold herumposaunte. Ich spürte beim Tanzen, wie ganze Scharen von Maikäfern mir überall herumkrabbelten. Es kitzelte, vibrierte, prickelte und trotz meines noch äußerst jugendlichen und jungfräulichen Alters lösten die Krabbeltierchen enorme Hormonschübe in mir aus. Mein Herz hüpfte wie wild herum und vermutlich hätte ich sämtliche Warnungen seitens der geballten Weiblichkeit in meinem Elternhaus und auch die strengen religiösen Vorgaben über Bord geworfen, hätte sich der Abend anders entwickelt. Entschuldigung, wir sprechen hier natürlich nicht von kompletter Hingabe, miteinander schlafen oder wie man das damals bezeichnet hätte. Oh Gott im Himmel, natürlich nicht! Von dem, was nach einem Kuss kam, hatte ich ja noch überhaupt keine Ahnung. Aber eine Umarmung oder gar einen Kuss hätte ich vermutlich ganz bestimmt nicht abgewehrt.

Willi begleitete mich an diesem Abend Händchen haltend nach Hause. Doch bevor er den Mut aufbrachte, mich in der dunklen

Seitenstraße auch nur zu umarmen oder gar wirklich zu küssen, machte sich bei ihm der ungewohnte Alkoholkonsum bemerkbar. Ohne auch nur ansatzweise etwas Liebevolles oder auch nur tschüss sagen zu können, verschwand er würgend hinter der nächsten Hauswand. Trotzdem lag ich – selbst leicht beschwippst – dann im Bett unter meiner Steppdecke und sah mich in meiner Vorstellung schon im weißen Kleid neben Willi in die Kirche einmarschieren.

In diesem Sommer drückte sich Willi so oft in unserer Seitenstraße herum wie sonst wohl in seinem ganzen Leben noch nicht. Sogar Tante Agnes fiel es auf, die so gerne beim Strümpfe stricken am Fenster saß. Ich hatte den Eindruck, dass Mutti besonders auf mich Acht gab und bemerkte durchaus ihre taxierenden Blicke auf meinen Körper, der anstatt des dünnen kindlichen Aussehens immer mehr die Konturen einer gar nicht so schlecht aussehenden jungen Frau angenommen hatte. Nie zuvor hatte ich so oft vor dem Spiegel an dem Waschtisch in meinem Schlafzimmer gestanden wie in diesen Monaten. Ich drehte mich davor hin und her, betrachtete ziemlich zufrieden meine schlanke Taille und den zunehmend vollen BH, meine glänzend braunen Augen und die blonden Haare, die ich so toupierte, dass sie am Hinterkopf mindestens fünf Zentimeter höher standen.

Es war ein hartes Brot, verliebt zu sein. Meine Brüder stichelten bei jeder Gelegenheit. Selbst während den Mahlzeiten an dem großen Küchentisch machten sie versteckte spöttische Bemerkungen. Natürlich konnte ich Willi nicht offiziell treffen. Wir waren beide viel zu jung, um miteinander zu gehen. Ich richtete es aber hier und da so ein, dass sich unsere Wege kreuzen mussten. Doch über ein schüchternes „Na, was machst du?“ und normale Alltagsgespräche kamen wir kaum hinaus. Eines Tages, als ich bei der Heuernte geholfen hatte und auf der Heimfahrt am Ende des beladenen Heuwagens auf dem, dem dort herausstehenden Rundholz (Lankoff) sitzen durfte, fuhr Willi gerade mit seinem Fahrrad die Dorfstraße entlang. Ohne zu zögern griff er mit einer

Hand ins Heu, hängte sich an unseren Heuwagen und fuhr ein kleines Stück des Weges neben mir her. „Naa?“ fragte er und ich antwortete ebenfalls fragend „unn?“ Die typisch Eifeler Unterhaltung. Nach ein paar kurzen, aber innigen Blickkontakten steckte er mir einen Zettel zu und verschwand mit seinem klapprigen Rad um die Ecke in Richtung seines Elternhauses.

Zuhause verzog ich mich sofort in mein Zimmer, gespannt, was Willi mir mitteilen wollte. Er hatte mir ein Gedicht geschrieben. Ich habe es damals überhaupt nicht als kitschig empfunden und ich weiß heute nicht mehr genau, was darin stand. Es handelte von Sommerträumen, Schmetterlingen, Blumen und Sehnsucht. Hätten wir damals über unsere Gefühle gesprochen und hätte ich ihm von dem Gekribbel erzählt, dann hätte er in seinen Gedichten sicher die Maikäfer erwähnt, so ähnlich wie Wilhelm Busch „hin und her und rundherum, kriecht es, fliegt es mit Gebrumm.“

Oh ja, die lieben Tierchen kribbelten, krabbelten, kitzelten. Sommerträume hatte auch ich. Und auch Sehnsucht. Ich glaube, es war damals nicht allein das Verlangen nach Willi. Es war ganz einfach die normale erwachende Sehnsucht junger Leute nach dem anderen Geschlecht, nach Aufmerksamkeit, Zuneigung, Liebe. Ein erster Anflug von erotischen Begierden. Es war so wie der erwachende Frühling in der Natur, wie die Paarungszeit bei den Tieren, bei der alles einem Ziel zustrebt.

Die Sache mit Willi gipfelte vorerst darin, dass er an dem darauf folgenden herbstlichen Kirmestanz im Wirtshaussaal dreimal mit mir tanzte, mich um elf Uhr abends nach Hause begleitete und mir dabei einen kurzen zarten Kuss auf die Wange hauchte. Daraufhin lag ich stundenlang im Bett und konnte nicht einschlafen, weil ich immer noch den Hauch des Kusses nachfühlte und mein Herz nicht aufhören wollte, ganz laut und schnell zu klopfen. In dieser Zeit legten wir den Weg zum Bus oder zur Schule oft gemeinsam zurück. Wenn wir es einrichten konnten, alleine zu sein, hielten wir uns dabei an den Händen. Da Willi ziemlich schüchtern war, redeten wir nicht allzu viel miteinander, von körperlichen Annäherungen ganz zu schweigen. Aber Willi verstand es wie kaum ein anderer in unserer nüchternen, von Mundart geprägten Landschaft, schöne Worte zu Papier zu bringen. Er schrieb mir Gedichte und auch erste wundersame Liebesbriefe. Eine ganzes Jahr lang fand ich das toll. Genauso wie die Tatsache, dass Willi jede Gelegenheit und jede Sekunde nutzte, neben mir aufzutauchen und an meiner Seite zu sein.

Irgendwann aber wurde mir die Sache zu eng. In dieser Zeit fesselte mich mehr und mehr mein neues Umfeld im Gymnasium, der hart zu erarbeitende Wissensstoff, das tagtägliche Pendeln in die Kleinstadt, verbunden mit all den Eindrücken auf Kinoplakaten, in Kaufhäusern, in Cafés und sonstigen Lokalitäten, in denen wir uns bis zur Abfahrt unserer Busse aufhielten. Ich lernte neue Mitschüler und -schülerinnen kennen, es bildeten sich Cliquen, in denen ich auch dabei war. Meine Gefühle für Willi flauten ab. Ganz allmählich. Obwohl Willi auf dem Nachhauseweg immer wieder danach trachtete, mit mir allein zu sein. Obwohl er mich anhimmelte, mit Briefen und Gedichten überhäufte und ich ihm mittlerweile gestattete hatte, mir hin und wieder einen kurzen Kuss auf den Mund zu hauchen.

Es tat mir leid. Er tat mir leid. Eine Zeitlang versuchte ich, mir einzureden, es sei nicht so. Es war doch schön, so einen lieben, anständigen Freund zu haben. Aber es nützte nichts. Ein zarter Poet war nicht gerade das, was ein junges verrücktes Huhn in den Umwälzungen der 60-er Jahre begeistern konnte. Und auch wenn ich selbst jeden Groschen umdrehen musste und von zu Hause aus durchaus nicht zu den Wohlhabenden gehörte, so war es mir doch manchmal ziemlich peinlich, wenn Willi in seinen billigen altmodischen Klamotten neben mir her lief, während andere Jungs in seinem Alter moderne knackige Jeans und bunte Hemden trugen. Die süßen kleinen Maikäferchen hatten ihre Flügel zusammengefaltet und hatten sich nach und nach in meinen Bauch zur Ruhe begeben.

Irgendwann, es war am Waldrand, kurz vor unserem Dorf, sagte ich es ihm. Ich sah, wie ihm die Tränen in die Augen schossen. Wie er sich traurig, unendlich enttäuscht umdrehte und rannte. Er blickte nicht mehr hinter sich, bis er in der Dorfstraße verschwunden war. Dann traten auch mir die Tränen in die Augen. Ein Abschnitt meines Lebens war vorbei. Obwohl ich froh war, dass er nicht an mir herumgebettelt hatte, mir keine Szene gemacht hatte, war ich ein klein wenig sogar darüber enttäuscht, dass er es einfach so akzeptiert hatte.

Ja ja, die Liebe. Liebe! Dieses Wort gibt es in unserem Moselfränkischen Platt überhaupt nicht. Nie im Leben habe ich meine Eltern sagen hören: „Ich liebe dich". Nicht einmal anders haben sie es ausgedrückt, zum Beispiel hätten sie sagen können: „Eych hon dich gear" oder „Mey Schaaz". (ich hab' dich gern, mein Schatz) Sagten sie aber nicht. Auch andere Zeichen dafür, dass sie sich liebten, zeigten sie niemals offen vor uns Kindern. Zu keinem Zeitpunkt habe ich gesehen, dass sie sich küssten, sich zärtlich umarmten oder auch nur streichelten. Vermutlich hätten sie sich in unserem Beisein viel zu sehr geniert. In früheren Zeiten fanden all diese Zärtlichkeiten nur hinter der elterlichen Schlafzimmertür statt. Nichtsdestotrotz hatte ich nie den Eindruck, dass meine Eltern eine schlechte Ehe geführt hätten. Sie arbeiteten Hand in Hand auf dem Hof und auf den Feldern. Abends saßen sie gemeinsam vor dem neuen Fernsehgerät, allerdings auch gemeinsam mit den Tanten, den Großeltern und uns Kindern. Ein- bis zweimal im Jahr gingen sie gemeinsam „op die Musik", wenn am Kirmesabend oder am zweiten Weihnachtstag im Saal des Wirtshauses zum Tanz aufgespielt wurde. Die einzige Abwechslung vom Alltagstrott hatte mein Vater sonntags nach der Messe, wenn er im Wirtshaus mit ein paar anderen Männern Skat drosch oder ‚Sieweschriem' und dabei genüsslich seine zwei Stubbis trank. Meine Mutter freute sich die ganze Woche auf den Abend, an dem sie zur Kirchenchorprobe gehen konnte.

In meinen jungen Jahren in den 60-ern, als wir Jugendlichen unsere ganz eigene Musik hörten, als in den Städten Diskotheken aus dem Boden schossen, als in sämtlichen Eifeldörfern im Sommer Musik-, Sport- und sonstige Feste in Zelten veranstaltet wurden, da konnte ich mir überhaupt nicht vorstellen, wieso man ein solch bescheidenes Leben wie meine Eltern überhaupt führen konnte. „Da kann man sich ja gleich begraben lassen“ dachte ich und äußerte das auch.

Meine jugendliche Gefühlswelt entwickelte sich genauso wie die Zeit damals. Stürmisch, überschwänglich, wild, unbändig, erwartungsvoll. Auch in Bezug auf das, wofür man in unserer Mundart keinen Ausdruck hatte. Die Liebe.

Mitte der 60-er Jahre, in denen ich meine Nase eigentlich tief in Mathebücher, deutsche Literatur und Englischhefte hätte senken müssen, um ein einigermaßen ordentliches Abitur zu schaffen, wurde mein Lernen immer wieder von diesen fleißigen Frühlingstierchen gestört, die sich mal ganz kurz und heftig und mal wochen- und monatelang in meinem Bauch herumtrieben. Vor allem die Kleinstadtcasanovas hatten es mir angetan. Chic gekleidete Burschen, deren Haartracht in diesen Jahren immer länger und deren Schlaghosen immer weiter wurden. Eifeler Dorfjungen, die noch einen Hauch von Kuhmist in ihren Klamotten trugen, interessierten mich nicht mehr. Immerhin war ich doch auf der höheren Schule. Ja, ich hatte sogar vor, zu studieren. Selbst von meinen Freundinnen im Dorf distanzierte ich mich mehr und mehr, außer von Uschi. Ich hatte das Glück, dass meine Brüder ein Auto bekamen und mich auch am Wochenende mal eben mit in die Stadt nehmen konnten, wo ich mittlerweile bei einer neuen Klassenkameradin auch schon mal übernachten konnte.

Liebesabenteuer, erste intensivere Küsse, Herumknutschen während Tanzpausen, im Kino oder in Autos. Flirts, Herzklopfen, aber auch Enttäuschungen, Tränen und Wut. Das alles waren ganz normale Jugenderfahrungen. All das war es nicht wert, unter diesem Wort Liebe abgespeichert zu werden. Nur das, was dann kam, das war etwas ganz anderes.

Er hieß Jakob. Seine Freunde nannten ihn Jack, denn zu dieser Zeit schwappten Sprache, Musik, Tänze, Mode und sämtliche anderen Wellen von Amerika zu uns herüber. Wir jungen Leute übernahmen nicht nur die ersten Anglizismen, wir waren einfach ‚in', wenn wir unsere Namen verenglischten und unsere Reden mit möglichst vielen Fremdwörtern spickten. Es war kurz vor meinem Abi und ich saß mit ein paar Klassenkameradinnen in der neuen Frittenbude in der Nähe des Bahnhofs. Eigentlich hatte ich gerade überhaupt keine Zeit für solche Kinkerlitzchen wie Verlieben, Maikäferkrabbeln und Herzklopfen. Ich musste pauken. Besonders in Mathe hatte ich noch so einiges nachzuholen, was ich hatte schleifen lassen. Ausgerechnet da lief mir Jack über den Weg.

Ich piekste gerade ein Stäbchen in eine dieser köstlichen Pommes frites (die viele Leute damals auch genauso aussprachen) und tunkte sie in Mayonnaise, als er an unserem Tisch vorbeiging. Er zog einen Hauch von Tabac Eau de Cologne hinter sich her, der jedoch rasch wieder von dem Fettgeruch der Hähnchen und Fritten übertüncht wurde. Als er sich mit dem Gesicht in meine Richtung an einem der Nachbartische niederließ, fiel mir gleich seine überwältigende Schönheit auf. Im Grunde hatte man als Abiturientin gegen Ende der 60-er eher von Hippies, langen Haaren und vergammelten Klamotten zu schwärmen als von Bürohengsten in Anzügen, doch dieser unbekannte Mann dort mir gegenüber hatte etwas, was mich auf den ersten Blick in seinen Bann zog. Später habe ich mich oft gefragt, ob es die Ähnlichkeit mit John Lennon war (außer der Frisur), die mich die ganze Zeit zu ihm hinschauen ließ. Schließlich hatte ich mir von meinem viel zu knappen Taschengeld schon drei Langspielplatten von den Beatles gekauft und „Yesterday“ konnte ich schon auswendig. Ich fiel zwar nicht in Ohnmacht, war aber von den Filzköpfen genauso begeistert wie all die Fans, die sie bejubelten.

Auf jeden Fall muss ich in diesem Moment auch irgendwie geistig weggetreten gewesen sein, denn Evi, meine Mitschülerin stupste mich plötzlich in die Seite und sagte: „He, Marlene, glotz nicht so! Dir fallen ja gleich die Augen aus dem Kopf.“ Sie hatte Recht. Das war mir noch nie passiert. Ja klar hatte ich schon mal einem Typen schöne Augen gemacht, hatte bewusst oder unbewusst meine weiblichen Waffen eingesetzt, aber noch nie bei so einem Anzugtyp. Schnieke, herausgeputzt, gepflegt, duftend, selbstbewusst.

Als sich unsere Clique irgendwann aufmachte, um zu unserem Bus zu gehen, konnte ich mich nicht zurückhalten, ihm im Hinausgehen noch einen langen Blick zuzuwerfen. Vielsagend, sehnsüchtig, bewundernd? Ich weiß nicht, was er selbst hinein interpretierte. Immerhin schaute er auch zu mir her. Hellblaue Augen hatte er. Ich hatte den Eindruck, ich blicke in einen Maienhimmel. Und ich hörte ein Schwirren, ein Brummen, spürte ein erstes heftiges Kribbeln.

Zwei Tage später bummelte ich mit meiner schweren Schultasche in der rechten Hand über die Bürgersteige der Stadt in Richtung Busbahnhof. Der weiße Ford 17 M, der kurz davor parkte, fiel mir erst auf, als sich die Fahrertür öffnete und ihm ein junger Mann entstieg. Er! Oh mein Gott, dachte ich, ob er wohl auf mich gewartet hatte? Ich tat erst mal so, als ob ich ihn nicht gesehen hätte, wechselte die Schultasche in die andere Hand, weil ich auf der einen Seite schon ganz schief wurde und trottete weiter. Er trat mir entgegen. „Hallo!“

„Hallo“. Ich fürchtete, mal wieder knallrot zu werden.

„Kennst du mich noch?“

Oh Mann, diese Kennenlerngespräche waren wirklich blöd. Ich druckste herum. Er manövrierte geschickt ein Frage- und Antwortspiel, und als ich schließlich in letzter Sekunde zum Bus rannte, waren wir gerade so weit gekommen, dass wir eine Verabredung hatten. Es war zwar Frühling und überall steckten die ersten Blümchen ihre Köpfe aus der Erde und das herrliche junge Grün der Bäume erfreute die Menschen nach dem langen Winter, aber an Maikäfer war noch nicht zu denken. Dennoch krabbelten sie durch meine Beine, so dass ich glaubte, ich hätte Pudding darin. Sie krochen durch meinen Bauch. Sie brachten mein Herz dazu, immer schneller zu klopfen. Als ich an diesem Tag endlich nach Hause kam und Tante Franziska mir wie jeden Tag auf dem großen Küchenherd mein Mittagessen aufwärmte, war ich ganz neben der Spur. Ich hörte nur mit einem Ohr zu, als sie mir erzählte, dass Oma nicht mehr aufstehen konnte, weil sie es so mit dem Herz hatte, dass Tante Agnes wieder so schlimm mit Rheuma geplagt war, dass Otmar mit dem Traktor in einen Graben gefahren war und dass Vater gerade mit dem Nachbarn unterwegs war, um ihn herauszuziehen. Ich hörte auch nicht genau hin, als wenig später im Radio berichtet wurde, dass es wegen der Notstandsgesetzgebung zu heftigen Studentenunruhen gekommen war.

Ach je, in diesem Moment und auch in den nächsten Tagen war ich selbst im Notstand, war mein jugendlicher Körper und Geist wie gefangen von diesem Fieber. Diesem starken Gefühl des Hingezogenseins, des Begehrens, des heftigen Verlangens.

Jack und ich trafen uns. Nach der Schule, wenn er Mittagspause hatte. Wenn ich länger Schule hatte und auch nachmittags noch in der Stadt war, dann wartete ich, bis er Feierabend hatte. Jack arbeitete als Einkäufer in einer größeren Firma. Eine von denen, die zu diesen Jahren in den neuen Industriegebieten am Stadtrand nur so aus dem Boden schossen und den Leuten auf dem umliegenden Land eine Menge Arbeitsplätze boten. Dass Jack schon 25 war, er weltmännisch auftrat, über Politik, Wirtschaft und Kultur reden konnte, immer fein angezogen war und dieses tolle Auto fuhr, beeindruckte mich ziemlich. Und wenn sein John-Lennon-Mund mich anlächelte, dann war ich hin und weg.

Manchmal brachte er mich mit seinem Auto nach Hause. Das heißt nicht, dass er mich bis zu unserem Haus brachte. Um Gottes willen, dann hätten sämtliche weibliche Familienmitglieder Herzanfälle bekommen. Vater hätte vermutlich ein Machtwort gesprochen und meine Brüder hätten grinsend blöde Bemerkungen gemacht. Nein, wir machten es so, dass wir etwa zur gleichen Zeit im Dorf ankamen wie der rote Bus und dann trottete ich mit den anderen Pendlern ins Dorf. Ganz so, als wäre ich mit dem Bus gekommen. Zuvor aber hatte Jack es ganz geschickt so eingerichtet, dass er in irgendeinem Waldweg einen Zwischenstopp einlegte und wir knutschen konnten.

Oh, wie war es aufregend, wenn seine gepflegten Finger meinen Nacken streichelten, über den Rücken hinunter wanderten, sich einen Weg zum vorderen Teil meiner Bluse suchten. Wenn seine Lippen die meinen berührten, zuerst ganz zart, dann mehr und mehr leidenschaftlich. Zum ersten Mal lernte ich, was ein richtiger Zungenkuss war. Zugegeben, so ganz toll fand ich es nicht, dass seine Zunge sämtliche Essensreste in meinem Mund schmecken sollte und dass ich mir nach diesen äußerst feuchten Küssen immer so ganz unauffällig die Spucke vom Mund abwischen musste. Trotzdem hatte ich zum ersten Mal das Gefühl, eine richtige Frau zu sein. Mein Körper reagierte auf die erotischen Anklopfzeichen. Ich spürte, dass ich kurz davor war, meine immer noch immer vorhandene Abwehrhaltung irgendwann aufzugeben. Dieses Zurückhalten, dieses Stopp-Sagen, bis hierher und nicht weiter. Dieses Nicht-über-Bord-werfen-wollen der anständigen Erziehung, dem Verwurzeltsein in der Religion, mit der man aufgewachsen war. Ich hasste das Gefühl, nach Hause zu kommen und mich schlecht zu fühlen. Schlecht, weil es sich in den Augen meiner Eltern, Großeltern und besonders meiner Tanten einfach nicht gehörte, dieses Sexuelle. „Die Fleischeslust", wie die prüde Tante Agnes abfällig zu bemerken pflegte.

Wenn ich mich an diese Zeit zurückerinnere, dann möchte ich manchmal den heutigen jungen Mädchen sagen, dass sie gar nicht wissen, wie gut es ihnen geht. Heutige Eltern haben nicht nur nichts mehr dagegen, wenn sie früh einen Freund mit nach Hause bringen, sie betütteln gar die Freunde ihrer Töchter auch noch mit gutem Essen, leisten Taxidienste, sorgen dafür, dass ihre Töchter die Pille nehmen und haben kaum noch etwas dagegen, wenn sich die jungen Liebenden in ihre Zimmer zurückziehen.

So etwas wäre bei uns damals eine mittlere Katastrophe gewesen. Mittlere? Ach was, eine Riesen-Katastrophe. Es wäre überhaupt nicht möglich gewesen. Ich kam gar nicht auf die Idee, Jack mit nach Hause zu bringen, zumindest nicht im ersten halben Jahr. Ich war knappe neunzehn und wie Vater mir immer wieder unmissverständlich klarmachte, noch nicht volljährig. Das wurden wir damals erst mit einundzwanzig. Und so lange man noch die Füße unter Vaters Tisch streckte, hatte man gefälligst auch zu machen, was er sagte. Er hätte ganz bestimmt nicht zugelassen, dass seine Tochter mit so einem Macker „herummacht" und womöglich irgendwann noch Gefahr läuft, schwanger zu werden und heiraten zu müssen, was Eltern zu der Zeit als äußerste Schande empfanden. Zudem schuftete sich Vater ganz bestimmt nicht ab und schickte mich auf die höhere Schule, nur damit ich schon mit neunzehn mit einem Kind da sitzen würde.

Auf jeden Fall wäre es mir auch irgendwie peinlich gewesen, den Städter Jack in unseren ländlichen Haushalt mit all den vielen Familienmitgliedern mitzunehmen. Der Misthaufen vor dem Haus, der Stallgeruch, das Klohäuschen im Hof mit dem Herzchen in der Tür, all dies war zu der Zeit etwas, wofür ich mich genierte. Auch vor Evi, die ich mal zur Kirmes eingeladen hatte und deren Elternhaus am Stadtrand ein richtiges Badezimmer hatte. Nein, so etwas konnte ich nicht aufweisen. Es war mir ziemlich peinlich, dass ich Evi zu unserem stinkenden Außenklo schicken musste.

Immerhin hatte ich für diesen Tag eine Rolle Klopapier gekauft anstatt der sonst dort hängenden alten Tageszeitungen, die Tante Franziska immer schön säuberlich in abwischgroße Vierecke schnitt. Auch die Tatsachen, dass man sich bei uns noch am Waschbecken in der Küche oder in einer der alten Waschschüsseln im eiskalten Schlafzimmer waschen musste, dass die Tanten ewig herum krakeelten, dass Oma bettlägerig war und es aus ihrem Zimmer heraus nicht allzu gut roch und Opa in letzter Zeit ein wenig tüttelig wurde und dummes Zeug redete, bewegten mich nicht allzu oft dazu, Gäste in unser Haus einzuladen.

Ich fand, es wurde höchste Zeit für mich, von zu Hause wegzukommen. Alle diese Umstände, vor allem aber diese altmodische, engstirnige und kleinbürgerliche Lebensart und die ergebene Kirchenhörigkeit der älteren Generation, störten mich. Die 60-er Jahre hatten einen Wandel eingeleitet, und wir jungen Leute fühlten uns plötzlich, als müssten wir all den alten Kram über Bord werfen. Und nun hatte ich auch diese neue Liebe, die ich unbedingt von dem Trott in meiner Familie abschotten wollte.

An Wochenenden besuchte ich mit Jack zusammen Tanzveranstaltungen. Wir machten Ausflüge. Ich richtete es so ein, dass ich mit dem Bus in die Stadt fuhr und zu Hause so tat, als unternehme ich etwas mit meiner Freundin Evi. Oder ich erzählte, ich führe mit meinen alten Freundinnen weg und spazierte in Richtung Ortsausgang. Jack holte mich dann bei dem alten Wegekreuz am Dorfrand ab. Dass ich ausgerechnet in dieser Zeit fürs Abi lernen musste, machte die Sache oft schwierig. Ehrlich gesagt, brachte die Sache mit den Maikäfern mir bei den Abi-Noten letztendlich sicher so einige Minuspünktchen ein. Immerhin schaffte ich es dann doch.

Den Sommer über bis zum Beginn meines Studiums arbeitete ich in einem Hotel an der Mosel als Zimmermädchen, um mir Geld für das Studium zu verdienen. Das war eine optimale Gelegenheit, zu jeder freien Stunde Jack zu treffen, wenn er dann gerade auch Zeit hatte. Denn ab und zu kam es vor, dass mein

Herr Freund einfach nicht zu einer Verabredung erschien. Mal musste er seinem Vater bei Bauarbeiten helfen, mal Überstunden machen, mal sprang das Auto nicht an. Ich glaubte ihm. Dass ich oft stundenlang an den verabredeten Treffpunkten wartete, mir mit meinem Minirock bei schlechtem Wetter fast den Hintern abfror, mir der Regen in den Schuhen stand und ich ab und zu die kalte Wut bekam, verschwieg ich ihm nicht.

Doch was ich damals wohl in meiner Verliebtheit nicht checkte, war die Tatsache, dass er immer irgendwelche Ausreden parat hatte und ich, auch wenn ich ab und zu meckerte, doch allzu unterwürfig und blauäugig war. Er war auch blauäugig, aber nicht in dem Sinne. Selbst wenn ich noch so wütend war, wenn er mal wieder eine Stunde zu spät kam, ein Blick in seine himmelblauen Augen ließen mich jedes Mal nur so dahin schmelzen. Und wenn sein sinnlicher Mund mich dann noch anlächelte, konnte ich ihm nicht mehr böse sein.

Die Tatsache, dass er mich ja nicht anrufen konnte, wenn ich an irgendeiner Ecke auf ihn wartete, musste ich schließlich gelten lassen. Dass knappe vierzig Jahre später einmal jeder Mensch mit einem winzig kleinen Kommunikationsgerät in der Tasche herumlaufen würde, mit dem man eine SMS oder einen Anruf empfangen könnte, davon ahnten wir damals noch nichts.

Wenn aber nichts dazwischen kam und Jacks weißer Ford vor mir anhielt und ich einstieg, dann war die Welt in Ordnung. Dann summte und brummte nicht nur der Automotor, sondern auch die kleinen lieben Maikäferchen in mir. Nichts mit „Dein Vater ist im Krieg, dein Mutter ist im Pommerland, Pommerland ist abgebrannt – Maikäfer flieg“. Sie flogen von ganz allein. Und es kribbelte so schön…

Dass Jack ein Auto besaß, erlaubte uns, überall herum zu kutschieren, sämtliche bekannten Weinkeller an der Mosel kennen zu lernen und immer wieder an einem der großen Weinfeste, irgendeiner Kirmes in der Eifel oder im NCO-Club auf der Airbase Spangdahlem, wenn ein bekannter Star dort auftrat, zusammen mit seinen Freunden richtig toll zu feiern. Als Jack mich erst einmal soweit hatte, all meine moralischen Bedenken über Bord zu werfen, wurde das Auto auch zu unserem Liebesnest. Besonders bequem war es nicht unbedingt, aber Jack war geschickt darin, sich Stellen in Weinbergs- oder Waldwegen, auf den Höhen oder hinter irgendwelchen Hecken zu suchen, wo wir ungestört waren und wo er seine Verführungskünste an mir anwenden konnte. Ja, Verführungskünste. Damals war es mir nicht bewusst, das heißt in meiner jugendlichen Unerfahrenheit hätte ich daran überhaupt keinen Gedanken verschwendet, doch im Nachhinein betrachtet hätte ich merken müssen, dass Jack eine reiche Erfahrung in Sachen Liebe, Erotik und Verführungskünsten mitbrachte. Ich hätte wissen sollen, dass Erotik durchaus eine Kunst ist, die manche Männer unheimlich geschickt anzuwenden wissen. Frauen mit ihren Händen und ihren Lippen, mit sinnlich gesprochenen Worten, mit Liebesschwüren und Komplimenten so zu umgarnen, dass diese irgendwann gar keine Chance mehr haben, nein zu sagen. Dass sie dahin schmelzen wie ein Bällchen Eis, das man in die heiße Sonne legt.

Genauso ging es mir damals. Ich erlag seinem Charme und seinen Verführungskünsten. Ich glaubte seinen schmeichelnden Worten. Ich fühlte mich im siebten Himmel, obwohl ich immer noch oder sogar immer mehr von dem schlechten Gewissen gegenüber meiner Mutti und meiner Familie geplagt wurde. Die puritanische Erziehung war nicht ganz spurlos an mir vorüber gegangen. Obwohl Oswald Kolle in seinen Filmen den Deutschen klarzumachen versuchte, dass man Sexualität äußerst lustvoll genießen könne und solle und obwohl in den Städten gerade die sexuelle Revolution tobte, fühlte ich für mich einfach nicht die Freiheit, die ich gebraucht hätte, um wirklich zu genießen. Irgendwie kam mir immer dieses blöde schlechte Gewissen dazwischen. Mit der Beichte hatte ich es schon länger nicht mehr so genau genommen und als moderne junge Frau mit Abitur war ich mittlerweile der Meinung, dass die Kirche sich aus dem

Sexualleben der Leute herauszuhalten hatte. Und doch. Jedes Mal, wenn Jacks Auto den Weg in einen Waldweg und Jacks Hand den Griff für den Liegesitz gefunden hatte und ich mehr oder weniger sportliche Übungen vollbracht hatte, fühlte ich mich schlecht, unanständig, sündig. Ich gewöhnte mich daran. Ich liebte ihn. Und selbst wenn es nicht immer die größte Erfüllung für mich selbst war, dann tat ich es für ihn.

Einmal in diesem Sommer, wir tranken gerade in der Sansibar in Bernkastel einen sündhaft teuren Cocktail, sah ich Willi in weiblicher Begleitung hereinkommen. Natürlich hatten wir uns in der Schule und im Bus immer wieder gesehen und waren auch nicht umhin gekommen, ein paar Worte miteinander zu sprechen, aber wir waren uns im Grunde seitdem aus dem Weg gegangen. Nie mehr hatten wir über unsere Jugendliebe ein Wort verloren.

Willi hatte ein glattes Einser-Abitur hingelegt. Er hatte seine Haare wachsen lassen, trug einen kleinen Bart, ein buntes Hippiehemd und verfranste Schlaghosen. Als er, lässig und mit einem scheinbar vollkommen neuen Selbstbewusstsein mit seiner langhaarigen bebrillten Flamme an uns vorüberging und nur kurz grüßte, spürte ich einen Moment lang einen kleinen Stich in meiner Brust. Wow! Willi. Der kleine Poet. Literatur und Kunstgeschichte wollte er studieren und hatte heftigste Auseinandersetzungen mit seinem Vater, hatte mir Otmar kürzlich erzählt. Seine Familie hätte aus ihm lieber etwas Bodenständiges gemacht. Maschinenbauer, Ingenieur oder allenfalls noch Mathelehrer.

Mit Sachen wie Kunst oder Literatur hatten die Eifeler Bauern wenig im Sinn. Das einzige, was uns damals in den Volksschulen in dieser Richtung vermittelt worden war, waren die alten, aber ewig neuen Gedichte. Tante Agnes kannte sie noch alle. Manchmal stand sie in der Küche und rezitierte: „Zu Aachen in seiner Kaiserpracht – saß König Rudolfs heilige Macht“ oder „Die alte Waschfrau“, Schillers „Glocke“, die wir in der Penne auch auswendig lernen mussten. Einmal hatte ich Tante Agnes sogar bewundert dafür, dass sie nach all den Jahren noch den Erlkönig perfekt aufsagen konnte. Sie hatte sich geschmeichelt gefühlt und war den ganzen Nachmittag lang wie auf Wolken gewandelt. Damals hatte ich zum ersten Mal die Erfahrung gemacht, dass man mit ein paar netten Worten und ehrlich gemeinten Komplimenten Menschen sehr glücklich machen konnte.

Genauso erging es mir jetzt mit Jack, oder umgekehrt. Ich war sehr glücklich, wenn er mir nette Komplimente ins Ohr flüsterte. Nur leider merkte ich überhaupt nichts. Nichts davon, dass das ganze Gesäusele nicht wirklich echt war, dass er gar nicht daran dachte, irgendwann mit mir vor den Traualtar zu treten, dass es mit seinen finanziellen Mitteln gar nicht so weit her war, wie er damit umzugehen pflegte, dass er außer mir auch noch andere Eisen im Feuer hatte und und und. Dass alles wusste ich noch nicht, als ich mir den Kopf darüber zerbrach, ob ich nun wirklich zum Studium nach Köln gehen sollte, wo Tante Resi, eine Schwester von Mutti, ein Zimmer für mich freimachen konnte. Oder ob ich mir lieber eine Bürostelle in der Region suchen sollte, um meinem Jack immer nahe zu sein und das herrliche Leben weiter zu führen, wie ich es trotz der anstrengenden Arbeit im Hotel im Moment tat.

Als wir in dieser Bar saßen und über Willi sprachen, fragte mich Jack, wann denn nun mein Studium anfange. Ich zögerte, weil ich immer noch darauf wartete, dass er sagen würde: „Ach Marlene, bleib doch hier. Bei mir. Wir könnten heiraten“ oder so ähnlich. Ich glaube, wenn er auch nur ansatzweise etwas Derartiges gesagt hätte, ich hätte sofort meine Studienpläne aufgegeben. Ich glaube, Vater hätte sich im Grunde sogar noch darüber gefreut, dem ganzen Gerede zum Trotz, dass das doch nicht alles umsonst gewesen sein könnte, das mit der höheren Schule und dem Abitur.

„Hmm, ich… ich weiß noch nicht, ob ich das wirklich machen soll. Vielleicht… könnte ich ja… hier eine Stelle im Büro…?“

„Ach Quatsch Marlene, sei nicht dumm. Sieh mal, wenn du Lehrerin bist, dann verdienst du richtig gut, brauchst nur halbe Tage zu arbeiten und hast dazu noch monatelang Ferien.“

„Aber… aber was ist dann mit uns?“ stotterte ich herum. Ich war enttäuscht. Von ihm.

„Ach, Köln ist doch nicht so weit. Ich kann dich besuchen. Und mit dem Zug bis du ruck-zuck daheim.“

Später war ich ihm dankbar dafür. Es war aber auch so ziemlich das einzige, wofür ich ihm dankbar war.

Kurz bevor ich meine Siebensachen packte und zu meinem ersten Semester Pädagogik in Köln aufbrach, machte ich schlimme Tage durch. Meine Regel, die in der Regel recht unregelmäßig kam, hatte das Maß der Unregelmäßigkeit überschritten. Tagelang rannte ich alle zehn Minuten aufs Klo, ungeduldig darauf wartend, dass sich endlich etwas tat. Inzwischen hatte ich zu Hause von Jack erzählt, nachdem mich Otmar, der ebenfalls auf Freiersfüßen lief, in einer Disco der Kreisstadt mit ihm gesehen hatte. Ziemlich eng umschlungen einen langsamen Blues tanzend, was mir im Übrigen ziemlich peinlich war.

„Du hast einen Freund?“ fragte Mutti mit neugierigen Augen.

„Oh je, Kind, pass nur auf dich auf!“ gab Tante Franziska mir als Rat und auch Tante Agnes musste seufzend und mit erhobenem Zeigefinger ihren Senf dazugeben: „Bleiw joh anschtändisch! Dän lieben Gott seht alles, Marlene!“

Mutter hasste es, wenn sich die Tanten überall einmischten. Sie konnte sich nicht verkneifen, zu sagen: „Na ja, der liebe Gott will sicher nicht, dass alle Mädchen irgendwann so alte Juffern werden wie ihr.“ Woraufhin beide Tanten beleidigt abzogen.

Kurz darauf, nachdem ich Jack auf all die Unarten meiner Großfamilie vorbereitet hatte, brachte ich den Mut auf, ihn mit nach Hause zu nehmen, als er mich wieder einmal mit seinem Auto ins Dorf brachte. Ich kann nicht verhehlen, dass ich schon in hohem Maße stolz auf ihn war, als er ohne mit der Wimper zu zucken mit seinem feinen Anzug und Schlips, immer noch diesen köstlichen Duft von Tabac au de Cologne um sich verbreitend, mit seinem strahlendsten Lächeln sämtlichen Familienmitgliedern die

Hand reichte und – ganz der Mann von Welt – mit jedem einen kleinen Small-talk hielt.

Dann aber, in diesen Tagen vor meiner Abreise, machte ich mir ernsthaft Sorgen darum, dass unsere artistischen Einlagen im Auto nicht ohne Folgen geblieben waren. Ich verfluchte mich dafür, dass ich nicht Jacks Rat gefolgt war, mir beim Arzt diese neue Antibabypille verschreiben zu lassen, aber ich hatte einfach Angst, dass ich als noch nicht Volljährige dafür die Unterschrift meiner Eltern benötigen könnte. Nun plötzlich fragte ich mich, wie es meine Eltern geschafft hatten, nicht mehr als drei Kinder zu zeugen und überhaupt, über das Liebesleben meiner Eltern hatte ich überhaupt noch nie nachgedacht. In diesem Haus mit den kleinen Zimmern, Wand an Wand mit den Tanten, den Großeltern und uns Kindern war es ganz bestimmt nicht einfach, erotische Träume auszuleben. Und sollte die fromme Tante Agnes auch nur irgendwelche verdächtigen Geräusche hören, würde sie sicher mit dem Weihwasserkessel herumlaufen, um sämtliche sündigen Gedanken damit zu vertreiben. Vermutlich würden auch Tante Franziskas Rosenkränze erhöhte Abnutzungserscheinungen aufweisen.

Als ich es in meiner Not nicht mehr aushalten konnte, lief ich zur Post und rief Jack in der Firma an. Wenn mein Vater auch gerne moderne landwirtschaftliche Geräte anschaffte, ein Telefon im Haus empfand er immer noch als reinsten Luxus. Immerhin gab es damals noch in jedem Dorf eine Poststelle mit einem öffentlichen Telefon und ein tägliches Postauto, das auch hier und da schon mal Leute mit in die Kreisstadt nahm.

Ich musste leise sprechen, damit die Postfrau nicht heimlich aus dem Nebenraum mithören konnte. Es war mir schon peinlich genug gewesen, die Frau von ihrer Gartenarbeit wegzuholen und sie zu bitten, mir den Zähler des Telefonapparates einzustellen.

Jack hörte sich nicht gerade freundlich an, überhaupt nicht so wie sonst, wenn er mir zärtliche Worte ins Ohr säuselte. „Marlene, ich bin bei der Arbeit, lass uns später darüber reden."

„Aber in zwei Tagen fahre ich nach Köln, was ist, wenn…?"

„Du, ich habe zu tun. Wir sehen uns ja sowieso morgen Abend."

War das alles, was er dazu zu sagen hatte? Zum ersten Mal fing ich an, mir über unsere Beziehung Sorgen zu machen. Zum ersten Mal stellten meine munteren Käferfreunde ihr Krabbeln ein. Für den Moment lagen sie auf dem Rücken, unfähig sich ohne Hilfe umzudrehen und wieder auf die Beine zu kommen.

Ich betete, ich hoffte. Ich flehte alle Heiligen im Himmel an. Ich, die in letzter Zeit immer weniger zur Kirche ging, die Unfehlbarkeit des alten Herrn in Rom anzweifelte, meine Sünden nicht mehr beichten ging und damit meiner Familie ernste Sorgen bereitete. Ich war in Not. Doch am nächsten Abend, als ich schon auf gepackten Koffern saß und Jack mit seinem Auto vor unserer Haustür stand, war bereits alles wieder vergessen. Nichts war. Das heißt, die mögliche Schwangerschaft war bereits Vergangenheit. Ich konnte aufatmen.

Jack fuhr mit mir ein wenig in der Gegend herum und wir redeten. Ganz zart und versteckt versuchte ich, ihm Vorhaltungen zu machen, und doch brachte ich es nicht wirklich fertig, ihm böse zu sein. „Ich wusste doch, dass alles in Ordnung ist" sagte er munter und „Du kannst mir vertrauen. Ich passe schon auf!"

Beim Abschiednehmen im Feldweg neben der dicken Eiche schmiegten wir uns eng aneinander. Meine Blicke versanken ein letztes Mal in seinen unendlich blauen Augen. Seine Nase und seine flüsternden Liebesbeteuerungen kitzelten in meinem Ohr, und dann schenkte er mir ein Goldkettchen mit meinem Sternzeichen. „Damit du in Köln an mich denkst" sagte er, steckte sich eine Zigarette an und pustete mir den Rauch ins Gesicht. Die Tierchen waren wieder auf die Beine gekommen.

In der Zeit danach waren meine Tage damit ausgefüllt, Köln, die Uni, neue Freunde und nicht zuletzt Tante Resi und ihre Männerbekanntschaften kennen zu lernen. Oh je, meine Familie hätte drei Kreuze geschlagen, wenn sie gewusst hätte, in welches Sündenbabel sie mich da geschickt hatten. Nie mehr hätte Vater Tante Resi als feine Dame bezeichnet, hätte er auch nur annähernd geahnt, was diese liebe Verwandte für einen Umgang pflegte. Umgang – na ja. Es waren alles seriöse, anständige und hochstehende Herren, wie Tante Resi immer betonte, die in ihrer stilvollen Altbauwohnung ein- und ausgingen. Sie kamen zum Kaffee, zum Abendessen, manchmal sogar zum Frühstücken. Sie brachten Tante Resi Blumen mit oder Pralinen. Nie im Leben habe ich so viele Pralinen gegessen, wie zu der Zeit bei Tante Resi. Sie schenkte sie mir. Sie selbst wollte schlank bleiben.

Die Herren der feinen Gesellschaft verwöhnten Tante Resi. Und Tante Resi verwöhnte sie, die alle so ihre Vorlieben hatten. Jeweils nach ihren Geschmäckern. Ich gewöhnte mich daran, dass jeden Mittwochnachmittag nach dem Nachmittags-Kaffee Beethovens Neunte erscholl und freitags abends Tante Resis Plattenspieler mindestens vier Mal hintereinander „Marmor, Stein und Eisen bricht“ von Drafi Deutscher ertragen musste. Damm Damm. Trotz der Musik und trotz der dicken Wände war es nicht zu vermeiden, dass gluckerndes Gekicher, zufriedenes Gestöhne und sonstige Zwischentöne meine Ohren erreichten. Nach ein paar Wochen hatte ich es heraus, zu welchen Zeiten ich mich besser nicht in meinem Zimmer aufhielt. Ich fing an, in Köln herumzustreifen und suchte den Kontakt mit weiblichen und hier und da auch männlichen Kommilitonen. Auf die Idee, den werbenden Blicken irgendeines Studenten zu erliegen, kam ich überhaupt nicht, hingen doch all meine Sehnsüchte trotz aller Ablenkungen immer noch nur bei meinem Jack in der fernen Eifel.

Was ich bei Tante Resi als äußerst angenehm empfand, war die Tatsache, dass sie ein Telefon besaß. So konnte mich Jack von seiner Firma aus immer wieder einmal anrufen, ohne dass es ihn auch nur einen Pfennig gekostet hätte. Er tat es auch – manchmal. (Er hatte ja so wenig Zeit) Auch Tante Resis Bad war für mich so etwas wie ein kleines Paradies. Es besaß ein Spülklosett, eine riesige Badewanne und eine Brause und war mit hellgrünen Fliesen gekachelt. Überall hatte Tante Resi Parfümfläschchen, Badeperlen, Cremes und Make-up herumstehen und alles davon durfte ich benutzen. Sie war sehr großzügig. So großzügig, wie die Herren, die sie regelmäßig besuchten.

Einmal im Monat bestieg ich den Zug in Richtung Eifel. Bei meinen Heimatbesuchen wurde mir der Unterschied zwischen Großstadt und Provinz von Mal zu Mal deutlicher. Samstags, wenn ich vom Zug oder vom Bus aus den Weg zu unserem Haus ging, waren die meisten Leute damit beschäftigt, ihre Hausflure zu putzen und Höfe und Straßen von Kuhfladen und Hühnerkacke zu reinigen. Zuhause in unserem großen Bauernhaus war alles wie immer. Die Männer arbeiteten im Stall oder auf dem Feld, die Tanten beklagten sich über sämtliche Wehwehchen und meckerten mit Mutter über das Essen, über die Wäsche und überhaupt über alles. Mutter beklagte sich über die nörgelnden Tanten und die viele Arbeit mit der bettlägerigen Oma. Opa tapste leicht senil und nicht wissend, was er noch mit sich anfangen sollte, in der Gegend herum.

Die Sehnsucht nach der Heimat, die mich in der Großstadt immer wieder überfiel, kehrte sich – kaum dass ich zuhause war – um. Es war nicht mehr meine Welt. Kaum hatte ich zuhause allen „Tach" gesagt und den ersten Schwall an Fragen über mich ergehen lassen - bei deren Beantwortung ich mit keinem Wort Tante Resis Lebenswandel erwähnte – dann lief ich rasch auf einen Sprung zu meiner alten Freundin Uschi. Sie war die einzige, der ich in allen Einzelheiten von Jack erzählen konnte. Uschi hatte sich auch verliebt. Ich war nicht begeistert davon, dass sie ausgerechnet mit unserem alten Schulkollegen, dem Großmaul Arnold zusammen war, doch versicherte sie mir, dass er sich sehr verändert hatte gegenüber damals, als wir noch Kinder waren.

Ja ja, wir veränderten uns. Uschi arbeitete im Büro, trug chice Sachen und schminkte sich. Sie wusste, in welchem Dorf Kirmes oder Musikfest war und wo die Gauchos spielten, die für unseren damaligen Geschmack eine hervorragende Tanzmusik machten. Manchmal schaffte ich es, dass Jack mit mir dorthin fuhr. Öfter aber verschwanden wir, nachdem mich Jack offiziell zu Hause abgeholt und dort einen guten Eindruck hinterlassen hatte, an solch einem Wochenendabend in einer der wenig beleuchteten Diskos im Umkreis des amerikanischen Flugplatzes in Spangdahlem, wo innerhalb weniger Kilometer gleich drei beliebte Lokale zur Verfügung standen, die mit den Kölner In-Lokalen durchaus konkurrieren konnten. Jack konnte himmlisch gut tanzen. Ich bildete mir ein, es auch zu können und ob wir beide auf der Tanzfläche der Kajüte zu den neuestens Songs der Beatles, Rolling Stones oder der Beachboys wilde Verrenkungen machten oder uns bei „Catch the Wind“ oder „Je t'aime“ in der Märchengrotte eng aneinander schmiegten, hatte ich immer das Gefühl, von allen ums uns herum beneidet zu werden. Dieser hübsche John-Lennon-Verschnitt war meiner. Ich liebte ihn.

Von Köln aus schrieb ich ihm Briefe voller Liebe und Sehnsucht, aber doch nur so, wie es meiner Erziehung nach einer jungen Dame geziemte: zurückhaltend, nicht fordernd, immer darauf wartend, dass es der Mann sein muss, der die ersten Schritte tut. Nie hätte ich ihm offenbart, dass ich von einer gemeinsamen Zukunft träumte, dass ich – ganz gegen meine moderne Lebenseinstellung und die neuesten Großstadtströmungen mit und Kommunen, freier Liebe etc. – so gerne ganz konventionell Verlobung mit ihm gefeiert hätte. Oder gar Hochzeit mit allem drum und dran. Genauso wie er in unseren stillen Stunden im Auto derjenige war, der die Initiative ergriff, genauso sollte auch er es sein, der irgendwann zu mir sagen sollte: „Möchtest du mich heiraten?“ oder mir wenigstens einen Verlobungsring an den Finger steckte. Er tat es nicht.

Ich studierte. Ich floh weiterhin vor Beethovens Neunter und vor Drafi-Deutscher-Liedern. Mit der Zeit bekam ich Zugang zu Studentencliquen. Meine halbgeschlossenen Augen gegenüber der Männerwelt begannen sich mehr und mehr zu öffnen. Und manchmal schlossen sie sich auch wieder zur Hälfte, wenn ich mich überreden ließ, an einem dieser wundersamen Glimmstängel zu ziehen, die besonders die Studentenwelt eroberte und in tiefe Träume fallen ließ.

Was sich am meisten änderte, waren meine Klamotten. Zunehmend achtete ich weniger darauf, ordentlich auszusehen. Viel mehr wollte ich ‚in' sein, vergammelt herumlaufen. Meine Haare wurden immer länger und meine Miniröcke immer kürzer. Mit neuen Jeans setzte ich mich erst einmal in Tante Resis große Badewanne, damit sie sich nach dem Trocknen hauteng an Po und Oberschenkel anschmiegten. Oberteile und Pullis waren eng und kurz und ließen bei jeder Bewegung ein wenig Bauch herausschauen. Stöckelschuhe blieben im Schrank, jetzt waren Plateauschuhe angesagt. Wenn ich durch Köln ging, pfiffen die Gastarbeiter hinter mir her, die man zu der Zeit aus Italien und der Türkei nach Deutschland lockte, weil der Arbeitsmarkt einen Rekord erreicht hatte und man dringend nach Arbeitskräften suchte. (Arbeitslosigkeit 1969: 0,5 %!) Um Geld für neue Klamotten zu haben, jobbte ich abends in einer Kölner Kneipe. Von meinem ersten Lohn kaufte ich mir einen Maximantel, auf Taille geschnitten und bis zum Boden reichend. Passend dazu kniehohe Stiefel. Als ich damit in die Eifel kam, wurde ich angeglotzt wie ein Mondkalb und selbst Jack wusste nicht so recht, was er dazu sagen sollte.

Am Tag, als meine Oma begraben wurde, zog mich Otmar nach dem Leichenschmaus von den anderen weg und flüsterte mir ins Ohr: „Ich muss dir etwas sagen. Ich habe deinen Jack mit 'ner anderen gesehen. Lass ihn laufen!" Ich war ein wenig durch den Wind, immerhin hatte ich gerade meine Oma verloren. Zugegebenermaßen, seit meiner Kinderzeit war meine Bindung zu ihr nicht mehr allzu eng und da sie in letzter Zeit meiner Mutter schon arg zu Last gefallen war, dachte ich auch in etwa so wie Nachbarn, Freunde und die anderen Leute aus dem Ort: „Es war wohl besser für sie…“

Otmars Nachricht erwischte mich kalt. Ok, ich hatte auch einmal mit einem Studenten ein wenig herumgeknutscht, aber jetzt war ich doch zusätzlich zu der echten Trauer um meine Oma äußerst beunruhigt. Am nächsten Tag, als ich mit Jack in einem Clublokal an der Theke saß und ziemlich nervös an einer Zigarette sog, stellte ich ihn zur Rede. Er stritt es nicht ab. Er sagte einfach gar nichts. Ein paar Tränen liefen mir herunter. Er bezahlte und zog mich mit sich. Im Auto küsste er mich, flüsterte mir heiße Sachen ins Ohr, ließ seine flinken Finger virtuos auf meinen Körperteilen spielen. Ich war blöd. Ich sagte es mir immer und immer wieder, doch ich konnte einfach nicht dagegen an. Nicht gegen diese Liebe und nicht gegen meine Dummheit und nicht gegen die Maikäfer, die ich damals viel besser gleich den Hühnern zum Fraß hingeworfen hätte oder sie einfach hätte fliegen lassen. Hinaus – hinaus in die Welt, auf dass sie irgendwann einmal wiederkämen - bei dem Richtigen.

In den Monaten danach taten sich immer wieder solche Momente auf. Mal war es Otmar, mal Uschi, mal Evi, die mir vorsichtig, ohne meine Gefühle allzu sehr verletzen zu wollen, beizubringen versuchten, dass Jack mir untreu war. Mein Gemütszustand unterlag riesigen Schwankungen. Ungute Gefühle wie Misstrauen, Argwohn, Besorgnis, Eifersucht verwandelten sich mit Hilfe von Jacks Zärtlichkeiten in Lust, Hingebung, Liebe, Entrücktheit, Zuversicht und Hoffnung. Während die Eifeler Bevölkerung stolz darauf war, dass mit Karl Schiller einer aus ihren Reihen Wirtschaftsminister in Bonn wurde, die Baader-Meinhof-Bande Bombenanschläge verübte, Borussia Mönchengladbach deutscher Fußballmeister wurde und die Bundesliga unter einem Korruptionsskandal litt, litt ich Höllenqualen. Ich machte mit Jack Schluss, ich versöhnte mich wieder. Ich kam mir vor wie Scarlett

O'Hara aus dem Buch „Vom Winde verweht", das ich gerade gelesen hatte, die mit ihrem Red auch so ihre Probleme hatte. Ich konnte nicht mehr essen, nicht mehr schlafen. Selbst Tante Resi machte sich Sorgen um mich.

„Kind" sagte sie, „lass dir von einer erfahrenen Frau etwas sagen. Die Männer sind es nicht wert. Liebe, das ist nur eine Illusion."

„Aber… aber" stotterte ich, „es ist doch auch so schön!"

„Und es tut so weh" sagte sie.

Mutter hatte mir nur erzählt, dass Tante Resi's Mann sich nicht lange nach der Hochzeit auf und davon gemacht und Resi mit einem Haufen Schulden hatte sitzen lassen. Ich scheute mich, Tante Resi danach zu fragen. Vielleicht war sie ja deshalb auf den Dreh gekommen, reiche alte Knacker auszunehmen – ach nein, zu verwöhnen - und damit nicht schlecht zu leben.

„Du bist so ein hübsches Mädchen, du kannst an jedem Finger fünf haben. Und außerdem, du bist noch so jung".

Ende der sechziger/Anfang der Siebziger Jahre war es nicht mehr das erklärte Ziel junger Mädchen, möglichst schnell zu heiraten und Kinder zu bekommen. Und ich als moderne junge Frau versuchte mir auch unbedingt auszureden, ‚nur' die altmodische Rolle einer Ehefrau und Hausfrau ausfüllen zu wollen. Trotzdem wollte ich unbedingt verhindern, dass meine erste große Liebe in die Brüche ging. Sie tat es dennoch.

Als der beliebte Jazzmusiker Louis Armstrong starb, starb auch unsere Liebe. Im Radio sangen sie ausgerechnet „Sugar sugar", als mir Jack mit stockenden Worten eröffnete, dass es aus sei. Dass er heiraten ‚müsse'. Eine andere war von ihm schwanger. Das war einfach nur bitter, hatte nichts mit Sugar oder Süße zu tun. Seit diesem Tag nahm ich nie wieder Zucker in den Kaffee.

Eigentlich fiel ich nicht aus allen Wolken. Ich hätte es ahnen können, ich hätte es wissen müssen. All die liebevollen Gesten, die zärtlichen Flüsterworte, alles nur Schau. Obwohl ich mir letztendlich selbst die Schuld gab, weil ich so naiv gewesen war, weil ich aus der Eifel weggegangen war oder warum auch immer, zerbrach etwas tief in mir. Meine unbeschwerte jugendliche Lebensfreude war mit einem Mal einer typisch weiblichen Erkenntnis gewichen: Männern ist nicht zu trauen!

Als heulendes Elend verkroch ich mich danach tagelang in meinem Zimmer. Ich war nicht fähig, montags wieder nach Köln zu fahren und es war mir völlig gleichgültig, dass ich ein paar wichtige Vorlesungen verpassen würde. Alle wollten mich trösten mit Worten wie: „Er ist es nicht wert, dass du ihm nachweinst", „Ich habe es mir gleich gedacht" „Ach Marlene, mach dir nicht so viel daraus, es laufen noch so viele hübsche Kerle herum". Nur Tante Agnes meinte: „Ach schade, das war so ein feiner Kerl". Sein Anzug und seine Manieren hatten sie tief beeindruckt.

Auch ich selbst versuchte, mit den in solchen Fällen gängigen Argumenten meine tiefe Melancholie zu vertreiben, hatte aber keinen Erfolg. Es war, als sei ich vom hellen Sonnentag ohne Dämmerung in tiefste Nacht gestolpert und aus der Hitze des Äquators in Minutenschnelle auf dem Nordpol gelandet. Ich weinte, ich zitterte, ich glaubte, eingefroren zu sein. Als keine Tränen mehr aus meinen Augen kamen, setzte ich mich in den Zug und fuhr nach Köln.

Die Vorlesungen waren mir nach wie vor egal, meinen Job in der Kneipe ließ ich sausen. Ich streifte durch die Gegend, suchte Cliquen, auf deren Partys Joints die Runde machten, und genoss es, mich zuzudröhnen, um wenigstens für ein paar Stunden diesen dumpfen Schmerz zu vergessen. Da ich selbst nicht genug Geld für solchen Stoff besaß, tat es hier und da auch eine Flasche billigen italienischen Lambruscos, meine Trauer zu ersticken und meine sehnsüchtigen Erinnerungsgedanken zu benebeln. Ich glitt ab.

Tante Resi tat ihr Bestes, mich mehr freundschaftlich als mütterlich wieder in Bahnen zu bringen. Sie gab mir Ratschläge, kochte für mich, obwohl ich kaum etwas hinunter bekam und regelrecht abmagerte. Sie schleppte mich in Museen und Galerien, sie erzählte mir sogar ihre eigene traurige Lebensgeschichte, damit ich daraus lernen konnte. Sie war damals viel schlechter dran gewesen als ich es nun war. Immerhin hatte mir der Saukerl nicht auch noch Schulden hinterlassen wie der von Tante Resi. Ich sagte mir tausend Mal, dass so etwas einfach passiert, immer wieder vorkommt. Trotzdem schaffte ich es nicht, meine Gemütslage umzukrempeln. Phasen, in denen ich ihn vor Wut hätte umbringen können wechselten schlagartig mit wehmütigen Erinnerungen und dem dringenden Wunsch, die Zeit zurückdrehen zu können.

Dass ich mein Studium an den Nagel gehängt hatte, erzählte ich weder Tante Resi noch meiner Familie. Ich wohnte weiterhin in einem von Tante Resis stilvollen Zimmern, lungerte in der Stadt herum, setzte mich zu den Hippies und Blumenkindern auf die Treppe vor dem Dom und hörte ihnen zu, wenn sie Gitarre spielten und sangen „Let the sunshine in" aus dem neuen Musical Hair. Let the sunshine in! Ja, bei all den dunklen Wolken um mich herum wünschte ich es mir so sehnlich, dass ich den Sonnenschein auch wieder in mich hineinlassen könnte.

Als Tante Resi merkte, dass ich nicht mehr studierte, hielt sie mir eine Gardinenpredigt und informierte meine Eltern. Sie drohte, mich hinauszuwerfen, wenn ich nicht sofort wieder mein Studium aufnehmen oder aber mir eine Arbeitsstelle suchen würde. „Die ganze Zeit umsonst studiert! Marlene, sei doch nicht dumm!" Weil ich – total aus der Bahn geworfen – überhaupt nicht einsah, weiter zu studieren und mir mittlerweile ein Leben als Lehrerin gar nicht mehr wünschenswert erschien, gab ich Tante Resis Drängen schließlich nach, mich in der Firma ihres „Beethovens-Neunte-Mackers" als Büroangestellte vorzustellen. Irgendwann hatte ich mal einen Schreibmaschinenkurs besucht, ansonsten hatte ich keine Ahnung von Büroarbeiten. Sie nahmen mich. Ob auf die Fürsprache von Tante Resi oder wegen der Hochkonjunktur, die jede Menge offene Stellen bot, ich arbeitete von nun ab im Büro.

Im Nachhinein war ich Tante Resi dankbar. Gerade in dieser Zeit war es die beste Medizin für mich, neue Sachen zu lernen, mich mit Kolleginnen anzufreunden, zu geregelten Zeiten aufzustehen und zum Bus zu rennen. Ich fing ein neues Leben an und musste feststellen, dass der blöde alte Spruch, den Tante Franziska losgelassen hatte, gar nicht so falsch war. „Die Zeit heilt alle Wunden“. Die Wunde heilte. Viel langsamer als eine Blinddarmnarbe. Und jucken tat sie auch noch. Doch nach und nach merkte ich, dass ein Kapitel abgeschlossen war. Dass aber jemals noch einmal ein Schwarm Maikäfer in meinem Körper herumschwirren sollte, konnte ich mir zu der Zeit nicht vorstellen.

In den nächsten Jahren, in denen die Bundesrepublik von Bombenanschlägen und Terroristen heimgesucht wurde und nach enormen Preissteigerungen zweistellige Lohnerhöhungen gefordert wurden, kam mein eigenes Leben eher etwas zur Ruhe. Es verirrten sich höchstens mal ein oder zwei dieser krabbelnden Frühlingstierchen in meinem Bauch. Sie brummten auch weder besonders laut noch schlugen sie sonderlich heftig mit ihren Flügeln. Mag sein, dass es ja auch nur stinknormale Eintagsfliegen waren.

Mit meinem Übergang von der Studentin zur Büroangestellten veränderte sich mehr und mehr auch mein Umfeld. Mit den neuen Kolleginnen zusammen suchte ich nun andere Kneipen und Diskotheken auf. Die Männer, die dort zur Auswahl standen, erinnerten mich immer noch viel zu sehr an Jack, und doch bahnten sich allmählich die menschlichen Urtriebe wieder einen Weg zu mir. Trotz meiner schlechten Erfahrungen war der Drang zum anderen Geschlecht hin nicht auszurotten. Ich flirtete wieder.

Da ich ja nun Geld verdiente, suchte ich mir ein eigenes Zimmer und besuchte Tante Resi nur noch sporadisch. In meinem möblierten Zimmer mit separater Minidusche und WC konnte ich tun und lassen was ich wollte. Ich war volljährig. Sogar Partys konnte ich feiern. Es gingen zwar keine Joints rund in meinem neuen Freundeskreis, doch gehörten Alkohol und Zigaretten einfach zu solchen Partys dazu, die Anfang der Siebziger überall wild und heftig gefeiert wurden. Ebenso wie Salzstangen und Erdnussflips oder gar ein kaltes Buffet mit Käseigeln, gefüllten Eiern und Kartoffelsalat. Ich schwofte mich durch den Kölner „Fastelovend", die närrische Zeit, die ich schon aus der Eifel kannte, die aber in Köln noch um einiges ausufernder gefeiert wurde, und brüllte zusammen mit tausenden von Zuschauern „Kölle Alaaf", wenn der Karnevalszug vorbei zog.

Mit der rheinischen Sprache hatte ich keine allzu großen Probleme. Mein moselfränkisches Eifeler Platt wies viele Ähnlichkeiten zum Ur-Kölner Dialekt auf. Jot, Jedöns, Jeck, jraduss, Klatschkies, solche Wörter waren mir aus der Eifel durchaus bekannt. Nur dass ‚en Schmeer', wie wir Eifeler ein Butterbrot bezeichnen, in Köln ein ‚Botteramm' ist, war mir unbekannt. Und dass es sich bei einem ‚halven Hahn' um ein Käsebrötchen handelte, dass ‚Pluute' Klamotten waren und ein Kind als Puut bezeichnet wurde, musste ich lernen.

Ich lernte auch Steno und tippte mit der Zeit immer schneller auf meiner Schreibmaschine. Wegen meiner Fähigkeit, die Korrespondenz auch in englisch und französisch zu erledigen und Briefe selbst zu formulieren, überließ mir mein Chef immer mehr eigenständige Aufgaben. Mein Gehalt wurde erhöht und je mehr ich mich in die Materie des Kaufmännischen hineinarbeitete, umso mehr machte mir meine Arbeit Spaß. „Beethovens-Neunter", wie ich Herrn Neumann in Gedanken immer noch nannte, war ein cleverer Geschäftsmann, der damals schon Klamotten für deutsche Markenfirmen im billigeren Ausland anfertigen ließ. Er konnte die Sachen, die in Italien und Spanien gefertigt wurden, zu Preisen anbieten, die weit unter deren Herstellungskosten in Deutschland lagen.

Sehr bald erwachte in mir der Ehrgeiz, auch italienisch und spanisch zu lernen, um in Zukunft auch einmal mit auf Geschäftsreise zu gehen. Zunächst aber verbrachte ich wenigstens meinen Urlaub in diesen südlichen Ländern. Was heißt schon wenigstens?

Damals, als sich die Deutschen zu Zeiten der Hochkonjunktur erstmals leisten konnten, in Scharen die Strände am Mittelmeer zu bevölkern, war es für mich Eifeler Landei das Größte überhaupt, einmal ins Ausland zu reisen. Ich flog sogar mit dem Flugzeug. Ob überhaupt schon jemals ein Bewohner aus meinem Eifeldorf ein Flugzeug von innen gesehen hatte?

Als ich mit meiner Arbeitskollegin Dagmar das erste Mal nach Mallorca flog, war ich nach langer Zeit noch einmal absolut glücklich. Aus einer unserer Firmenkollektionen, die uns Herr Neumann freundlicherweise zu Einkaufspreisen überließ, hatten wir uns ein paar besonders ausgefallene Klamotten ausgesucht. So stolzierten wir abends auf der Promenade mit bauchfreien langen Strandkleidern herum oder führten in den Diskos die neuesten Maxikleider vor, nachdem wir uns tagsüber an den Stränden in knapper Bikinimode gebräunt hatten. Feurige Spanier machten uns den Hof, lärmende Engländer stellten uns nach und kühle blonde Skandinavier verdrehten uns die Köpfe. Die Wärme, die Urlaubsstimmung und die Schar der internationalen jungen Leute ließen mich die Welt zu Hause und auch meine verflossene große Liebe vergessen. Billiger Sekt, Sangria, Cuba libre und Lumumba, Schmusesongs und spanische Gitarrenrhythmen taten ihr übriges. So war es nicht verwunderlich, dass wir unseren Urlaub mit heißen Flirts und innigen Knutschereien versüßten. Manchmal gelang es sogar einem unserer Flirtpartner, sich an einem Nachtportier vorbeizuschmuggeln und an unserer Zimmertür anzuklopfen.

Die braun-schwarzen Käferchen tauchten auf, als ich einen blonden Dänen kennen lernte. Ein Inbegriff eines Wikingers. Er tanzte mit mir zu dem Ohrwurm Chirpy Chirpy Cheep Cheep, das sowohl die Musikbox am Strand den ganzen Tag über hunderte

Male herunterrasselte als auch die Tanzband in einer der großen Diskos spielte. Bei „Ruby Tuesday“ schmiegten wir uns aneinander und beim Rauschen der Meereswellen am nachteinsamen Strand unterhielten wir uns in Englisch über den Nahost-Konflikt, die Ölkrise, die Terrorakte arabischer Terroristen, über Solschenizyn's Archipel Gulag, den ich auch gerade las, und über Gott und die Welt. Endlich noch mal einer, mit dem man reden konnte und der nicht ausschließlich an meinem Körper interessiert war.

Als er mich zu fortgeschrittener Nachtstunde zu meinem Hotel brachte, küsste er mich. Nicht auf die fordernde, erotische Tour, eher ganz zart, liebevoll, vorsichtig. Am nächsten Tag sah ich ihn mit seinen Kumpels in der Strandbar. Etliche Champusflaschen hatten sie bereits geleert. Sein Rücken war knallrot. Hautstreifen lösten sich. Blonde Haare und helle Haut vertrugen sich nicht mit der intensiven Mittelmeersonne. Dem Körperbau nach aber hätte er jeder römischen Statue eines Adonis gerecht werden können. Wow!

Der Eindruck, dass er vor seinen Kumpels nicht zeigen wollte, dass sich zwischen uns etwas entwickelte, verstärkte sich im Laufe unserer letzten und gemeinsamen Urlaubswoche. Trotzdem trafen wir uns fast jeden Abend, obwohl ich Dagmar gegenüber ein schlechtes Gewissen hatte, sie allein zu lassen. Als wir schließlich Abschied nehmen mussten, konnte ich ein paar dicke Tränen nicht zurückhalten. Warum lernte ich einen Mann wie Kristian nicht in Köln kennen? Wir tauschten unsere Adressen aus. Die Melolontha Linnaeus waren innerhalb weniger Tage aus ihrem Stadium der Engerlinge in ausgewachsene Maikäfer übergegangen und schwirrten in meinem Bauch herum.

Oh, dieses Kribbeln! Endlich war es noch mal da.

Ich hatte ein paar hübsche Fotos von meinem blonden Urlaubsschwarm gemacht und stellte mir eines davon auf meinen Nachttisch. Wir schrieben uns. Genauso wie wir uns unterhalten hatten, über alles Mögliche. Er studierte Maschinenbau, er hatte Stil, vielseitige Interessen und er schien äußerst intelligent zu sein.

Auf seine Briefe antwortete ich postwendend, doch mit der Zeit kamen sie immer spärlicher. Er schrieb nichts von Liebe und das hätte mir verdächtig vorkommen müssen. Als er irgendwann schrieb, dass er in Dänemark eine Freundin hat und er nun schon eine ganze Zeitlang hin und her gerissen ist zwischen mir und ihr, wusste ich, dass es aus war, ehe es richtig angefangen hatte. Die Maikäfersaison war schon wieder zu Ende. Als fertige Käfer haben sie nun mal nur eine Lebenserwartung von vier bis sieben Wochen. Ach herrje, sollte es mit meinen Amouren so weitergehen? Wenn ich es recht bedachte, war mir von Anfang an klar gewesen, dass es auf die Entfernung hin auf Dauer sowieso nicht funktionieren konnte.

Über mein Gehalt bei meiner Firma konnte ich nicht klagen. Beethovens-Neunter zeigte sich nicht knauserig. Trotzdem blieb am Ende eines Monats kaum viel mehr übrig, als ich eben mal für eine Fahrkarte nach Hause in die Eifel benötigte. Das Leben in der Stadt war nicht billig. Dazu kam, dass ich den Verlockungen der Kaufhäuser nicht sonderlich gut widerstehen konnte. Meine Familie konnte nur noch den Kopf schütteln, als ich, nach der neuesten Mode gekleidet, mit bunter Handtasche und breitem Schlapphut aus dem Zug stieg, um zu Gerds Hochzeit zu Hause zu sein. Ein bisschen waren sie natürlich auch stolz auf mich. Ihr kleines dünnes Marlenchen war jetzt eine feine Stadtdame mit rot lackierten Fingernägeln und Parfümduft. „Nee, nee, Marlene“ sagte Tante Franziska missbilligend, „wie du aussiehst! Kein Wunder, wenn du keinen Mann findest.“

„Du hast ja auch keinen gefunden“ rutschte mir heraus und gleichzeitig tat es mir schon leid. Da war doch irgendetwas, was Mutter einmal angedeutet hatte, über das in der Familie aber niemand sprechen durfte. Ich wollte nicht nachhaken.

Meine Familie war immer noch ein ziemlich chaotischer Haufen, so ähnlich wie die Hühnerschar, die in unserem Hof herumlief, gackerte, sich um die besten Würmer stritt und überall ihre winzigen Häufchen hinterließ. Wenn jedoch Gefahr von außen lauerte, dann hielten alle zusammen. Genau wie wir. Das Zusammenleben so vieler unterschiedlicher Menschen unter einem Dach war nicht einfach. Obwohl sie sich im Grunde von Herzen liebten, gab es täglich Reibereien.

Tante Agnes zog den Atem mittlerweile noch lauter ein und aus schaffte es kaum noch, sich mit ihren Gicht-Händen die Haare zu einem Dutt zu stecken. Opa war nur noch ein Schatten seiner selbst. Otmar übernahm mehr und mehr das Sagen über den Bauernhof und geriet dabei immer öfter mit Vater aneinander. Mutter ertrug stoisch die Anfeindungen der Tanten und rackerte sich im Stall und auf den Feldern ab. Gerd wollte nun heiraten und würde endlich ausziehen. Dass er sich ausgerechnet die zickige Hedwig aus meiner früheren Klasse dafür auserkoren hatte, passte mir nicht besonders. Gerd hatte etwas Besseres verdient.

An einem Freitagabend im September 1972 kamen die Dorf-Junggesellen zum Schleifen. Eine „Schleif“ nannte man in der Eifel den Polterabend aus dem Grund, weil es üblich war, dass am Tag der standesamtlichen Hochzeit die Dorfjungen zum Haus der Braut zogen. Dort drehten sie ein Wagenrad, das mit einem Stahlband umwickelt war, ganz schnell um eine Achse und hielten eine Sense an das äußere Stahlband. Das ergab einen ohrenbetäubenden schrillen Lärm, der so lange anhielt, bis das frisch angetraute Paar vor der Haustür erschien und den jungen Leuten ein paar Scheine zusteckte, die sie dann in der Kneipe in Flüssiges umsetzten. Ach nein, in unserem Dorf wurde vorher auch noch ein Lied gesungen: „Das Lieben bringt groß Freud“. Na ja. Bei mir anscheinend nicht.

Zur kirchlichen Hochzeit, zu der meine angehende Schwägerin Hedwig zugegebenermaßen ein wunderschönes langes weißes Brautkleid trug und ganz hübsch aussah, kamen sämtliche

Verwandte von beiden Seiten und aßen sich in der einzigen Dorfkneipe die Bäuche voll. Sogar Tante Resi wurde in einem riesigen Mercedes vorgefahren, dessen Fahrer sich dann aber rasch wieder aus dem Staub machte. Ein Bekannter aus Düsseldorf, der zufällig an der Mosel Urlaub machte, hatte sie mitgenommen. Aha! Ich fragte mich, welche Musik-Vorlieben dieser Herr denn wohl hatte.

Zu dem feierlichen Anlass trug ich ein langes lilafarbenes Maxikleid mit je einem langen Schlitz vorne und hinten. Wenn ich mich hinsetzte, rutschte der vordere Schlitz ziemlich weit nach oben. Das veranlasste einige Männer, permanent auf meinen Schoß zu starren. Hedwig, die Braut, konnte es sich schließlich nicht verkneifen, ein paar bissige Bemerkungen dazu fallen zu lassen.

An diesem Tag rauchte ich mindestens eine ganze Schachtel Zigaretten. Wenn es nicht die andauernd auftauchende Vision meiner eigenen Hochzeit mit Jack war, die mich nervte und zu einem Glimmstängel greifen ließ, dann waren es die kleinbürgerlichen und saublöden Gespräche einiger Verwandten.

Tante Franziska, an dem Tag einmal ohne ihre obligatorische Kittelschürze, warf mir jedes Mal einen ziemlich miesepetrigen Blick zu, wenn mein Feuerzeug wieder einmal aufflackerte. Doch als ich ihr beim Abendessen sagte, dass ich anstatt der Schinkelröllchen mit Spargel viel lieber Franziskas leckere Kartoffelsuppe essen würde, war sie wieder friedlich.

Otmar unterhielt sich mit Hedwigs Bruder über die Getreideernte und über künstliche Besamung von Kühen. Vater, der nachmittags schon einige Stubbis zu sich genommen hatte, war zu Wein übergegangen. Mutter versuchte ihn daran zu hindern, allzu früh einen zu hohen Alkoholspiegel zu bekommen. Opa blieb keine zehn Minuten auf seinem Stuhl sitzen. Andauernd ging er mit seinem von der schweren Arbeit gekrümmten Rücken durch die Stuhlreihen und fragte die Leute, wer sie denn wohl seien. Tante Resi machte ganz auf Dame. Es schien ihr zu gelingen, denn immer wieder nahm ich bewundernde und auch neidende Blicke von Seiten der übrigen Verwandten in ihre Richtung wahr.

Es wurde dann noch ganz lustig, als eine Abordnung von Gerds Feuerwehrkollegen ein paar Spielchen organisierte. Günter, mein Kinderschwarm, der immer noch so viele Sommersprossen hatte und dessen roten Haare jetzt so lang waren, dass sie seine Ohren bedeckten, moderierte ein Spiel, in dem ein paar Frauen mit verbundenen Augen durch Tasten der Unterschenkel die Beine ihrer Männer herausfinden sollten. Wildes Gejohle setzte ein, wenn sie es nicht errieten. Günter hatte seine Verlobte dabei, ein ruhiges Mädchen aus dem Nachbarort, das ich noch von der Zeit aus dem Bus kannte, als sie ihre Lehre in einer Bäckerei in der Stadt machte.

Später spielte dann einer der Feuerwehrmänner mit der Quetschkommode zum Tanz auf. Mutter zog Vater mit sich zur Tanzfläche und rang ihm ein paar schwankende Tänze ab. Ich sah die strahlende Freude in ihrem Gesicht. Ihr Kleid war neu, die halb ergrauten Haare hatten eine frische Dauerwelle. Meine Mutter. Sie hatte jung geheiratet, uns Kinder gekriegt, immer hart gearbeitet. Nie hatte sie in unserem großen Haushalt das machen können, was sie wollte. Allen musste sie es recht machen. Weder hatte sie jemals selbst so viel Geld in der Hand, dass sie sich hätte einen Wunsch erfüllen können noch die Gelegenheit, irgendwann einmal mehr zu erleben und von der Welt zu sehen, als bei ihren sonntäglichen Spaziergängen mit Vater bis hin zu ihren Feldern und Wiesen. Und was hatte sie vom Leben? Keinerlei Vergnügungen, keine Kultur, keine Reisen. Ich wunderte mich, dass ich mir vorher noch nie Gedanken darum gemacht hatte.

Mir wurde klar, dass unsere junge Generation es viel besser hatte. Besonders wir jungen Frauen. Wenn auch unsere männlichen Alters- und Berufsgenossen bei gleicher Ausbildung und gleichem Niveau immer noch so einiges mehr verdienten als wir, so hatten wir doch immerhin die Möglichkeit, auf eigenen Beinen zu stehen. Wir rauchten, tranken, feierten, wir setzten uns alleine in ein Restaurant. Wir nahmen uns alle Freiheiten, die das männliche Geschlecht seit Jahrhunderten für sich in Anspruch genommen hatte. Nichts hatten wir mehr gemein mit den bedauernswerten Frauen, die immer nur nach der Pfeife ihrer Ehemänner zu tanzen hatten oder mit den braven Jungfrauen, die gefälligst zu warten hatten, bis ein Mann sich ihrer erbarmte. Nein, wir jungen emanzipierten Frauen hatten auch kein Problem mehr damit, uns unsere sexuellen Freiheiten zu nehmen. Selbst wenn es sich nur um eine einzige Nacht im Bett eines feurigen Liebhabers handelte.

Dies war wieder einmal einer dieser Momente, in denen ich mir der inneren Sehnsucht nach einer erfüllten Liebe, aber auch den Vorteilen meiner Freiheit bewusst wurde. Nie im Leben würde ich zum Beispiel wie Mutter in ein Haus einheiraten, in dem noch andere Familienangehörige wohnten. Nie im Leben würde ich mich von einem Mann abhängig machen. Wenn es nach mir ginge, würde ich sogar dafür plädieren, ein Zusammenleben erst einmal ausprobieren, ohne gleich zu heiraten. Eine ‚wilde Ehe'. Oh Gott, wenn ich mir vorstellte, was meine Familie sagen würde…

Irgendwann lernte ich bei einer Vernissage in Köln, zu der mich meine Kollegin Dagmar geschleppt hatte, einen Typen kennen, der mir vor dem Gemälde einer wunderschönen jungen Dame das Kompliment machte, ich sei noch viel schöner. Ich muss ihn ziemlich verdutzt angeschaut haben, denn er fing an zu lachen. Lautlos, wie es sich in einer Galerie gehört, aber mit der Offenlegung einer herrlich geraden Zahnreihe und mit kindlich naivem Augenklimpern. Ganz unromantisch lud er mich daraufhin in den Wiener Wald zum Hähnchen-Essen ein und machte mit mir einen Spaziergang am Rhein. Die Maikäferlarven bereiteten sich darauf vor, sich zu verpuppen. Ich spürte ein erstes Rumoren in meinem Bauch und hoffte, dass das zerkaute Hähnchen nicht auf die Idee käme, die Puppen aufzufressen.

Heute weiß ich nicht einmal mehr seinen Namen. Ich weiß nur noch, dass wir uns ein paar Mal trafen und er mir zum Geburtstag zwei Aktien schenkte. Aktien! Ich hatte von so etwas schon mal gehört, aber das Wort Aktien sagte mir damals gerade einmal so viel wie Hummer, Kaviar oder Weltreise. Daraufhin kaufte ich mir zum ersten Mal im Leben eine „Frankfurter Allgemeine“, nur um zu ermitteln, wie viel meine zwei Aktien wert waren. Allzu viel war es nicht, wie ich dann herausfand. Konnte ich natürlich auch für ein Geburtstagsgeschenk eines - sagen wir einmal - Verehrers auch nicht erwarten. Mehr war er damals nicht. Und mehr wurde er auch nicht. Denn als mich sein bestrickendes Lächeln, einige Gläser Altbier sowie eine romantische Mondnacht irgendwann veranlassten, ihm in sein Appartement zu folgen, verließen sämtliche Käferchen, Larven und Puppen fluchtartig meinen Körper. Denn als er sich nach T-Shirt und Hose auch noch seiner Socken entledigte und ganze Schwaden eines penetranten Schweißfußgestankes in meine Nase zogen, verließ ich genauso fluchtartig seine Wohnung.

Damals aber wusste ich noch nicht, dass dieser im wahrsten Sinne des Wortes ‚flüchtige Flirt’ oder vielmehr seine Hinterlassenschaft mein Leben irgendwann einmal ganz entscheidend beeinflussen würde.

Über größere Ansammlungen krabbelwütiger Tierchen in meinem Körper gab es in der nächsten Zeit wenig zu berichten. Höchstens einzelne winzig kleine Junikäfer hatten mich in diesem Jahr heimgesucht, über deren Verursacher es sich nicht lohnt, ausführlich zu berichten.

Es muss im Anfang 1973 gewesen sein, als meine Finanzen nach einem Kaufrausch einen absoluten Tiefpunkt erreichten. Als ich meine zwei Aktien bei einer Bank zu Bargeld machen wollte, stellte ich mit Erstaunen fest, dass mir der freundliche Herr hinter dem Bankschalter dafür 360 Mark in die Hand drückte. Dreihundertsechzig! Meine Aktien waren gestiegen, und wie. Wow! Noch bevor ich auch nur die Hälfte davon in moderne Klamotten umwandeln konnte, fuhr ich mit der nächsten Straßenbahn zur Bücherei und besorgte mir sämtliche Unterlagen über Aktien. Ich brütete, mein Kopf dampfte.

Am nächsten Morgen kannte ich zwar ein paar Ausdrücke mehr, wusste aber immer noch nicht wirklich, wie dieses Aktiensystem und so eine Börse funktionierten. Trotzdem war ich fest entschlossen, es auszuprobieren. Hundertachtzig Mark, also genau die Hälfte meiner unerwarteten Einnahmen investierte ich in neue Aktien. Der freundliche Herr auf der Bank, der nicht nur mehrmals heimliche Blicke auf meinen Blusenausschnitt warf, sondern zweifelsohne auch von meinem weiteren Aussehen entzückt zu sein schien, informierte mich wohl darüber, dass das Börsengeschäft in der derzeitigen Konjunkturkrise kein leichtes sei, gab mir aber freundlich Auskünfte darüber, welche Aktien trotzdem eine Aufwärtstendenz zeigten. Ich muss sagen, der Mann hatte Ahnung. Nicht nur von Aktien, wie sich in den nächsten Monaten herausstellte.

Er wusste auch, wie man eine Frau mit Niveau, die ich ja nun zweifellos war, ausführte, verwöhnte, in die Gesellschaft der Bankkundigen einführte. Mit Hilfe seiner Fachkenntnisse vervielfältigten sich sowohl meine einhundertachtzig Mark als auch weitere Einsätze aus Teilen meines Gehalts im Laufe der nächsten Monate. Zu einer Zeit, in der von einem großen Aktienboom noch kein Normalbürger etwas ahnte, nahmen meine bescheidenen Besitztümer eine steile Kurve nach oben. Ewald, so hieß mein netter Bankberater, kam im zwischenmenschlichen Bereich dieser Entwicklung nicht ganz hinterher. Ob es daran lag, dass er im Ganzen etwas steif wirkte (nicht im speziellen) oder weil er hinter seinen dicken Brillengläsern, mit seinen kurz geschnittenen Haaren im Zeitalter der Langhaarfrisuren einfach altmodisch herüberkam, weiß ich nicht mehr. Ich weiß nur noch, dass ich ihn mir eine ganze Zeit lang zwar vom Leib, aber immer ein bisschen warm hielt. Zugegeben, reine Berechnung. Der Mann war Gold wert.

Für mich als junge Frau, die aus einer Familie stammte, in der Geld immer Mangelware war, die selbst mit dem Gehalt einer relativ gut bezahlten Sekretärin am Ende des Monats kaum etwas übrig hatte, war es plötzlich ein wirklich erhebendes Gefühl, ein zwar bescheidenes, aber ständig wachsendes Aktienkonto zu besitzen. Ich war vorsichtig genug, immer nur die Hälfte meiner Gewinne in neue Aktien zu investieren. Soviel hatte ich von meiner grundsoliden und sparsamen Eifeler Familie im Blut, dass ich in der Beziehung nicht leichtsinnig wurde. Und das war auch gut so.

Als ich an einem strahlendhellen Oktobertag unter den gelbroten Blättern der Bäume des Kölner Zoos zusammen mit Ewald nach Elefanten, Giraffen und sonstigen exotischen Tieren Ausschau hielt, eröffnete mir dieser, so als ob er sich dafür selbst schuldig fühlte, dass die Opec an diesem Tag die Ölpreise um 70 % erhöht hatte und diese Tatsache die Aktienkurse wohl erheblich beeinflussen würde.

„Wenn du sie morgen sofort verkaufst“ meinte er, „dann kannst du vielleicht wenigstens noch deinen Einkaufspreis retten“

Ich war perplex. Natürlich, ich war blutige Anfängerin in solchen Geschäften und es war reiner Zufall, dass aus meinem bisschen Geld gerade in diesen Zeiten ein bisschen mehr geworden war. Aber jetzt, sollte ich alles verkaufen, hinschmeißen, retten, was zu retten war? Mist!

Und dann sagte Ewald noch etwas, während er mich vor dem Gehege der Lamas schmachtend mit seinen durch die Brillengläser vergrößerten Augen anschaute: „Marlene“ sagte er, „…Marlene, ich würde aber auch gerne mal mit dir über etwas anderes reden.“ Und dann kam es, das unvermeidliche Geständnis, in mich verliebt zu sein. Nur leider ließ sich bei mir kein einziges dieser Tierchen vernehmen, die sich für die Erwiderung solcher Gefühle unbedingt hätten bewegen müssen. Nichts. Kein Kribbeln, nicht einmal das Scharren eines winzigen Füßchens. Ewald tat mir leid. Er war ein guter Kerl, aber mehr als ein Freund – nein mehr konnte er nicht werden. Natürlich druckste ich herum, versuchte es mit diesem blöden, beleidigenden Satz von dem Freunde bleiben, den man in solchen Fällen zu sagen pflegte und der bis heute immer noch aktuell ist.

Ich schaffte es dann eine ganze Zeitlang nicht, mich vor seinem Bankschalter sehen zu lassen und überließ meine Aktien ihrem Schicksal.

Als Opa starb, fuhr ich in meinem eigenen Auto (es klapperte und wenn es regnete, stand Wasser unter der Fußmatte, aber immerhin hatte ich es für ganze 1500 Mark erstanden) zur Beerdigung in die Eifel. Es war eigentlich ein schlechter Zeitpunkt, sich ein Auto zuzulegen, zumal ich es in der Stadt nicht unbedingt gebraucht hätte. Die Ölkrise hatte die Benzinpreise enorm verteuert und im November hatte die Regierung Sonntags-Fahrverbote eingeführt. Doch hinter dem Steuer eines Autos zu sitzen, vermittelte mir ein in dieser Form bisher nicht gekanntes Selbstwertgefühl. Da die Beerdigung mitten in der Woche stattfand und ich mir dafür Urlaub nehmen musste, war ich zum Glück von dem Fahrverbot nicht betroffen.

Alle schwarz gekleideten Verwandten hatten Tränen in den Augen, als sie auf dem Friedhof unter ihren Regenschirmen standen. Trotzdem waren doch alle irgendwie erleichtert, dass Opa es überstanden hatte. Er hatte es der Familie nicht leicht gemacht. Das wusste ich von Mutter, die mir in Briefen und am Telefon hier und da ihr Leid geklagt hatte. Opa war mit seinen Gedanken in seine alte Welt von früher zurückgekehrt. War auf der Suche nach seinen Eltern und Brüdern immer wieder ziellos durch das Dorf gestreift. Er hatte Gegenstände versteckt und sie dann überall gesucht. Er hatte wirres Zeug geredet und konnte sich nicht mehr erinnern, ob er schon etwas gegessen hatte oder nicht. Damals kannte man den Begriff ‚Alzheimer' noch nicht. Man schob es auf sein Alter und sagte: „Ähn as verkalkt, oder ähn as durchenaner" (er ist verkalkt/durcheinander, verwirrt).

Bei Tante Franziska zeigten sich die Erscheinungen des Alters in anderer Form. Sie hatte es ‚in den Knochen'. Die linke Hüfte tat ihr weh. Wenn sie aus dem Haus ging, dann nur noch mit einem Stock und unter großem Gejammer. Zur Beerdigung konnte sie nicht mitgehen, was auch in Anbetracht der riesigen Regenmengen, die herunter kamen, das Beste für sie war.

Tante Agnes hörte nun auch nicht mehr gut. Ihr geringes Hörvermögen schien sie damit ausgleichen zu wollen, in dem sie umso lauter sprach.

Beim Leichenschmaus in der Dorfkneipe, in der Gerd seine Hochzeit gefeiert hatte, sah ich, dass Hedwig, seine Frau, schwanger war. Ihr Bauch hatte schon ziemliche Ausmaße. Sie schien äußerst stolz darauf zu sein. Mich fragte sie mit einem leicht triumphierenden Unterton: „Na Marlene, willst du noch nicht heiraten? Bist ja auch nicht mehr die Jüngste!"

Es ärgerte mich ein wenig, dass sie nicht wie die anderen wenigstens ein anerkennendes Wort für mein neues Auto fand. Auch nicht für meinen neuen chicen Hosenanzug. Mit meinen langen Haaren, den angeklebten Wimpern und den rot geschminkten Lippen kam ich mir selbst echt großstädtisch vor. Also ließ ich mir doch nicht von dieser Landtussi an meinem Selbstbewusstsein knabbern. Trotzdem musste ich jedoch leider ganz tief in meinem Innern so ein ganz klein wenig Eifersucht wahrnehmen. Und das passte mir gar nicht. Dass ich Willi mit neuer Freundin in der Kirche gesehen hatte, hatte mir schon einen winzigen Stich versetzt. Ich war sechsundzwanzig und wenn ich nicht bald von wilden Maikäfer-Schwärmen umschwirrt würde, dann wäre ich alt. Bekanntlich wurde der Markt heirats- bzw. bindungswilliger Männer von Jahr zu Jahr dünner.

Dazu kam, dass der ganz natürliche weibliche Wunsch nach Fortpflanzung war bei mir auch irgendwo vorhanden war. Zumal noch in der Woche zuvor ein kleines Kind auf dem Arm eines fremden Mannes mich mit „Mama" angeredet hatte, was mich doch ziemlich irritiert zurückgelassen hatte und dem Papi recht peinlich gewesen war.

Otmar hatte auch eine neue Freundin, aber irgendwie passte sie nicht so richtig zu ihm. Tante Franziska brachte es auf den Punkt, wie alle anderen auch dachten: „Et as en grußartig Fraamensch". Vorsicht! Wenn Sie versuchen, zu übersetzen, dann liegen sie mit ‚großartig' und mit ‚Fraumensch' gar nicht so falsch. Allerdings sollte man diese Art ‚großartig' nicht mit den Worten hervorragend, ausgezeichnet oder gar einzigartig übersetzen. Eifeler bezeichnen mit dem Ausdruck ‚großartig' Leute, die eingebildet sind, ihre Nasen hoch tragen und denken, etwas Besseres zu sein. Und Eifeler sind in diesem Punkt ziemlich sensibel.

Vera war super modisch gekleidet, hatte lackierte Fingernägel und ziemlich viel Schminke im Gesicht. Im Grunde war sie äußerlich gar nicht so viel anders als ich. Und vermutlich sagte man auch mir hinter meinem Rücken nach, ich sei eingebildet. War ich aber nicht. Na ja, vielleicht ein bisschen. Jedenfalls war Vera nun wirklich keine Frau, die sich auf einem Bauernhof die Finger schmutzig macht. Sie schien auch nicht die Absicht zu haben, sich jemals mit dem ganzen Familienanhang zu arrangieren.

Onkel Johann, der in die Jahre gekommene geistliche Herr, hatte es sich nicht nehmen lassen, Opas Grab und unsere ganze Familie zu segnen. Auf einen Stock gestützt hinkte er mit gekrümmtem Rücken umher und überraschte mich nach dem Ausspruch meiner Schwägerin damit, dass er mir ins Ohr flüsterte: „Mach dir nichts daraus, es müssen ja nicht alle Leute heiraten."

Später aber erzählte mir Mutter, dass er damit wohl der Hoffnung hatte Ausdruck verleihen wollen, dass ein weiteres Familienmitglied den Weg zu Gott finden könnte und er mich gerne als Nonne in einem Kloster gesehen hätte. Oh Gott im Himmel! (verzeih mir). Nein, so heftig konnten mir die Männer dann doch nicht zusetzen.

Ich blieb noch einen Tag zu Hause, schlief in meinem alten Zimmer und hörte mir bei den Mahlzeiten das Gejammer der

Tanten an. Während im Radio in den Nachrichten über den Hungerstreik der Baader-Meinhof-Häftlinge und über eine zwölfprozentige Lohnerhöhung (!!) berichtet wurde, löcherten mich meine lieben Tanten andauernd mit ihren Fragen über mögliche Heiratsabsichten meinerseits. Natürlich hatten sie auch wieder jede Menge an mir herumzumeckern. Ich sei zu dünn, zu blass, trage zu viel Schminke auf, solle mir doch die Haare abschneiden (ich trug sie ganz einfach lang) und Locken legen lassen und und und. Meine Eltern hielten sich da raus, wenngleich ich genau wusste, dass Vater dachte, ich würde das Geld zum Fenster raus werfen und Mutter Angst hatte, ich könnte einen allzu unmoralischen Lebenswandel führen.

Bevor ich mich verabschiedete und in meinen gebrauchten, aber noch ziemlich gut aussehenden VW Käfer Richtung Köln brauste, überhäufte mich Mutter mit Eingemachtem, selbst geräuchertem Schinken und solchen Sachen. Immer noch sorgte sie sich um mein Wohlergehen. Ob alle Mütter so selbstlos waren? Ich drückte ihr einen Hundert-Mark-Schein in die Hand und flüsterte: „Kauf dir mal was Schönes“. Es schien ihr etwas peinlich, aber das Leuchten ihrer Augen sagte mir, dass sie sich sehr freute.

Ich besuchte immer noch meinen Italienisch-Kurs in der Volkshochschule, weil die Italiener, mit denen ich in der Firma zu tun hatte, so schlecht Französisch und Englisch sprachen und Unterhaltungen am Telefon recht mühsam waren. Mein Chef wurde ein wenig tüttelig und ich merkte (ohne mit etwas darauf einzubilden) dass ich von den Angestellten diejenige war, die am meisten Ahnung hatte. Mittlerweile war ich so etwas wie die rechte Hand des Chefs, führte selbstständig Verhandlungen mit Kunden und Lieferanten und delegierte Schreibarbeiten immer mehr an unser Lehrmädchen und die Stenotypistin. Das Geschäft lief gut und es machte mir Spaß. Es machte mir auch nichts aus, abends mal länger im Büro zu bleiben.

Aus meinem Freundeskreis verschwanden so einige, weil sie heirateten und in eine andere Stadt zogen. So vertiefte ich mich, wenn ich nicht gerade Italienisch-Vokabeln paukte, lieber abends in einen entspannenden Simmel-Roman, als dauernd in Diskos herumzuhängen. Oder ich ging ins Kino. Nachdem ich bei dem Film „Das große Fressen“ fast über die Stühle gekotzt hätte, schaute ich kurze Zeit später Bergmanns „Szenen einer Ehe“ an, um daraufhin einmal wieder festzustellen, wie gut es mir als Single doch ging.

Eines Tages im April des Jahres 1974, es war zu der Zeit, in der sich in den Nachrichten alles um Willi Brandt und die Spionage-Affäre drehte, rief mich Tante Resi morgens kurz nach acht im Büro an. Ich selbst besaß in meiner Wohnung kein Telefon, weil ich ja vom Betrieb aus meine Telefongespräche erledigen konnte. Ja, sämtliche Angestellten griffen sofort zu allen verfügbaren Telefonhörern, sobald „der Alte“ zur Mittagszeit aus dem Haus ging. Halbstündige Telefonate waren keine Seltenheit. Ein Unrechtsbewusstsein wegen der Telefonkosten gab es nicht. Auch ausgedehnte Kaffee- und Klatschpausen in Abwesenheit des Chefs waren kein Grund für die Büroangestellten, ein schlechtes Gewissen zu bekommen. Hätte man ihnen erzählt, dass in Jahren nach der 2000-Wende Angestellte wegen unterschlagenen Pfennigs- oder vielmehr Cent-Beträgen entlassen werden oder deshalb, weil sie ein Brötchen gegessen haben, was sonst sowieso weggeworfen worden wäre, dann hätten sie vermutlich nur ungläubig den Kopf geschüttelt. Die Arbeitslosenquote hatte im Jahre 1974 zwar einen Höchststand von 2,5 % (!) erreicht, um seinen Job musste sich dennoch noch niemand Sorgen machen. Doch auch wenn in den Büros in Abwesenheit des Chefs und auch während seiner Geschäftsreisen ab und zu der Bär steppte und man sich heimlich aus dessen Alkoholvorräten bediente, die eigentlich eher für Geschäftsfreunde und Besucher gedacht waren, im Grunde verhielten sich doch alle absolut loyal und machten ihre Arbeit ordentlich, wenn nötig auch nach Feierabend.

„Marlene“ sagte Tante Resi an diesem Tag völlig aufgelöst, „es ist etwas passiert“. Natürlich dachte ich sofort an Mutter und Vater, an meine Brüder und die Tanten. „Sag schon, was ist?“ fragte ich, ziemlich verdattert. So kannte ich meine resolute Tante nicht.

„Ludwig… Herr Neumann… ist… er ist tot! Herzinfarkt“ Sie kreischte es geradezu heraus. Ich musste mich setzen. Dass mein Chef nicht wie sonst als erster im Büro gewesen war, hatte mich ein wenig befremdet. Aber tot? „Beethovens Neunter“, mein Chef, hatte das Zeitliche gesegnet?

„Was? Wie – wie ist das denn passiert?“ Ich merkte, dass Tante Resi nicht mit der Sprache herausrücken wollte. Sie druckste herum. „Ich… er…“ Trotz des Schocks, der nun auch auf mich einwirkte, ließ meine Vorstellungskraft abstruse Bilder in meinem Hirn ablaufen. Ach du liebe Zeit, wenn ich mir ausmalte, wie während der Beethoven-Musik…

Erst viel später, nachdem ich mit meinen Kolleginnen und Kollegen betroffen den Tod des Chefs und die Ängste einer möglichen Schließung der Firma durchdiskutiert hatte, wurde mir klar, dass mich diese Situation zum ersten Mal vor ernsthafte Zukunftsängste stellte. Ich hatte zwar Abitur, aber weder eine kaufmännische Lehre noch irgendein Zeugnis, das mir meine Kenntnisse bescheinigte. Noch einmal eine solche Stellung zu finden, würde nicht so einfach.

Der „Neunte“, wie ich jetzt nur noch kurz dachte, war weder verheiratet noch hatte er Kinder. Von Verwandten hatte niemand je etwas gehört. Wir hatten keine Ahnung, wer das Ganze erben sollte und hatten uns auch nie Gedanken darum gemacht.

Ich fuhr zu Tante Resi. Sie war fix und fertig. Es war wohl in der Tat so ähnlich zugegangen, wie ich es mir gedacht hatte. Muss ihr ziemlich peinlich gewesen sein vor der Nachbarschaft, die ganze Sache mit Notarzt, Leichenwagen und so.

„Er wollte mich heiraten“ sagte sie leise und unter Tränen. „Vielleicht hätte ich es ja doch machen sollen“.

„Ja“ sagte ich nachdenklich. Zumindest hätte sie dann materiell ausgesorgt.

In der Firma ging plötzlich alles drunter und drüber. Jeder wollte etwas zu sagen haben, aber keiner wollte Verantwortung übernehmen. Niemand wusste, wie es weitergehen sollte. Da ich als die rechte Hand des Chefs den besten Überblick über seine Terminplanung, seine Geschäftsverbindungen und laufenden Geschäfte hatte, blieb eine Menge Arbeit an mir hängen. Ich tat einfach so, als sei alles wie immer, wenn unser Chef auf Dienstreise war.

Mit Tante Resi zusammen organisierte ich die Beerdigung. Es war ja sonst niemand da. Dachten wir. Nie hätte ich geglaubt, dass der Tod eines Menschen so viele organisatorische Dinge nach sich ziehen könnte. Von Zeitungsanzeige, Grabstelle, Beerdigung über Blumenschmuck bis hin zum Entsorgen der persönlichen Dinge musste alles geregelt werden. Nun hatte ich nicht wirklich eine gefühlsmäßige Verbindung zu dem Menschen Ludwig Neumann (ah, jetzt erst bemerkte ich den namentlichen Bezug zu Beethoven). Ich konnte mir vorstellen, dass diese organisatorischen Dinge für die Menschen wesentlich schwerer zu verkraften waren, die einen wirklich geliebten Menschen verloren hatten. Und doch. Immerhin hatte ich eine ganze Zeitlang mit dem ‚Verblichenen’ (was für ein schreckliches Wort) zusammengearbeitet und im Nachhinein betrachtet, verdankte ich ihm auch so einiges an Know-how.

Dass er mit seinem Tod letztendlich auch meine intensivste Liebesära in Gang bringen würde, wusste ich damals noch nicht.

Am Tag nach der Beerdigung kreuzten plötzlich eine etwas ältere Dame und ein jüngerer Herr in der Firma auf. Die seriös, aber recht konservativ gekleidete Frau machte auf mich auf den ersten Blick den Eindruck, als sei mit ihr nicht gut Kirschen essen. Ich hatte damals noch keine allzu große Lebenserfahrung und habe mir auch keinerlei Gedanken darüber gemacht, dass man

Menschen nicht unbedingt nach dem ersten Eindruck beurteilen sollte, aber in diesem Fall sollte ich Recht behalten. Im Gesicht dieser Frau spiegelte sich Verkniffenheit, Unzufriedenheit, Hochnäsigkeit und Arroganz. Das reinste Gegenteil zu dem jungen Mann in ihrem Schlepptau. Mit seinem äußerst sportlichen Körper, der sich unter Schlagjeans und Pullover abzeichnete, mit seinen blonden, ziemlich langen Haaren, Koteletten bis zu den Wangenknochen, äußerst gut aussehend und freundlich erscheinend, schlug er bei mir ein wie eine Bombe. Schon beim ersten Blick in seine hellgrünen Augen kam ich mir vor, als sitze ich auf einem blühenden Apfelbaum und rund um mich herum flögen surrend ganze Schwärme von Maikäfern.

„Blümle. Elfriede Blümle. Ich bin die Cousine von Herrn Neumann“ stellte sich die resolut wirkende Dame in einem schwäbischen Akzent vor. „Des isch mein Sohn Werner. Ich gähe mal davon aus, dass wir hier die Erben sind. Wer ist denn jetzt hier der Geschäftsführer?“

„Äh, äh, entschuldigen Sie, Herr Neumann hat nie über seine Verwandten gesprochen.“

„Des kann ich mir vorstället“ flötete Frau Blümle weiter. „Also, mit wäm können wir alles Weitere besprechen? Wisset Sie, ob es ein Teschtament gibt?“

Das Wort „Erbschleicher“ fiel mir ein. Oder waren das nur die, die sich vor dem Tod an jemanden heranmachten? Auf jeden Fall schien die Cousine nicht sonderlich traurig über den Tod ihres Vetters zu sein. Ihre krächzende Stimme machte sich zudem fast wie eine Krähe oder eine Elster über die kurz aufgetauchten Maikäferchen her, noch ehe sie mit ihren Beinchen für das so lange vermisste Kribbeln sorgen konnten. Schade. Ihr Werner – ob Erbe oder nicht Erbe - hätte mir durchaus gefährlich werden können.

Ich zwang mich, nicht allzu offen meine Blicke über den großen, außerordentlich gut gebauten Körper des jungen Herrn Blümle wandern zu lassen und lotste die beiden in das Büro unseres Buchhalters. Sollte der sich mit dem Rechtsbeistand unserer Firma in Verbindung setzen. Sicher wusste dieser, ob ein Testament existierte.

Später stellte sich heraus, dass Herr Neumann tatsächlich ein Testament gemacht hatte. Vorsorglich hatte er es sogar bei einem Notar hinterlegt.

Tante Resi brauchte sich keine Vorwürfe zu machen, dass sie ihn nicht geheiratet hatte. Ach, der Gute. Die wöchentlichen Freuden, die er bei Tante Resi bei der Musik von Beethovens Neunter erleben durfte, hatten ihm wohl sehr viel mehr bedeutet, als ich es je hätte ahnen können. Die Ode an die Freude, die Beethoven in das Finale seiner Symphonie integriert hatte, ertönte geradezu in meinen Ohren, als ich erfuhr, dass er Tante Resi neben seinem Aktiendepot auch sein stilvolles Haus in einer vornehmen Kölner Wohngegend vermacht hatte.

Dass der Sohn von Frau Blümle, der blonde Werner mit den grünen Augen, die Firma erbte und für Frau Elfriede Blümle nur der krächzende Papagei (der so gut zu ihrer Stimme passte und dem sie in gewisser Hinsicht sogar ein wenig ähnelte) sowie eine Anzahl chinesischer Vasen und sonstiger Scheußlichkeiten blieb, zauberte mir ebenfalls ein freudiges Lächeln auf den Mund. Frau Blümle jedoch weniger. Immerhin zeigte sie eine gewisse Befriedigung darüber, dass wenigstens ihrem Sohn nun doch eine gewisse familiäre Gerechtigkeit widerfuhr und er nun Chef einer eigenen Firma war. Nur der gut aussehende sportliche blonde Germane schien darüber nicht gerade vor Freude in die Luft zu springen.

Uns, die Belegschaft der Firma, hatte Herr Neumann auch nicht vergessen. Uns hatte er ein recht ansehnliches Sümmchen auf einem privaten, gut angelegten Bankkonto zugedacht. Wir freuten uns mächtig, allerdings nicht besonders lange. Denn noch bevor der große blonde Werner auch nur versuchte, sich einen Überblick über die Geschäfte der Firma zu verschaffen, kam es in Köln zu einem mittleren Desaster. Ausgerechnet ‚unser' Geld, das, was die Belegschaft geerbt hatte und auch ein Teil der Firmengelder war bei einer sehr bekannten Kölner Bank angelegt, bei der es im Juni 1974 zu Tumulten kam, weil sie pleite ging. Pleite! Einige meiner Kollegen versuchten im Bankhaus Unter Sachsenhausen, genauso wie viele andere Bankkonteninhaber, noch zu retten, was zu retten war, aber sie kehrten enttäuscht zurück. Da hatte man als Normalbürger einmal im Leben etwas geerbt und somit die Möglichkeit, sich einmal ordentlich etwas zu leisten, und dann so etwas. Leute wie wir, die keine Ahnung von Bankgeschäften hatten, hätten platzen können vor Raserei. Auch ich kochte vor Wut. Wie um alles in der Welt konnte es denn angehen, dass eine Bank bankrott machte? Eine Bank, das war für mich bis zu diesem Zeitpunkt eine Institution gewesen, in die man Vertrauen hatte. Bis dahin!

Zum Glück war der gute Herr Neumann so schlau gewesen, seine Besitztümer auf mehrere Banken zu verteilen. Sein Privatvermögen und die meisten Firmenkonten waren sicher. Auch das Aktienpaket, das nun Tante Resi gehörte. Allerdings waren die Aktienkurse wegen der derzeitigen Krise so tief im Keller, dass die Scheine so gut wie nichts mehr wert waren. Tante Resi schenkte sie kurzerhand mir.

„Marlene“ sagte sie, „es ist eine Schande, dass Ludwigs beziehungsweise Euer Geld weg ist. Hier, nimm wenigstens die Aktien, vielleicht kommen sie ja noch mal auf die Beine. Ich habe sowieso keine Ahnung von so etwas.“

Ich legte sie zu Hause in meine Schublade. Zu denen, deren Wert seit Monaten so vor sich hin dümpelte und an denen ich mein Interesse verloren hatte.

Der Krisenstab hatte sich in Herrn Neumanns Büro zusammengefunden. Wir, die sechs Mitarbeiter/innen, der neue Firmeninhaber Herr Blümle mit seiner Frau Mutter und unser Steuerberater. Während Werner Blümle uns unverblümt zu verstehen gab, dass es ihm momentan nicht möglich war, eine Firma in Köln zu führen, weil er zum einen in Stuttgart noch Betriebswirtschaft studierte und zum anderen zum Nationalkader

der deutschen Leichtathletikmannschaft gehörte, glotze ich unverhohlen auf seinen muskulösen Körper.

Wow! War das ein Bild von einem Mann. Noch um Stufen attraktiver und athletischer als Kristian, der Däne. Ich registrierte, wie ein paar der neugierigen Maikäferchen ihre Fühler ausstreckten und mit zarten Beinchen in meinem Bauch zu strampeln begannen.

Meine langen Haare trug ich an dem Tag offen und die zwei obersten Knöpfe meiner Bluse ebenfalls. Obwohl sich mittlerweile die Midi-Mode durchgesetzt hatte, zeigte ich meine Reize in Form meiner wohlgeformten Beine immer noch ganz gerne unter einem ziemlich kurzen Rock. Es war Sommer. Meine Beine waren gebräunt und ich stellte mit absoluter Befriedigung fest, dass Werner Blümle's Blicke darauf durchaus auch ein gewisses Interesse bekundeten. Die in meinen Ausschnitt übrigens auch. Und hier und da während der Diskussion fanden sich auch unsere Augenpaare. In dem Frühlingsgrün seiner Pupillen schien ein winziges Licht zu leuchten. Eines dieser Art Leuchten, das Frauen sofort als dieses typisch männliche Interesse an ihrer Weiblichkeit erkennen. Während sich die Anwesenden über das Weiterführen der Firma unterhielten, führte zwischen uns die Körpersprache der Geschlechter eine rege Unterhaltung.

Es fiel mir äußerst schwer, mich auf das Geschäftliche zu konzentrieren und das immer stärker werdende Kitzeln, Gekrabbel und Gesumme in meinem Körper zu ignorieren, das die lieben Maikäferchen dort inszenierten. Und ein wenig hatte ich das Gefühl, vielleicht auch nur die innige Hoffnung, dass es Herrn Blümle genau so erging.

Die Besprechung war wichtig. Sie entschied über meinen zukünftigen beruflichen Werdegang und überhaupt über mein weiteres Leben. Ein Flirt passte hier eigentlich nicht hinein und ich sollte auch den Teufel tun, mir einen Mann anzulachen, dessen Lebensmittelpunkt weit weg war von meinem. Und diese Frau zur Mutter hatte.

Einige meiner Kollegen und Kolleginnen waren schon auf der Suche nach neuen Arbeitsplätzen. Der neuen Firmenführung brachten sie kein allzu großes Vertrauen entgegen. Der umwerfende Herr Blümle warf erst einmal nicht allzu viel um, erbat sich Bedenkzeit und überließ es zunächst uns, die Geschäfte weiterzuführen. Während er, wie mir seine Mutter stolz ins Ohr krächzte, als Zehnkämpfer in der deutschen Mannschaft an einem wichtigen Leichtathletik-Wettkampf irgendwo in Frankreich teilnahm, erstickte ich in Arbeit. Und sie, die unsympathische Frau, war mir beileibe keine große Hilfe. Im Gegenteil. Sie nervte.

Frau Blümle, die uns vorerst unterstützten wollte, stand uns im Weg herum, fragte uns Löcher in den Bauch und hatte keine Ahnung. Sie war ein Mensch, der gar nicht viel dafür tun musste, um andere zu nerven. Alles an ihr war nervig. Ihr Aussehen – Hochschlagfrisur, spitze Nase, spitzes Kinn, spitze Knie, enger Rock – graue Maus. Ihre Stimme, ihre hektischen Bewegungen. Und natürlich das, was sie sagte und der Tonfall, den sie drauf hatte. Der Inbegriff einer bösen Schwiegermutter. Nein danke! Ich sollte gut daran tun, die kleinen Tierchen in meinem Bauch schnellstens vertreiben.

Tante Resi verspürte keine Lust, in der verstaubten Villa des Herrn Ludwig Neumann zu residieren. Sie verkaufte sie und war zum ersten Mal in ihrem Leben richtig reich. Unsere Belegschaft hatte sich zusammengerauft, das Erbe in Zahlen aufgeteilt und zumindest versucht, aus dem maroden Bankhaus noch ein paar dieser Zahlen in Bares umwandeln zu können.

Während Deutschland im WM-Fußballfieber lag, die BRD ausgerechnet gegen die DDR verlor, letztendlich aber als Weltmeister die Nation in Jubel ausbrechen ließ, versuchten wir alles, doch noch an unser ererbtes Geld zu kommen. Ende Juli war es tatsächlich so weit. Längst nicht alles, was uns zustand, aber immerhin noch etwas mehr als die Hälfte davon. Wenigstens mein Urlaub war gerettet, und das nicht schlecht.

Im Sommer machten unsere Partner-Betriebe in Italien und Spanien ohnehin Betriebsferien, also beschlossen wir gemeinsam mit allen Beteiligten (auch mit Frau Blümle), unsere Firmengeschäfte ebenfalls im August für drei Wochen ruhen zu lassen. Bis dahin rief unser neuer Chef, der Attraktive, der leider auch keine Ahnung von unseren Geschäften hatte, ab und zu an und flötete mir mit seiner sympathischen Telefonstimme ins Ohr „Fräulein Wegener, Sie machen das hervorragend. Wir machen hier noch ein Trainingslager und dann melde ich mich wieder bei Ihnen. Adele". Hörte ich hinter dem schwäbischen Abschiedswort, das sich bei mir eher so anhörte, als hätte er mich mit einer Figur aus einer Operette verwechselt, das Brummen meiner Lieblingstierchen? Auf jeden Fall erinnerte ich mich mit äußerstem Wohlgefallen an die knackig prallen Oberschenkel meines Telefonpartners und stellte mir vor, wie er diese Muskelpakete in eine enge Jeanshose hineinzwängte.

Tante Resi blieb in ihrer alten Wohnung, kündigte aber - nun als wohlhabende Dame – den übrigen wöchentlichen männlichen Besuchern ihre ‚Freundschaft'. Sie brach sämtliche dazu passende Schallplatten in Stücke außer der Neunten von Beethoven und beschloss, den Rest ihres Lebens zu genießen. Als erstes wollte sie nach Amerika. Und da sie weder Englisch sprach noch jemals ein Flugzeug betreten hatte, bat sie mich, sie zu begleiten. Tja, und so musste ich weder mein Ererbtes für den Urlaub in Angriff nehmen noch mein Erspartes. Sie schenkte mir die Reise. Hurra, Amerika!

Vorher jedoch musste ich noch etwas erledigen. Die leidigen Aktien. Ich nahm all meinen Mut zusammen, ging zu Ewald, dem Bankmenschen, und hoffte, dass er mir verzieh, dass ich mich aus seinem Dunstkreis entfernt hatte. Der nette Mensch ließ sich nichts anmerken. Natürlich schaute er mich erstaunt an, als ich wieder einmal mit geschenkten, niedrig dotierten Aktien bei ihm ankam. Ob er mir die Story abnahm, wie ich in deren Besitz gekommen war, wusste ich nicht. Auf jeden Fall beriet er mich wie wohl alle anderen Kunden mit äußerster Zuvorkommendheit. Nur zum Schluss unserer Begegnung hauchte er mir wohlwollend ins Ohr:

„Ich würde einfach abwarten. Irgendwann erholt sich die Konjunktur und dann…"

Ja, was sollte ich sonst machen? Für ein paar Groschen verkaufen? Ich würde sie einfach liegenlassen, genauso wie meine anderen Aktien, die Abfallprodukte meiner damaligen Einnahmen. Sollten sie eben dümpeln, ich hatte mich dafür ja nicht abgerackert.

Bei meinem obligatorischen Heimatbesuch vor unserer Abreise nach Amerika fielen die Tanten und auch meine Eltern fast in Ohnmacht, als ich von unseren Reiseplänen erzählte. Amerika, das war fast so, als hätte ich gesagt, ich lasse mich mit dem Sputnik ins Weltall schießen. Immer noch spukte in ihren Köpfen der Name Amerika in Verbindung mit Besatzern, mit Reichtum und Luxus, aber auch mit Negermusik, Verdorbenheit und neuen gottlosen Sitten herum. Seit langem unterhielten die Amerikaner eine Airbase in der Eifel, die den Bewohnern der rundum liegenden Dörfer eine Menge Flugzeuglärm aber auch allerhand Wohlstand gebracht hatte. Aber auch so einige Eifeler Mädchen hatten mit den Soldaten angebandelt und etliche waren ihnen in das ach so gelobte Land gefolgt. Für die meisten Eifeler Eltern so ziemlich das Schlimmste, was sie sich vorstellen konnten. Die jungen Leute sahen das ganz anders. Amerika, das war das Land, aus dem die Musik kam, die sie liebten. Die Tänze, die Filme, die Schauspieler. Musicals wie „Hair" eroberten die Herzen. Amerika war ein Synonym für Freiheit und Reichtum, das Land der unbegrenzten Möglichkeiten.

Ich schaukelte Gerd und Hedwigs Baby in meinen Armen und nahm ganz tief in meinem Innern die unbewusste Sehnsucht wahr, die wohl die meisten Frauen irgendwann verspüren. Die Sehnsucht nach diesem Mutterglück.

Die Tatsache, dass Gerd eine Stelle in einer Türenfabrik angenommen hatte, weil er dort mehr verdiente als in der

Schreinerei im Ort, gefiel Vater gar nicht. Auch dass die beiden ein eigenes neues Haus bauen wollten, wurde von beiden Familien mit äußerster Skepsis gesehen. Ich hatte nie eine besonders enge Beziehung zu meinem Bruder und zu Hedwig schon gar nicht. Aber natürlich hatten die beiden in mir eine gute Fürsprecherin in dieser Sache.

Für mich war es ganz normal, dass junge Leute eigene vier Wände haben wollten. Wie oft hatte ich meine Mutter bemitleidet, die in dem Haushalt mit all den Leuten zusammenleben musste. Ja, selbst Hedwig hätte mir leid getan, hätte sie ihr ganzes Leben lang in dem kleinen Haus ihrer Eltern und Großeltern wohnen müssen.

Mutter bedauerte ich natürlich auch wieder einmal. Wenn ich sah, dass sie morgens früh und abends im Stall unter den Kühen saß und melkte, die schweren Eimer mit Schweinefutter schleppte, nass geschwitzt und nach Stall stinkend ins Haus wankte, dann hatte ich sofort ein schlechtes Gewissen, weil ich mir mit Tante Resi so eine Reise gönnen konnte. Meine gute Mutti. Natürlich hatte sie, die nun fast gänzlich ergraut war, auch Angst, dass uns etwas passieren könnte. Aber gegenüber Vater und den Tanten verteidigte sie uns: „Ach lasst sie doch, solange sie das können."

Hätte sie gewusst, auf welche Weise letztendlich die merkwürdige Erbschaft von Tante Resi zustande gekommen war, hätte sie vermutlich genau wie Tante Agnes ihren Rosenkranz zur Hand genommen und einige Gesetze gebetet.

„Also ich würde keinen Fuß in so ein Flugzeug setzen" sagte Tante Franziska. „Oh je" hechelte Tante Agnes, „dass ihr nur ja nicht ins Meer fallt". Ich bewunderte noch einmal das neu ausgestattete Badezimmer in meinem Elternhaus mit hellbraun gemusterten Fliesen, mit Klo, einer Badewanne und sogar einer Dusche, auf das alle ganz stolz waren, stattete ihm einen letzten Besuch ab und verabschiedete mich.

Amerika, wir kommen! Sagten wir uns. Tante und Nichte im Aufbruch zu neuen Ufern. Oh ja, es war schon aufregend. Während in Griechenland die Militärdiktatur zusammenbrach, die

Türken in Zypern einmarschierten, Richard Nixon sich wegen der Watergate-Affaire verantworten musste und die USA ihre letzten Soldaten aus Vietnam zurückholten, erlebten Tante Resi und ich die Neue Welt. Es war uns nicht bewusst, dass die weltweite Inflation die Preise in den USA in einem Jahr um mehr als 10 % hatte steigen lassen. Es wäre uns auch egal gewesen, Tante Resi hatte ja nun Geld.

Wir schlenderten durch die Fifth Avenue in New York, besichtigten die Freiheitsstatue, setzten uns im Central-Park zu ein paar verbliebenen Blumenkindern, schauten uns die Stadt von der Aussichtsplattform des Empire-State-Buildings an, logierten im fünfundfünfzigsten Stockwerk eines Super-Hotels und fühlten uns privilegiert wie Kurfürstens Knopfloch. Tante Resi hatte sich eine Super-8-Kamera gekauft und filmte alles.

Wenig später standen wir ehrfürchtig vor den Niagarafällen, ließen uns in Chicago von ein paar Kleinkriminellen um einige Hundert Dollar erleichtern und speisten zum Abschied in einem der bekanntesten Hummer-Restaurants am Strand von Newport. Ich hatte keine Ahnung, wie man diesen Meerestieren zu Leibe rückte und war froh, dass mich niemand dort kannte, weil mir bei dem Versuch, etwas Essbares unter dem Panzer des Hummers zu suchen, so einige Teile durch die Gegend flogen. Tante Resi war ganz Dame. Immer elegant gekleidet, gesittet und ganz wie eine Frau von Welt, obwohl sie davon noch nicht viel gesehen hatte.

Den Eindruck einer Dame von Welt muss sie auf der Rückreise nach Europa auch auf einen älteren Amerikaner gemacht haben, der uns im Bostoner Flughafen half, Tante Resis riesigen Koffer aufzugeben. Der Mann sah im Gegensatz zu den meisten Amerikanern ebenso perfekt gestylt aus wie Tante Resi und sprach sogar ein paar Brocken deutsch. Weil seine Großeltern aus Deutschland stammten, wollte er nun endlich deren Heimat erkunden.

Tja, was soll ich sagen. Die Tierchen, die bei mir noch immer in Wartestellung verharrten, (allein der Gedanke an Werner Blümle ließ sie hier und da aufflattern) erwischten Tante Resi volle Breitseite. Ob es purer Zufall war oder wie auch immer es der grauhaarige Gentleman angestellt hatte, er nahm im Flugzeug doch tatsächlich genau den Sitz neben uns ein. Er versuchte Tante Resis Flugangst zu vertreiben, ließ uns Sekt servieren und machte Konversation. Und wenn er mit seinen Deutsch-Brocken nicht weiterkam, dann musste ich übersetzen. Tante Resi lächelte ihr hübschestes Lächeln und als sie schließlich herausfand, dass die Großmutter des netten Misters aus der Eifel stammte, da wusste ich, dass sie alles daran setzen würde, auf heimischem Boden die beste Reiseführerin der Welt zu spielen.

Um es vorweg zu nehmen. Ob es Flatter- oder Krabbeltiere waren, sie hatten Tante Resi in Beschlag genommen. Unzählige. Ein Jahr später hatte sie so viel Englisch gelernt, dass sie auch ihre alte Wohnung in Köln aufgab und der Neuen Welt über dem großen Teich erneut hallo oder besser „hi“ sagte. In der Eifel schlug die Nachricht natürlich ein wie eine Bombe.

„Dat Resi heiratet en reichen Ami“.

„Aber dat hat doch jetzt selber genug Geld.“

So gingen die Reden. Mutter war froh, dass ihre Schwester endlich ihr Glück gefunden hatte. Tante Franziska konnte es nicht fassen.

Ebenso wenig wie die Tatsache, dass ich nun nach Stuttgart gehen sollte. Ach ja: nach meiner Rückkehr aus Amerika hatte Herr Werner Blümle, unser neuer Firmenchef und Schwarm meiner schlaflosen Nächte, alle Angestellten unserer Firma zu einer Besprechung gebeten.

„Ich möchte offen zu Ihnen sein“ sagte er, während ich bemerkte, dass sich ein paar größere Exemplare meiner geliebten Maikäfer in Pumpstellung bereit machten zum Start. „Es ist mir nicht möglich, in Köln eine Firma zu führen, weil ich aus Stuttgart im Moment nicht weg kann. Deshalb habe ich zusammen mit meiner Mutter beschlossen, die Firma entweder zu verkaufen oder sie nach Stuttgart zu verlegen. Wobei ich zugeben muss, dass es auch dort ohne Ihre Hilfe nicht ginge. Auch dort brauche ich zuverlässige Mitarbeiter, die sich mit der Materie auskennen."

Für die meisten meiner Kollegen war es kein Weltuntergang. Nicht zu vergleichen mit den späteren Firmenschließungen um die Jahrtausendwende, wo die Mitarbeiter nur noch das Hartz-Vier-Gespenst vor Augen hatten. Damals in den 70-ern war es kein Problem, eine neue Stelle zu finden. Für mich war es etwas anders. Ich hatte keinen Lehrabschluss und dummerweise konnte ich den verstorbenen Herrn Neumann nicht mehr um ein gutes Zeugnis bitten. Außerdem, das sagte ich Herrn Blümle dann auch, war ich der Meinung, dass die Firmenidee absolut super war und ganz sicher eine gute Zukunft hätte.

Unser Buchhalter legte Zahlen vor, die belegten, dass man mit dieser Art Handel mit wenig Aufwand riesige Umsätze machen konnte.

Nur zwei der alten Mitarbeiter ließen sich mit einem besseren Gehalt nach Schwaben locken. Meine Kollegin Dagmar, deren Freund sie gerade wegen einer anderen hatte sitzen lassen und ich. Für mich gab es gar keine Frage. Schließlich hatte mir Herr Blümle die Stelle einer Büroleiterin angeboten und zusätzlich zu den damals horrend steigenden Tarifen mein Gehalt erhöht. Herr Blümle, wie ich ihn zu nennen hatte, zog meine Blicke immer noch auf sich. Was heißt immer noch? Nun erst recht. Mir wurde sogar recht blümerant, wenn ich ihn anschaute. Ja, wäre da nicht zunehmend in meinem Bauch das Kribbeln so einiger Käferbeinchen zu spüren gewesen, hätte ich eventuell doch noch Bedenken gehabt, meinen Freundeskreis in Köln zu opfern, um im Schwabenland ganz neu anzufangen.

Da „Wernerle", wie ihn seine Mutter auch im Beisein von uns manchmal nannte, ja noch studierte und weder seinen Sport noch sein Studium wegen der Geschäfte ad acta legen wollte, blieb mir in punkto Geschäfte viel Freiheit. Ich wusste in diesen Tagen der Überlegungen nicht, was mich mehr reizte, dieser aufregende Mann oder der verantwortungsvolle Job. Woher nur nahm der

Mann das Vertrauen in mich, die außer einem mittelmäßigen Abitur und ein paar Abendkursen keinerlei Qualifikation nachweisen konnte? Ob er auch das Kribbeln spürte?

Ich zog also in die Schwabenmetropole. Es war nicht einfach, eine Wohnung dort zu finden, aber Frau Blümle kannte eine Hausbesitzerin, bei der in der Nähe der Wilhelma, dem bekannten wunderschönen Zoo, gerade zwei kleine Appartements frei geworden waren. Eines für mich und eines für Dagmar. Geschäftsräume hatte sie auch gesucht. Sie lagen mitten in der Stadt in der Nähe des Charlottenplatzes und waren mit der Straßenbahn gut zu erreichen. Mein geliebtes Auto, der rote VW Käfer, fristete ab nun ein tristes Dasein am Straßenrand einer belebten Straße und wurde nur noch für Besuche in der Eifel oder in Köln gebraucht. Oder um an Wochenenden abends die Diskos unsicher zu machen.

Was soll ich Sie, liebe Leser, länger auf die Folter spannen und über Geschäftliches und Nebensächliches berichten. Ja ja ja, sie kamen dann, meine Tierchen. Immer mehr und immer heftiger, je näher ich mir Werner betrachtete und meine Blicke sich in dem Hellgrün seiner Augen verloren. Dass man dieses Musterbeispiel eines Modellathleten mit der schwäbischen Verniedlichung ‚le' versehen konnte, war mir total unverständlich. An diesem Mann war nichts dran, was einer Verkleinerungsform hätte gerecht werden können.

Nun war es durchaus nicht so, dass diese Gefühle einseitig gewesen wären. Oh, eine Frau merkt sehr gut, wenn von dem Ziel ihrer Wünsche auch etwas ausgeht. Wenn Blicke ganze Romane sprechen, der männliche Hormonspiegel steigt, wenn ihm plötzlich Worte fehlen.

Es knisterte also.

Eines Sonntags saß ich gedankenverloren in dem Café im Königsbau, aus dessen erstem Stockwerk man einen Blick auf den Schlossplatz, die Jubiläumssäule und das Neue Schloss hatte. Ich beobachtete die Leute an der Straßenbahnhaltestelle in der

Königsstraße und träumte von meinem Traummann. Plötzlich, so als hätte ich ihn mir herbeigeträumt, meinen Prinzen, hörte ich seine Stimme, die ich zu dem Zeitpunkt bereits aus hunderten anderer Stimmen herausgehört hätte. „Oh hallo, Fräulein Wegener! Darf ich mich zu Ihnen setzen?"

Ob er sich zu mir setzen durfte? Aber ja doch! Ob er bemerkte, wie meine Stimme vibrierte? Ob er das Surren der Maikäferchen hören konnte?

Irgendetwas furchtbar Blödes muss ich wohl gemurmelt haben. Irgendetwas so wie „Herr Blümle, wo kommen Sie denn jetzt her?"

Auch er schien sich selbst einen Fußtritt geben zu wollen, als er von einem Zufall sprach, wie klein die Stadt doch sei und Ähnliches. Nachdem er einen Kaffee bestellt hatte und mich fragte, ob ich noch einen Kuchen möchte, saßen wir uns ein paar furchtbar lange Momente lang stumm gegenüber und ließen unsere Augen sprechen. Dann legte er seine Hand auf die meine. Die lieben Tierchen in mir stiegen unendlich viele Stufen höher. Die Masse der Beinchen kribbelte. Ich war verliebt, und wie. Und ihm schien es nicht anders zu gehen. Ein stiller Beobachter hätte sich vermutlich tot gelacht bei dieser, unserer ersten mehr oder weniger zufälligen Begegnung. Wir beide erstmals ganz allein. Verlegen wie die Teenager, die zum ersten Mal ein Date haben. Wir plapperten belangloses Zeug. Geschäftliches. Sprachen über Tanzlokale und Sehenswürdigkeiten in der Schwabenmetropole, vom Sport und was weiß ich. Ich lauschte nur dem herrlich schwäbischen Singsang in seiner Stimme und versuchte, meine Blicke von seinen entzückenden Augen abzulenken.

Es war wie ein Wunder. Die Chemie stimmte, es wirkten unheimliche Anziehungskräfte, und hätten wir nicht beide noch ein ganz klein wenig Vernunft besessen, dann hätten wir uns im Schlosspark einen Platz hinter Hecken und Büschen gesucht und wären übereinander hergefallen.

So aber gab es erst einmal eine Verabredung. Dabei zeigte mir die Aussicht vom Fernsehturm. Wir schlenderten über den Schillerplatz und besuchten ein Konzert in der Liederhalle. Es blieb nicht bei einem Treffen. Jedes Mal schlug mein Herz Purzelbäume. Jedes Mal hatte ich feuchte Hände und jedes Mal stoben hunderte von Käfern in mir auf.

Als er mich gegen Ende der Freiluftsaison ins Gottlieb-Daimler-Stadion zu einem Leichtathletik-Sportfest einlud, konnte ich ihn zum ersten Mal in Aktion, in superkurzer Sporthose und Trikot bewundern. Bewundern war gar kein Ausdruck! Adonis war nichts gegen diesen Mann.

Oh ja, ich hatte schon als Kind Supertalenten wie Armin Harry, Manfred Germar und Willi Holdorf am Fernseher zugejubelt, aber so einen Athleten persönlich zu kennen, sozusagen zum Chef zu haben und… ihm sogar näher zu kommen. Wow! Das war schon ein erhebendes Gefühl. Selbst der Auftritt der Goldmedaillengewinnerin Ulrike Meyfahrt konnte mich an diesem Tag nicht davon abhalten, unentwegt die anmutigen Bewegungen des herrlichen Körpers meines neuen Abgottes zu beobachten. Und ihm schien es durchaus nicht unangenehm zu sein.

Es schien ihm auch äußerst angenehm zu sein, mich später zum Essen in ein Restaurant am Schlossplatz einzuladen, mit mir im Tanzcafe Happy Night einen sündhaft teuren Drink zu nehmen und mich beim Tanzen mit seinen muskulösen Armen zart zu umfassen.

Meine Maikäferchen krabbelten, kribbelten, schwirrten und tanzten mit. Jeder Muskel meines auch nicht gerade schlecht gebauten Körpers war angespannt. Bei Klängen von Rubettes „Sugar baby love“ kam mir bei dem Wort Zucker zum ersten Mal seit langen Jahren nicht der verfluchte Jack in den Sinn. Vielmehr legte ich meinen Fokus auf das Wort „love“.

Natürlich hatte ich nicht vor, mich an ihn heranzuschmeißen, schließlich gehörte ihm die Firma und ich war „nur“ seine Angestellte. Aber… Liebe Leser, haben Sie schon mal in den

Armen eines Zehnkämpfers gelegen? Mit ihm getanzt? Haben muskulöse Oberschenkel die Ihren bei Tanzschritten gestreift? Haben jemals Ihre Hände den Rücken eines so durchtrainierten Körpers berührt? Nein? Dann können Sie nicht mitreden. Dann können Sie dieses Gefühl nicht verstehen, was mich übermannte – nein ‚überfraute'. Es kribbelt soooo schön!

Sollten Sie so etwas ähnliches schon einmal erlebt haben, dann wissen Sie, wie ich mich fühlte. Wenn nicht, dann werden Sie vielleicht vor Neid erblassen, wenn ich Ihnen von den Annäherungen erzähle, die natürlich nicht von einem auf den anderen Tag passierten. Von den herrlichen Momenten, wenn mir Werner an einem Tisch gegenüber saß, er zärtlich (so zärtlich wie es für einen muskulösen Athleten eben nur ging) meine Hände in die seinen nahm. Wenn er neben mir herging und mich sein Arm umfasste, wenn ich seinen knackigen Hintern in einer kurzen Hose betrachtete, sein Waschbrettbauch sich dem meinen (nicht Waschbrett) näherte. Oh oh oh! So viele Käferchen hatten mich noch nie erwischt. Jack war längst vergessen. Ach, wer war das denn überhaupt gewesen?

Ich glaube, die Rundschreiben mit der neuen Firmenadresse lagen noch nicht in den Briefkästen aller Kunden und Lieferanten, da lag ich schon in Werners Armen. Beziehungsweise lag er im Bett meines neuen Appartements. Es war nicht die Zeit von sexueller Enthaltsamkeit damals. Oswald Kolle hatte die Nation aufgeklärt, die Antibabypille konnten längst auch Unverheiratete bekommen. Wir beide waren keine Teenager mehr. Wir waren verliebt, wir waren heiß aufeinander, wir explodierten förmlich in unserer Liebe.

Noch heute wird mir ganz heiß, wenn ich an unser erstes Mal denke. Es war so überwältigend, diesen prachtvollen Körper zu sehen, zu fühlen, zu spüren, dass ich kaum schnell genug meine Kleider vom Leib bekam. Kein Gramm Fett, nur Muskeln. Prall, fest. Das einzig Weiche an ihm waren die Stellen mit blondem Gewuschel an Körperbehaarung, die sich anfühlten wie prickelnder weicher Teppich. Und seine Stimme. Sein zärtliches Geflüster, seine verliebten Worte, seine zarten Komplimente.

Dieser Mann war erotisierend bis zum Gehtnichtmehr. Man hätte uns vergleichen können mit dem Zusammenprall zweier Magnete, deren Anziehungskraft immer größer wird, je mehr sie sich einander annähern. Ja, wir näherten uns mit einer solchen Heftigkeit, dass jeder von uns wie ein Karatekämpfer glatt eine Wand hätte durchschlagen können. Nichts hielt uns auf.

Als bei unserer ersten stürmischen Vereinigung mein von mir mühsam zusammengebautes neues Bett wie ein Kartenhaus in sich zusammenfiel und wir beide etwas unsanft, aber immerhin noch auf der Matratze auf dem Boden landeten, tat das meinem Höhenflug keinerlei Abbruch. Ich schwebte. Ohne in Einzelheiten zu gehen, kann ich behaupten, dass ich in sexueller Hinsicht die absoluten Höhepunkte meines ganzen bisherigen Liebeslebens kennenlernte. Nach den Tagen oder besser nach den Nächten, die wir zusammen verbrachten, war mein Gehirn wie zugekifft von Unersättlichkeit, von Begierde, Verlangen. Wenn ich danach auch nur seinen leeren Chefsessel berührte oder einen Brief faltete, den er unterschrieben hatte, dann liefen mir kleine Schauer über den Rücken, die veranlassten, dass die lieben Maikäferchen wilde Sturzflüge veranstalteten.

Leider oder aber auch glücklicherweise dauerten die Phasen unseres höchsten Glückes nie allzu lange an, weil mein Liebster, mein Göttlicher, mein Glücksstern, hart und regelmäßig trainieren musste und auch seinen regelmäßigen Schlaf brauchte.

Ich hatte auch immer gerne ein wenig Sport getrieben und war gerne in Gymnastiksälen herumgehüpft. Aber das, was so ein hochkarätiger Zehnkämpfer leisten musste, verschlug mir die Sprache. Ach herrje, wenn er mir auch nur andeutungsweise von seinem Trainingsplan erzählte, brach mir der kalte Schweiß aus. Muskelaufbau, Krafttraining, Schnelligkeit, Gelenkigkeit, Ausdauer. Natürlich hatte ich auch im Fernsehen schon mal gesehen, wie Zehnkämpfer in zwei Wettkampftagen zehn verschiedene

Disziplinen absolvierten, hatte mir aber nie eine Vorstellung davon gemacht, was es hieß, es auf so ein hohes sportliches Niveau zu schaffen und im Zehnkampf bei den Besten Deutschlands dabei zu sein. Damals, als Werner mich in die Welt der Leichtathleten hineinblicken ließ, erfuhr ich zum ersten Mal hautnah, was es hieß, Spitzensportler zu sein beziehungsweise zu werden.

Ich hatte mich also in einen Leistungssportler verliebt, der auf dem Wege nach ganz oben war und dessen Name vielleicht in ein paar Jahren in ganz Deutschland oder gar in der Welt bekannt sein könnte. Für diese Tatsache nahm ich gerne einige Nachteile in Kauf. Denn natürlich gönnte ich es ihm, und als die Frau an seiner Seite war ich selbstverständlich auch sehr stolz auf ihn.

Trotzdem stellte sich sofort eine unendliche Sehnsucht nach ihm ein, sobald er mir den Rücken drehte und zu seinen Trainingseinheiten aufbrach, deren es in meinen Augen viel zu viele gab. Oder wenn es hieß, er müsse mal eben heim zu Mutti. Ach ja, da war ja auch noch seine Mutter, diese schreckliche Frau Blümle, der wir unsere Beziehung erst einmal eine ganze Zeitlang verheimlichten. Ich muss sagen, diese Frau war ein echtes Haar in der Suppe. Haar? Was sage ich? Sie war ein ganzer Zopf in dieser unglaublichen Gourmetbrühe der Extraklasse. Denn Werner wohnte bei ihr.

Dass sein Vater vor vielen Jahren mit einer anderen Frau weggegangen war, überraschte mich überhaupt nicht. Aber anständigerweise hielt ich mich mit Kommentaren zu seiner Mutter in seinem Beisein zurück. Er bemerkte natürlich, dass sich zwischen ihr und mir eine Wand auftat ähnlich der Höhe der deutsch-deutschen Mauer, wenn sie mal wieder unbedingt im Büro erscheinen und nach dem Rechten sehen musste.

„Woischt, sie hat sähr gelitten, als Papa wegging“, sagte er entschuldigend, schaute mir tief in die Augen und schon suchte ich nach irgendeiner positiven Eigenschaft an ihr, dieser miesepetrigen Frau. Ach ja, sagte ich mir, was soll's, ich bin verliebt, ich habe einen tollen Job, das Leben ist schön.

Ich genoss es. Trotzdem musste ich mich in dieser beispiellosen Invasion von Maikäfern der nettesten Sorte pausenlos zwingen, in der Firma alles unter Kontrolle zu halten, weil meine Gedanken nur noch an diesem Mann hingen. An nichts anderes konnte ich mehr denken. Zumindest nicht länger als etwa fünf Minuten. Dann musste mein Herz unbedingt noch mal einen Hüpfer machen, ein wenig schneller klopfen und mein Speicherplatz im Gehirn mir das Bild meines Hünen vor Augen schieben.

Apropos Speicherplatz. Nein, diesen Ausdruck kannten wir damals noch nicht. Man hörte davon, dass große Firmen und Behörden solche neuartigen Computer einsetzten, aber in unserer kleinen Firma war das noch kein Thema. Wir waren schon stolz darauf, seit Jahren den Luxus von elektrischen Schreibmaschinen genießen zu dürfen, bei denen man seine Finger längst nicht so fest in die Tasten drücken musste wie bei den herkömmlichen Schreibmaschinen. Ablage von Schriftstücken mussten wir auch manuell erledigen, ebenfalls unsere Buchhaltung.

Weil Werner so ein viel beschäftigter Mensch war und ich meinen Büroberuf ja nicht offiziell erlernt hatte, besuchte ich immer wieder Abendkurse, um mich weiterzubilden. Außerdem wurde es höchste Zeit, den persönlichen Kontakt zu unseren Fabrikanten in Italien und Spanien wieder aufzunehmen und die nächste Saison zu planen. Ich hatte ein paar Ideen, wie wir unsere Geschäfte ausweiten konnten. Der italienische Freund einer Kollegin hatte uns eine Firma vermittelt, in der dessen Schwager für den Verkauf zuständig war. Also musste ich unbedingt auf Geschäftsreise gehen. Werner hatte zwar keine Ahnung von der ganzen Sache, richtete es aber so ein, dass er mit mir zusammen die Firmen in Italien besuchte, weil er sowieso nach Mailand zu einem Hallen-Wettkampf musste.

Wir beide auf Reisen. Zum ersten Mal. Von Stuttgart aus flogen wir mit einer Reihe von Athleten, Trainern, Betreuern und offiziellen DLV-Vertretern sowie einem riesigen Gepäckaufwand von Kugeln, Stäben und Taschen voller Wettkampfbekleidung in Richtung Italien. Zum ersten Mal erlebte ich, wie es in Sportlerkreisen so zuging. Zugegeben, ich hätte Werner viel lieber für mich alleine gehabt. Hätte mich neben ihm im Flugzeugsitz an ihn gekuschelt, ihn während des Flugs hundert Mal geküsst, ihm seine kräftige Hand gestreichelt. So aber nahmen wir unsere Plätze ein, umringt von anderen Athleten. Von Dünnen klapprigen Langstrecklern ohne ein Gramm Fett auf den Rippen, von massigen Kugelstoßern, die eigentlich zwei Sitze gebraucht hätten, von athletischen Sprintern. Aber auch hübschen jungen Damen, deren durchtrainierte Körper ich gleich mit recht eifersüchtigen Augen fixierte.

Oh ja, ich war eifersüchtig. Während ich schon beim Start des Flugzeugs sehnsüchtig darauf wartete, dass mir mein Freund zärtliche Worte ins Ohr flüsterte, war mein Werner in Gespräche vertieft über die Anlaufschrittfolge beim Speerwurf, die Wichtigkeit der Kohlehydrate in der Ernährung von Leistungssportlern und ich hörte anerkennende sowie abfällige Bemerkungen über mögliche Konkurrenten.

Ich stellte fest, wie fremd mir diese Welt des Leistungssports war. So toll ich es auch fand, wenn jemand einen athletischen Körper besaß und hervorragende Leistungen vollbrachte, genauso sehr verwunderte es mich im Grunde auch, wieso Menschen all diese Schinderei auf sich nahmen, nur um einen Pokal zu gewinnen, eine Medaille oder auch nur eine Urkunde. War es die Ehre, in der Zeitung zu stehen? Der Ehrgeiz, irgendwann der Beste in ganz Deutschland oder gar Europa zu werden? Klar, wer gut genug war, bei internationalen Wettkämpfen mithalten zu können, hatte zumindest den Vorteil, dass die Reisen und die Unterkünfte bezahlt wurden. Und so einige der Besten kamen ganz schön herum und sahen etwas von der Welt. Aber sich durch seinen Bekanntheitsgrad mit Werbung oder mit Fotos eines athletischen Körpers ein kleines Zubrot zu verdienen, war absolut verboten, denn damit wäre der Amateurstatus verloren gegangen.

In unseren heutigen Zeiten, in denen uns Spitzensportler von allen Plakaten und aus den Werbespots der Fernsehsender zulächeln und für irgendwelche Produkte werben, ihre Mützen, T-Shirts und Jacken bei Interviews und Fernsehauftritten mit zig Werbeaufnähern bestückt sind und sie womöglich noch während eines Wettkampfs mit Marken-Sonnenbrillen herumrennen, wissen junge Leute schon gar nicht mehr, was das Wort Amateurstatus überhaupt bedeutet.

Bei allem Verständnis für Werners Sport, ich hätte es nicht machen wollen. Für mich selbst war es viel erstrebenswerter, gutes Geld zu verdienen und in meiner Freizeit mein privates Glück zu genießen. Auf dieses private Glück musste ich auf der Mailand-Reise auch erst einmal verzichten. Denn es war mir nicht erlaubt, mit Werner in dem Hotel zu übernachten, in dem er mit seiner Leichtathletik-Mannschaft untergebracht war. Und außerdem – flüsterte er mir ins Ohr, war es nicht gut, vor einem wichtigen Wettkampf Sex zu haben. Oha, das konnte ja heiter werden.

Vielleicht war es auch ganz gut für mich, in diesen Tagen erst einmal nicht an Sex zu denken. Ich musste mich darauf konzentrieren, bei meinen Geschäftspartnern neue Kollektionen anzuschauen, Verhandlungen zu führen, neue Kontakte zu suchen und vor allen Dingen meine bisher angeeigneten Italienisch-Kenntnisse anzuwenden. Immer wieder gab es Situationen, in denen ich auf Französisch oder Englisch ausweichen oder mich mit Händen und Füßen verständlich machen musste. Im Nachhinein musste ich den verstorbenen Herrn Neumann bewundern. Zum einen für seine Geschäftsidee und zum anderen dafür, wie er sich mit diesen chaotisch anmutenden, hektisch gestikulierenden Italienern in der wundervoll melodischen Sprache verständigt hatte.

Als Werner seinen Wettkampf in der Halle hatte, saß ich natürlich in der ersten Reihe und drückte ihm fest die Daumen. Vorher hatte ich nur kurz mit ihm sprechen können im Flur vor den Umkleidekabinen.

„Wie geht das denn mit so einem Zehnkampf" hatte ich gefragt, „welche Disziplin kommt denn zuerst?"

„Ich mache heute keinen Zehnkampf, nur Kugel. Woisch, Zehnkämpfe macht man höchstens dreimal in der Saison, dazwischen holt man sich Erfahrung in Einzeldisziplinen, damit man auch Messwerte hat unter Wettkampfbedingungen."

Aha. Als der Ansager die Kugelstoßer vorstellte und Werners Name durch den Lautsprecher ertönte, breitete sich neben den hunderten von Maikäferchen in meinem Körper auch so etwas wie Stolz bei mir aus. Ja, ich war stolz auf ihn und einen Moment lang konnte ich das Gefühl nachvollziehen. Das, wofür es sich lohnte, all dies auf sich zu nehmen. Mein großer Blonder mit den liebevollen grünen Augen stand dort, zunächst noch bekleidet mit einem Trainingsanzug, später im Nationaltrikot und rattenscharfer kurzer Turnhose. Kurz darauf betrat Werner den Kugelstoßring, holte tief von unten aus und wuchtete die schwere Kugel in hohem Bogen nach vorne. Na schön, andere warfen – nein stießen - weiter. Beim zweiten Versuch trat er über den Rand, ein weiterer Stoß schien ihn auch nicht zufrieden zu stellen. Wenigstens durfte er als Siebtbester weitere drei Versuche unternehmen, die ihn leider wohl auch nicht näher an seine Bestleistung brachten. Nun, dachte ich mir, immerhin macht Werner im Normalfall ja noch neun andere Disziplinen, deren Punktzahlen in der Addition erst die wirkliche Klasse eines Athleten aussagen. Und natürlich war meine Zuneigung für ihn ja auch in keiner Weise abhängig von seinen sportlichen Leistungen.

Ihm allerdings hatte der Wettkampf irgendwie die Laune verhagelt. Als wir uns später vor dem Stadion trafen, machte er gar kein glückliches Gesicht. Und als ich ihn danach noch zu Verhandlungen mit unseren Geschäftspartnern schleppte, von denen er kein Wort verstand außer ein paar Brocken Englisch, wenn mein Italienisch nicht mehr reichte, stieg seine Stimmung auch nicht gerade steil nach oben. Er drängelte, als ich mir aus den Bademoden- und Unterwäschen-Kollektionen, die mir vorgelegt wurden, so einige Stücke aussuchte, die mir gefielen oder vielmehr von denen ich dachte, dass Sie unseren Kunden in Deutschland gefallen würden. Er müsse zurück zu seiner Mannschaft, meinte er.

„Werner“ sagte ich „es ist dein Geschäft, nicht meines. Eigentlich müsstest du das hier entscheiden“.

Erst dann schauten seine erfrischend grünen Augen mich wieder versöhnlich an.

„Ach Marlene, du woisch doch, dass ich davon koi Ahnung hab. Du machst des scho.“ Er drückte mich kurz an sich und schon fuhren meine lieben Käferchen wieder ihre Fühler aus. Trotzdem musste ich zum ersten Mal eine erste kleine Ernüchterung hinnehmen und mir sagen: er ist auch nur ein Mann!

Es war schon eine etwas ungewöhnliche Konstellation. Meinem Freund gehörte die Firma und ich machte die Geschäfte. So manches Mal fühlte ich mich nicht sonderlich wohl in meiner Haut, wenn ich Entscheidungen treffen musste, die im Grunde nur ein Inhaber hätte treffen können. Doch ich war jung, begeisterungsfähig und ich wuchs an meinen Aufgaben. Wirklich viel konnte ich nicht falsch machen, denn Herr Neumann hatte gute Vorarbeit geleistet. Das Geschäft lief so ab, dass ich aus Italien Musterkollektionen mit nach Deutschland brachte und diese deutschen Herstellern vorlegte oder auch von Models vorführen ließ. Wenn also ein Fabrikant einen oder mehrere Badeanzüge für gut befand und ihn in seine Kollektion für die nächste Saison aufnahm, dann lief der Auftrag bei den italienischen Herstellern über uns, quasi als Vermittler. Der Fabrikant schickte lediglich seine Etiketten nach Italien. Es war also eine Verlagerung der Produktion in ein Land, in dem der Artikel wesentlich billiger hergestellt werden konnte. Unsere Firma kümmerte sich um die gesamte Abwicklung und lebte von der Provision. Man kann sich vorstellen, dass es sich hier um riesige Mengen handelte, die auf direktem Wege an die jeweiligen Auftraggeber geschickt wurden und von denen wir überhaupt nichts zu sehen bekamen. Für mich war es von Anfang an faszinierend gewesen, dass Herr Neumann –

Gott habe ihn selig – damals bereits eine solche Geschäftsidee hatte. Dass es irgendwann einmal ganz normal wäre, dass deutsche Firmen ihre gesamten Klamotten in Billigländern fertigen ließen, hätte damals noch kein Mensch gedacht.

Zum ersten Mal freute ich mich auf den Winter. Ich, ein absoluter Sommer- und Sonnenmensch, dem es äußerst schwer fiel, einen herrlichen Sommertag in einem muffigen Büro verbringen zu müssen. Auch wenn ich meine Arbeit gerne erledigte, so hielt es mich kaum im Haus, wenn ich bei herrlichen Sommertagen durch das Fenster hinaus schaute und zusehen musste, wie Leute mit Badetaschen in Richtung Schwimmbad latschten, wie Mütter mit Kinderwagen vorbeischlenderten oder Eis leckende Omas ein Schwätzchen hielten. Manchmal erwischte ich mich sogar dabei, dass ich mich nach einer Heuwiese in der Eifel sehnte und sogar liebend gerne in Kauf genommen hätte, dort einen Rechen in die Hand zu nehmen und hart zu arbeiten.

Ich freute mich auf den Winter, weil ich – naiv wie ich war – dachte, dass Werner dann weniger trainieren müsse. Leichtathletik war eine Sommersportart, und wenn man nicht auf den Sportplatz konnte….

Ich irrte. Nach einer kurzen Pause, in der wir uns jeden Tag sahen und er auch einige Stunden in der Firma verbrachte, ging es im Wintertraining hart zur Sache. Dazu kam, dass Werner in seinem Studium ein paar Prüfungen ablegen und dafür lernen musste. So einige Male besuchte ich mit Dagmar, mit der ich mich schon in Köln gut verstanden hatte und die ich mittlerweile als Freundin betrachtete, ein paar gängige Diskos. Ansonsten vertrieb ich mir die einsamen Abendstunden mit Lesen und Fernsehen oder ich blieb ganz einfach länger in der Firma und arbeitete. Nicht unbedingt das Leben, das man sich vorstellt, wenn man einen Freund hat, den man abgöttisch liebt. Natürlich entschädigte mich Werner für die Stunden, in denen ich ihn entbehren musste mit unglaublichen Stunden der Liebe und Zuneigung, der sexuellen Lust, der höchsten Ekstase. Alles war so anders, als damals mit

Jack. Werner musste mich nicht verführen. Er musste keine Begierde in mir wecken. Sie war schon da. Sex mit Werner war wie ein Naturereignis. Wie ein Vulkanausbruch oder ein Erdbeben. Es passierte einfach. Mit einer Heftigkeit, wie ich es mir nie hätte vorstellen können. Überwältigend. Herrlich.

„Du“ sagte ich eines Abends zu ihm, nachdem wir mein Bett zum Vibrieren gebracht hatten und nachdem ich ein winziges und er zwei riesige Steaks mit Salat verzehrt hatten „wie wäre es, wenn du mal mit mir in die Eifel kämst? Meine Eltern würden dich gerne mal kennen lernen.“

Ich sagte das deshalb, weil meine Mutter mich bei einem unserer letzten Telefonate gefragt hatte: „Sag mal, willst du mir nicht etwas sagen? Du hörst dich so glücklich an.“

Mütter! Man kann ihnen nichts verheimlichen. Ich liebte meine Mutter. Auf die Weise, wie man Mitte des letzten Jahrhunderts seine Mutter liebte. Nicht, indem ich ihr das gesagt hätte oder bei einem meiner selten gewordenen Besuche um den Hals fiel und ihr einen Kuss auf die Backe drückte. Einfach so, wie es in unserer eher nüchternen Eifelheimat war. Ohne große Worte und Gesten, trotzdem innig.

Auch wäre ich nie auf die Idee gekommen, mit meiner Mutter über meine Gefühle für Werner zu sprechen. Nie hätte ich ihr gesagt, dass ich total verrückt nach ihm bin, dass ich verliebt bin über beide Ohren, dass mir bereits Gedanken an eine Ehe durch den Kopf gehen, dass ich in meinem Körper ganze Maikäfer-Schwärme beherberge, die ununterbrochen krabbeln, brummen, ihre Flügel ausfahren. Ich brauchte ihr nichts zu sagen.

„Bring ihn doch mal mit“ sagte sie nur. Und „Hedwig ist wieder in Hoffnung, Tante Franziska ist nicht gut dran und Vater hat es im Rücken. Und übrigens, Otmar will auch heiraten.“ Meine Eifeler. Diese merkwürdigen zwiespältigen Gefühle kamen wieder auf. Lange hatte ich den Eindruck, mich ein wenig genieren zu müssen, Werner mit dorthin zu nehmen. Bad und Klo waren jetzt zwar vorhanden. Telefon gab es mittlerweile auch. Aber Vater in seinen Gamaschen, den stinkenden Stallklamotten, die nervigen Tanten, Mutter in der Kittelschürze, der Misthaufen im Hof, die schiefen Scheunen, das Dorf… Werner, der Athlet, der angehende Betriebswirt, der Firmeninhaber, der Stadtmensch. Würde er nicht spöttisch auf all dies herablächeln? Dann aber dachte ich, nun ja, seine Mutter ist nun auch nicht gerade ein Vorzeigeobjekt. Auch wenn meine Mutter Kittelschürzen trug, so hatte sie dennoch ein viel feinfühligeres Wesen als die alte Krähe in ihren Stadtklamotten, die mich mit ihrer Anwesenheit und ihrer Null-Ahnung in der Firma das ein und andere Mal zur Weißglut brachte.

„Mit in die Eifel, zu Deiner Familie?" fragte Werner. „Du warsch ja auch noch nie bei uns dahoim".

„Du hast mich ja auch noch nie eingeladen" sagte ich. Dass ich auch nicht scharf darauf war, mich von den Argusaugen der Frau Blümle verfolgt zu wissen oder mich gar ihrer mütterlichen Eifersucht auszusetzen, musste ich ihm ja nicht auf die Nase binden.

„Weiß eigentlich deine Mutter von uns?"

„Marlene, woisch – des mit meiner Mutter, des isch net immer so einfach. Du kennscht sie ja."

Also nicht. Ich konnte es verschmerzen. Vorerst.

„Würdest du… denn mitkommen…in die Eifel?" Ich erzählte ihm von meiner Familie. Von den Eltern, den Brüdern, den Tanten, dem Dorf. Vom Landleben, von dem er als Stadtmensch so gar keine Ahnung hatte. Von unserer Region, von den Maaren, von Trier, der Porta Nigra, den römischen Denkmälern, von der Mosel mit ihren Weinbergen. Und mit einem Mal war mir, als müsse ich mich überhaupt nicht genieren, aus dieser landschaftlich wunderschönen Gegend zu stammen. Im Gegenteil, es erfüllte mich sogar mit einem gewissen Stolz. Zum ersten Mal gingen mir Gedanken durch den Kopf, dass in einer Großstadt auch nicht alles Gold ist, was glänzt. Und dass es bei weitem auch nicht überall glänzt. Wenn ich manchmal so durch die Straßen rund um unser Büro lief, fielen mir die trostlosen Straßenzüge auf, die grauen Mauern, hinter denen Menschen in heruntergekommenen billigen Wohnungen auf kleinstem Raum lebten. Ausländer, die in Billigläden nach Pfennigs-Klamotten wühlten, im Bahnhofsviertel herumlungernde Junkies, Alkoholkranke, Wohnsitzlose. Mit Autos verstopfte Straßen, die stinkende Abgase verbreiteten, hetzende unfreundliche Menschen, auf schmutzigen Hinterhöfen spielende Kinder. Ach, was hatten es doch die Kinder auf dem Land so gut, die über blühende Wiesen laufen, im Wald verstecken spielen und in Heuhaufen herumtoben konnten.

„Was ist jetzt? Hast du irgendwann denn mal ein Wochenende frei?" fragte ich ein letztes Mal.

Werner überlegte. Schaute auf meinen Kalender, auf dem das Bild eines weiten Strandes Urlaubsstimmung verbreitete. „Hmm… übrigens, für den 2. Oktober habe ich zwei Karten fürs Ballett. Du kommst doch mit?" sagte er statt einer Antwort.

„Ballett? Natürlich komme ich mit."

Ich war noch nie im Ballett gewesen. Damals, in den 60-ern, als meine Eltern sich einen Fernseher angeschafft hatten und alles anschauten, was es so in dem einzigen Programm gab, damals waren auch schon einmal ein paar Ballettratten über den Bildschirm gehuscht. Zu Klängen klassischer Musik, die in unserem Hause praktisch nie existiert hatte. „Oh je" hatte meine Oma dann geäußert „die danzen op Ziehenspetzten" oder „wat sein die so schweinzig ohgedohn." Was so viel heißen sollte wie „Ach, die tanzen auf Zehenspitzen, und wie unanständig sind die angezogen". Nun, dass die Tanten beim Anblick der Tänzer in engen Ballethosen fast in Ohnmacht fielen, war freilich nicht verwunderlich, denn die sichtbaren Vorwölbungen männlicher Genitalien ließen selbst mir damals die Schamröte ins Gesicht steigen.

Mit Ballett hatte ich ansonsten bis dahin nicht viel anfangen können. Aber nun, da ich doch großstädtisch, kulturinteressiert, Büroleiterin einer Firma und obendrein Freundin eines aufsteigenden Sportstars war, sollte ich durchaus auch einmal einen

Ballettabend besuchen. Im Großen Haus des Staatstheaters war ich schon gewesen, eine Oper hatte ich dort angeschaut. Auch das war für mich Neuland gewesen. Sollte ich jetzt Dame werden? Feine Gesellschaft?

In der Stuttgarter Zeitung hatte ich darüber gelesen, dass drei Jahre nach John Cranko's Tod die große Ballerina Marcia Haydee die Leitung des Stuttgarter Balletts übernommen hatte. Sie hatte es zu Weltruhm gebracht und sie tanzte immer noch. Ja, natürlich wollte ich sie sehen.

„Mein Trainer hat mir die Karten geschenkt, für gute Trainingsleistungen!"

„Oha!" Ich drückte meinem Liebsten einen dicken Kuss auf die Wange.

Eine Antwort auf meine Frage nach der Eifeltour hatte ich immer noch nicht, ich hakte auch nicht mehr nach. Wenn er nicht wollte… Vielleicht sah er unsere Beziehung ja auch mit anderen Augen als ich. Vielleicht war ich für ihn ja doch nur eine flüchtige Affäre?

Oh nein, das konnte ich nicht glauben. Nicht bei dem, was er mir in unseren intimen Stunden ins Ohr flüsterte. Nicht bei dem, was seine Körpersprache aussandte. Und auch nicht bei dem, was er so an kleinen Aufmerksamkeiten für mich mitbrachte, wann immer wir uns trafen. Mal war es eine einzige Rose, ein kleines Glücksschweinchen, ein paar besondere Pralinen aus Stuttgarts edelster Konfiserie. Und wie er es verstand, meinen Körper mit dem seinen und mit all seinen Sinnen zu beglücken... Nein, ich war mir ganz sicher, das war nicht gespielt. Wir beide - das war die ganz große Liebe.

Nachdem wir, ich in langem Abendkleid, er in chicem Anzug, einen Abend lang einer Ballettvorführung höchster Qualitätsstufe gefolgt waren und dabei Händchen gehalten und geträumt hatten, schaffte es meine ganz große Liebe dann tatsächlich irgendwann im beginnenden kalten Winter, mit mir in die Eifel zu fahren. Ich wette, Mutter hatte einen ganzen Tag lang das Haus gewienert,

Kuchen gebacken und den Hof gekehrt. Als wir mit Werners Auto vorfuhren, erschien sie sofort an der Haustür – sogar ohne ihren obligatorischen Kittel. In Rock und selbst gestricktem Pullover. Mutti. Ich hatte sie lange nicht gesehen. Neben Werner, der ihr artig die Hand reichte, schien sie noch kleiner geworden zu sein. Vater kam aus der Scheune, er hatte Getreide gemahlen (Schrots gemacht) und war über und über mit Staub bedeckt.

„Nun klopf dich erst mal ab" rief Mutter ihm erschrocken zu, „so kommst du mir nicht ins Haus".

Tante Agnes, blass und mit gebeugtem Rücken, kam durch den langen Flur geschlichen und erschrak sichtbar:

„Huch! Wat ist der groß!" sagte sie und musste ihren Kopf nach oben recken, um Werner ins Gesicht zu blicken. Ich zwinkerte ihm ein Auge. Ich hatte ihn vorbereitet.

„Kommt doch rein" sagte Mutter und ich trat in unser Wohnzimmer, in dem sich nichts verändert hatte. Wo immer noch die Nippes-Sachen neben dem Likörservice und ein paar Sammeltassen im Wohnzimmerschrank hinter Glas standen, eine Sofadecke den verblichenen Bezug der alten Couch versteckte, bestickte Sofakissen fein ordentlich mit Knick in der Mitte für Zier sorgten und wo der Holzofen immer noch eine wohlige Wärme verbreitete. Werner bückte sich zu spät und sein Kopf kollidierte voll mit der Türumrandung. Oh ja, die Türen in den alten Bauernhäusern waren niedrig. Ebenfalls die Decken. Keiner aus unserer Familie, auch nicht meine Brüder, ließen so wenig Platz zwischen Kopf und Zimmerdecke wie Werner.

Zum Essen gingen wir in die Küche. Zweimal musste ich „Achtung" rufen, damit mein Liebling sich nicht weitere Beulen an der Stirn holte. Mutter brachte einen herrlichen Rinderbraten auf den Tisch mit Salzkartoffeln, Erbsen und Möhren. Vorher gab es Sagosuppe mit Ei und hinterher Vanillepudding mit Eischnee. Ganz unser Kirmesessen von früher. Festessen! Ich mochte es sehr, in der Stadt in den immer beliebter werdenden italienischen Pizzerien oder in den jugoslawischen, spanischen oder türkischen

Restaurants zu speisen. Aber dies hier, das selbst gekochte Essen, egal ob von Mutti oder von Tante Franziska, das war nicht zu übertreffen. Ich war daheim und es schmeckte genau wie früher.

Genau wie früher benahmen sich allerdings auch meine lieben Tanten. Tante Franziska fragte Werner Löcher in den Bauch. Alles wollte sie wissen, obwohl sie weder von Sport noch von Bürokratie oder Betriebswirtschaft auch nur den Hauch einer Ahnung hatte. Tante Agnes nörgelte am Essen herum, beschwerte sich über ihre sämtlichen Wehwehchen, jammerte, und weil sie nicht gut hörte, fragte sie immer wieder nach: „Ha? Wat?".

Nur für Vater war es wirklich interessant, mehr aus einem Sportler-Leben zu erfahren. Er war in seiner Schulzeit immer ein flotter Läufer gewesen und war allen anderen, auch den älteren Schülern bei Sportfesten davongelaufen. In den Vorkriegsjahren hatte man Wert auf sportliche Ertüchtigung gelegt, doch in den Eifeldörfern hatten Kinder kaum Gelegenheit gehabt, ihre diesbezüglichen Fähigkeiten auszuüben, geschweige denn auszubauen. Nur ein paar einzelne Fußballvereine hatten es männlichen Jugendlichen erlaubt, ihren Bewegungsdrang zu kanalisieren und die ganz natürliche Freude an körperlicher Ertüchtigung auszuleben. Mädchen durften, wenn sie Glück hatten, Fahrrad fahren, Völkerball spielen oder mit einem Stock in der Hand dem Eisenband eines alten Wagenrades oder einer alten Fahrradfelge über Wege und Felder hinterherlaufen.

„Wie schnell sind Sie denn gelaufen?" fragte Werner meinen Vater, nachdem Mutter stolz von seiner Spritzigkeit berichtet hatte.

„Oh, das weiß ich nicht", gab Vater zur Antwort. Unser Lehrer hatte keine Stoppuhr. Und außerdem hatten wir ja keine glatte Laufbahn. Wir sind auf einem holprigen Weg gelaufen. Und oft sind welche von uns hingefallen, weil sie beim Laufen über die Steine gestolpert sind. Und.. nun ja... wir hatten ja auch keine Turnschuhe, wir liefen mit unseren gewöhnlichen Lederschuhen." Vater lächelte.

„Einmal habe ich einen Ball so weit geworfen, dass er über die Wiese hinaus in einem Kornfeld landete. Wir haben ihn nie wieder gefunden und unser Lehrer war stinksauer."

„Und - wollten Sie nie in einen Verein gehen? Ich meine, Sie wären ja sicher ein guter Sportler geworden." Werner zeigte sich sehr interessiert an Vaters sportlichen Ambitionen.

„Verein? Ach je, dann hätte ich in die Kreisstadt fahren müssen, oder gar nach Trier. Wir hatten doch kein Auto. Und außerdem, meine Eltern hätten mir etwas anderes gesagt. Wir mussten damals arbeiten. Auf dem Feld helfen."

„Aber beim Militär hast du dann doch Sport gemacht" stellte Mutter fest. „Und im Krieg habt ihr doch…"

„Ja ja" winkte Vater ab. Über dieses Thema sprach er nicht gerne.

„Ach je!" hakte Tante Agnes gleich nach, „wenn wir nur nicht noch mal Krieg oder so etwas erleben. Was ist das eine Welt heute! Die Terroristen haben schon wieder jemanden erschossen. In Irland schmeißen sie Bomben und im Nahen Osten gibt es bestimmt auch noch mal Krieg. Oh je, am besten würde man den Fernseher gar nicht mehr anmachen."

Dann fing Tante Franziska auch noch an, die sonst eigentlich weniger ängstlich war:

„In Stuttgart, da sitzen doch auch diese Terroristen im Gefängnis. Na hoffentlich brechen die nicht mal aus!"

Werner beruhigte sie. „Die sind da gut bewacht, keine Angst. Und auf die Marlene, da passe ich schon auf." Er zwinkerte mir zu. Mein Liebling. Mein Held.

Fast hatte ich mich schon wieder in Grund und Boden geschämt. Aber Werner nahm meine Familie erstaunlich gelassen. Ein wenig peinlich wurde es dann noch, als man ihn nach seiner Familie ausfragte. Als Tante Franziska das Wort ‚geschieden' vernahm, als es um Werners Eltern ging, fiel sie fast vom Stuhl. ‚Geschieden' das hörte sich für die gläubige Katholikin fast so schlimm an wie Mord oder wenigstens so schlimm wie Diebstahl.

„Und wann sind Sie fertig mit dem Studium?“ fragte Mutter.

„Das weiß ich nicht.“ sagte Werner, „Wissen Sie, durch den Sport habe nicht allzu viel Zeit. Und jetzt habe ich ja auch noch die Firma. Aber – hier, Ihre Marlene – die macht das super. Wenn ich sie nicht hätte, dann wäre ich ganz schön aufgeschmissen“.

„Ja ja, die Marlene war immer schon ein schlaues Mädchen. Als sie zwölf war, hat unser Lehrer schon gesagt, die Marlene muss unbedingt studieren. Die lernt so leicht…“

„Mutti!“ Ich hatte es nie gemocht, wenn Mutter mich auf diese Weise lobte. Ich fand es einfach immer nur peinlich. Rasch stand ich auf und räumte die Teller weg.

„Ich will mit Werner noch ein wenig spazieren gehen. Und außerdem habe ich Uschi versprochen, auf jeden Fall noch bei ihr vorbeizukommen“, lenkte ich ab.

Mit Werner durch die Dorfstraße zu gehen war fast so wie damals, als wir unseren ersten Traktor bekommen hatten. Ich war stolz. Stolz auf ihn. Stolz darauf, neben diesem Bild von einem Mann einher zu schreiten. Das heißt, wenn Werner einen Schritt machte, dann musste ich mindestens zwei machen. Weil es draußen ziemlich kalt war, begegneten uns kaum Leute, aber ich wusste genau, dass hinter den Fensterscheiben nun so einige Stimmen tuschelten:

„Guck mal, da geht die Marlene mit ihrem neuen Freund. Oh Mannomann, das ist ja mal ein toller Kerl!“

Ich zeigte Werner die Stelle im Bach, in der wir manchmal gebadet hatten und den riesigen Apfelbaum, unter dem ich so gerne auf einer Decke gelegen und mit Uschi geklönt und Zukunftspläne geschmiedet hatte. Wäre es Sommer gewesen, hätte hier alles viel schöner ausgesehen. Ich hoffte sehr, ihm die Eifel auch einmal in der warmen Jahreszeit zeigen zu können. Mit all dem Grün der Bäume, den bunten Blumen in den Wiesen, dem Blau der Maare und dem klaren Wasser der Bäche. Nun küsste er mir meine kalte Nase warm und erzählte mir, wie ihn sein Vater mit zur Schlittschuhbahn genommen hatte, wie er bei seinen

Großeltern auf der Schwäbischen Alb einen Schlittenhang ganz für sich alleine hatte und wie er mit seinen Eltern zusammen einen Urlaub an einem italienischen Strand gemacht hatte.

„Hast du eigentlich noch Kontakt zu deinem Vater?“ fragte ich ihn.

„Selten. Er hat ja eine neue Familie! Und Mama – na ja, sie mag es nicht.“

„Aber er ist dein Vater. Und du scheinst ja keine schlechten Erinnerungen an ihn zu haben.“

Zum ersten Mal sprach Werner über seinen Vater. Unsere Generation, die so sehr anders war als die vorherige, hatte nicht mehr die ehrfürchtige Achtung und den Abstand zu den Eltern. Aber auch nicht die eher freundschaftliche Bindung, wie es heute oft ist. Die Ansichten der unterschiedlichen Generationen gingen damals sehr weit auseinander. Die völlig neue Art der Musik, die Mode, die sexuelle Revolution, der kritischere Umgang mit dem Thema Kirche und Religion, die Errungenschaften des Wirtschaftswunders, das veränderte Verhältnis zu Geld und zur Sparsamkeit, das alles grub tiefe Gräben zwischen Ältere und Jüngere. Doch als Werner erst einmal den Anfang gemacht hatte und das für ihn heikle Thema Vater plötzlich nicht mehr tabu war, da merkte ich, dass es tief in ihm doch brodelte.

Ich war sehr glücklich darüber, dass ich es war, die ihm zuhören durfte. Die nachhakte, Fragen stellte, ihm Mut machte, herauszulassen, was ihn bedrückte. Die auch ganz vorsichtig versuchte, die Verhaltensweise seiner Mutter in Frage zu stellen als Grund dafür, dass die Ehe auseinander gegangen war. Ich konnte mir gut vorstellen, dass Frau Blümle nach dem Fremdgehen ihres Mannes kein gutes Haar an ihm gelassen hatte und dass sie Werner als Jugendlichen nach dieser großen Enttäuschung, die es zweifellos für sie war, gegen seinen Vater aufgehetzt hatte. Werner, mein Liebster, hatte es ganz sicher nicht einfach gehabt, dies alles zu verarbeiten.

Bei meiner alten Freundin Uschi tranken wir Kaffee. Während wir ihren Käsesahnekuchen genossen, hechelten wir sämtliche alte Freunde, Freundinnen und Bekannten durch. „Was macht denn eigentlich der Willi?“ fragte ich sie zum Schluss, „unser Professor.“ Professor, diesen Titel gaben wir Eifeler nicht unbedingt nur Leuten mit dem wissenschaftlichen Rang. Mit Professor wurden leicht spöttisch auch die Zeitgenossen bezeichnet, die geschwollen daher redeten, die in höheren Regionen schwebten, ‚vergeistigt‘ waren.

„Noch nicht ganz Professor“ informierte mich Uschi, „aber er ist schon Dozent an einer Uni irgendwo in Norddeutschland. Und er hat geheiratet. Seine Mutter hat meiner Mutter das erzählt.“

Aha, er hatte also geheiratet. Ich gönnte es ihm, dass er glücklich wurde. Wieso nur hinterließ diese Nachricht bei mir ein klitzekleines Unbehagen?

Uschi, die internationale Sportereignisse liebend gerne im Fernsehen verfolgte, fragte Werner Löcher in den Bauch. Ob er auch den Guido Kratschmer kennt oder die Ulrike Meyfahrt. Wie das geht, wenn man mit einem Stab über die Latte springt und was das sei, was sich die Sportler an die Hände schmieren, damit der Stab nicht abrutscht. Sie fragte, ob man bei Wettkämpfen auch mit DDR-Sportlern in Kontakt kommt und ob Werner glaubt, dass die Ost-Sportler alle Dopingmittel nehmen.

„Keine Ahnung“ sagte er und äußerte die Vermutung, dass die DDR-Sportler deshalb nicht viele Kontakte zu den West-Sportlern haben dürften, weil die Funktionäre befürchten mussten, dass ihre Sportler aus den West-Ländern nicht mehr zurückkehrten. „Aber ich denke schon, dass Sportler dort mehr gefördert werden als hier.“

Als wir uns verabschiedeten, hob Uschi hinter Werners Rücken den Daumen, was so viel heißen sollte wie: gute Wahl! Ja, das war er. Werner schlug sich tapfer in meinem Chaos-Elternhaus. Natürlich musste er abends auf der Couch schlafen. Es wäre mir nicht einmal annähernd in den Sinn gekommen, ihn offiziell mit in mein Zimmer zu nehmen. Ansonsten hätte ich in Kauf nehmen müssen, dass meine Tanten und vielleicht auch meine Mutter auf einen Schlag an einem Herzinfarkt sterben würden.

Zwei Monate später, nachdem Werner wegen seiner immer kürzer werdenden Aufenthalte in der Wohnung seiner Mutter endlich bei ihr damit herausrückte, dass wir beide ‚zusammen' waren, wurde ich gnädigerweise auch dorthin eingeladen. Zum Essen sogar. Oh ja, Madame Blümle gewährte mir Audienz. Ich ließ mich nicht lumpen und brachte ihr Blumen mit. Natürlich hatte ich nicht ihre Lieblingsblumen getroffen. Hätte ja sein können, immerhin waren Nelken zu der Zeit noch ‚in'. „Ich stelle sie in den Flur" sagte sie, ließ ihre spitzen Nasenflügel vibrieren und erläuterte: „Die Nelken riechen nämlich so stark".

Die Vier-Zimmer-Wohnung erinnerte mich an die Wohnung der Tetzlaffs in der Fernsehserie „Ein Herz und eine Seele". Städtisch-kleinbürgerlich. Reinlich, ohne großen Schnickschnack, unpersönlich, ja fast steril. Genau so wie Frau Blümle selbst.

Sie hatte sich Mühe gegeben mit dem Essen und sie gab sich auch sichtlich Mühe, der Freundin ihres Sohnes nicht allzu sehr zu zeigen, dass sie über die Verbindung mit der „Reigschmeckten" (schwäbischer Ausdruck für Zugereiste) nicht allzu glücklich war.

Ich meinerseits gab mir Mühe, ihr Essen gut zu finden und rang mir ein paar mühsame Komplimente ab. Dabei fiel es mir äußerst schwer, den Salat mit der ungewohnten, gezuckerten Salatsoße herunter zu schlingen und die Essiggurken (pfui bäh, mochte ich noch nie) in der Roulade einfach zu ignorieren.

Fast hätte ich meine Vorurteile dieser Frau gegenüber schon zurückgenommen, als sie mich nach dem Essen in höchsten Tönen für meine Arbeit in der Firma lobte und sich für die guten Umsätze bedankte. Doch kurz bevor mich Werner nach Hause brachte, damit wir beide vor seinem spätnachmittäglichen Training noch ein wenig Zeit für weitere delikate Genüsse hatten, die jedoch eher hocherotischer und ekstatischer Art waren, druckste sie noch herum, dass… dass ich ja sicher Verständnis dafür hätte, dass Werner sich auf sein sportliches und berufliches Fortkommen konzentrieren müsse und… nicht allzu sehr durch private Vergnügungen – ich wüsste schon – abgelenkt werden sollte. Mir blieb die Luft im Halse stecken. Ich musste schlucken. Und ich ärgerte mich tierisch, dass Werner nichts dazu sagte.

Kurze Zeit später, als das längst wieder zusammengebaute Bett in meinem kleinen Appartement einmal mehr einer harten Qualitätsprüfung standgehalten hatte, grinste ich in mich hinein. Hää! Private Vergnügungen! Abgelenkt! Und ob ich ihn ablenkte. Das ließ ich mir ja wohl nicht vorschreiben.

Werner war nicht nur von seinem Äußeren her ein Bomben-Kerl, er war auch eine Seele von Mensch. Ich kannte seinen Vater ja nicht, konnte mir aber vorstellen, dass er seine sämtlichen Gene von ihm haben musste. So gar nichts an ihm passte zu seiner Mutter. Er behandelte mich äußerst liebevoll, er war zärtlich, sanft, fürsorglich. Mit ihm konnte man über alles sprechen. Er war intelligent, weltoffen und kein bisschen überheblich. Natürlich stand er oft unter einer gewissen Anspannung. Kein Wunder bei der Dreifachbelastung mit Studium, Sport und Firma.

„Wovon habt ihr denn gelebt vor der Erbschaft?“ wagte ich Werner eines Tages zu fragen. Als Geschäftsführerin blieben mir die nicht unerheblichen Privatentnahmen vom Geschäftskonto natürlich nicht verborgen.

Werner gestand mir, dass er und seine Mutter nach dem Weggang seines Vaters nicht gerade auf Rosen gebettet waren. Die Familie mütterlicherseits konnte nicht helfen und so war Frau Blümle nichts anderes übrig geblieben, als eine Arbeit in einer Fabrik anzunehmen.

„Das Geld von Vater reichte vorne und hinten nicht. Na ja, und dann hat Mama einen Schreibmaschinenkurs gemacht und durfte dann im Büro arbeiten.“

„Und du? Hast du nie daran gedacht, einen Beruf zu erlernen und schnell Geld zu verdienen?“ Ich selbst wusste, wovon ich sprach. Geldprobleme in der Familie waren für mich kein Fremdwort. Wenn es Zoff gab in meinem Elternhaus dann ging es fast immer um Geld. Um nicht vorhandenes Geld.

„Ich – ja. Aber Mama hätte lieber geputzt, als mich von der Schule zu nehmen. Später habe ich ja auch immer nebenbei gejobbt, und ich bekomme auch ein wenig aus der Sporthilfe. Klar, mit dem Leistungssport, da war sie am Anfang nicht so begeistert. Aber als ich baden-württembergischer Jugendmeister wurde, da war sie schon stolz. Und jetzt – wenn ich erst mal deutscher Meister werde und zur Olympiade fahre…“

Werner geriet ins Träumen. Ich lag neben ihm auf dem Bett und bemerkte, wie seine Augen einen Schimmer bekamen. Fast wurde ich ein wenig eifersüchtig. Ohne Frage gönnte ich ihm das alles, was er sich auch in sportlicher Hinsicht erträumte, ja hart erarbeitete. Trotzdem nagte da etwas an mir, das dem Gefühl ähnelte, wenn Werner heim zu seiner Mutter fuhr. Ja, es mag durchaus eine Art Eifersüchtelei gewesen sein auf alles das, was Werner von mir fernhielt.

Zu Otmars Hochzeit fuhr ich alleine in die Eifel, weil mein Liebster gerade irgendwo einen sehr wichtigen Wettkampf hatte. Die Frau, die Otmar heiratete, war die, von der alle meinten, sie passe eigentlich gar nicht zu ihm. Sie stammte aus Frankfurt und „hesselte“ ein wenig. Wenn unsere Familie sich in Platt unterhielt, verstand sie so gut wie gar nichts und war darüber nicht arg erfreut. „Was hat sie gesagt?“ fragte sie Otmar immer wieder. Sie war von ihrer Firma aus in die neu erbaute Eifeler Zweigstelle versetzt worden und ziemlich stolz darauf, die neuen Mitarbeiterinnen aus der Kleinstadt in die Firmenstruktur einzuführen. Es war zu erwarten gewesen, dass diese Frau nicht mit Otmar in unser Elternhaus ziehen würde. Doch als sich die beiden eine Wohnung in der Stadt suchten, sagte sogar Mutter: „Der steht jetzt schon unter der Fuchtel“. Mutter, die eigentlich immer zu ihren Kindern hielt.

„Man kann doch keine Landwirtschaft führen, wenn man nicht dabei wohnt" sagte Vater und schüttelte den Kopf. Dass viele Arbeiten nun wieder an ihm hängen blieben, war ihm klar. Eigentlich hatte er weniger arbeiten wollen.

„Und was ist, wenn eine Kuh kalbt? Oder wenn eine Sau ferkelt?"

„Ich komme doch jeden Tag, es ändert sich kaum etwas, nur dass ich nicht hier schlafe", argumentierte Otmar.

„Und wieso gibst du nicht die Landwirtschaft auf und suchst dir einen Arbeitsplatz?" fragte ich ihn, als ich ihn allein erwischte. Mit Landwirtschaft war nicht viel Geld zu verdienen und ganz bestimmt würde sich Vera damit nicht zufrieden geben, wenn sie einmal Kinder hätte und ihren Beruf aufgeben müsste. Und eine karrieregeile piekfeine Bürofrau und ein Landwirt, das passte irgendwie nicht.

„Ja, ja" flüsterte er mir zu, „das habe ich auch vor, aber ich kann das Vater doch jetzt nicht sagen. Weißt du, vielleicht kann er ja noch ein wenig im Nebenerwerb machen, ein paar Kühe und ein paar Schweine halten."

Ich wusste, dass es für Vater nicht einfach sein würde, wenn keiner seiner Söhne seinen Betrieb weiterführen wollte. Ich wusste aber auch, dass es keinen Sinn hatte, sich etwas vorzumachen.

Veras Verwandtschaft hesselte noch viel mehr als sie selbst. Zur Hochzeitsfeier gab es jede Menge Äppelwoi, der nicht viel anders schmeckte als unser Viez. Der jedoch war bei uns zu Hause das Hausgetränk und wurde täglich getrunken. Für eine Hochzeit hätten wir doch wohl eher Moselwein gekauft.

Die Hessen waren ein lustiges Völkchen. Gar nicht so piekfein wie Vera immer tat. Veras Mutter babbelte genauso wie Liesl Christ aus der Fernsehserie ‚Familie Hesselbach' und Tante Franziska bemerkte ganz passend, dass Veras Vater sie sehr an Otto Höpfner erinnert, der bis Mitte der Sechziger den ‚Blauen Bock' moderiert hatte. Die besonders bei den Tanten beliebte Unterhaltungssendung, in der nun Heinz Schenk herumbabbelte und seine Unterlippe vorschob. Ich selbst fand alle diese Sendungen ätzend, doch selbst meine Eltern freuten sich immer darauf. Höhepunkte ihres Fernsehgenusses aber waren immer noch die Aufführungen des Kölner Millowitsch- und des Hamburger Ohnesorg-Theaters.

Ach ja, es war auch ein Theater, was bei so einer Hochzeit aufgeführt wurde. Unmengen von Essen und Trinken, Musik, Spielchen, Geschenke. Wie gerne wäre ich dort ebenfalls endlich einmal als Hauptdarstellerin aufgetreten.

Vielleicht dauerte es ja gar nicht mehr so lange. Zumindest waren Werner und ich fest zusammen, wir liebten uns und würden uns durch nichts in der Welt mehr auseinander bringen lassen. Auch wenn mein Schatz so viel um die Ohren hatte und für mich nicht sonderlich viel Zeit übrig blieb.

Damit ich möglichst oft in den Genuss seiner Gesellschaft kam, nahm ich ihm so viel wie möglich ab. Sogar seine Arbeiten für sein Studium tippte ich auf der Schreibmaschine und korrigierte hier und da ein paar grammatische Fehler. In Deutsch war ich immer gut gewesen.

Und weil ich neben all den Top-Athletinnen, von denen er auf Sportplätzen umgeben war, nicht allzu unsportlich daherkommen wollte, fing nun auch ich an, meinen Körper ein wenig zu ertüchtigen. Es war die Zeit, in der überall Trimm-Dich-Parcours gebaut wurden. Also hatte ich auf einem solchen Parcours die Möglichkeit, erst einmal zu joggen und mich zwischendurch an Holzgeräten zu dehnen und zu kräftigen. Im Stillen hegte ich die Hoffnung, irgendwann mit Werner zusammen durch Parks und Wälder rund um Stuttgart zu laufen. Mit all seiner Muskelmasse war er auch nicht gerade einer, der besonders viel Ausdauer besaß. Er hatte mir erzählt, dass die abschließenden 1500 m in einem Zehnkampf die allerschlimmste Disziplin für ihn war.

Doch als ich mich das erste Mal mit Turnschuhen und Jogginghose auf einen solchen Trimm-Pfad begab, blieb mir bereits nach fünf Minuten die Puste aus. Sofort beschloss ich, weniger zu rauchen. Werner mochte es sowieso nicht, wenn sich dichte Rauchschwaden durch mein Appartement zogen. Manchmal öffnete er einfach demonstrativ ein Fenster. Selbst wäre er nie auf die Idee gekommen, sich eine Zigarette anzuzünden. Auch Alkohol stand für ihn auf der roten Liste.

Oh je, als ich bei einer dieser Trimm-Dich-Stationen an einer Stange hing und Klimmzüge machen sollte, stellte ich fest, dass ich Pudding in den Armen hatte anstatt Muskeln. Nach weiteren Versuchen, länger als fünf Minuten an einem Stück zu laufen, spürte ich am nächsten Tag jeden einzelnen Muskel in Form eines mächtigen Muskelkaters. Werner erzählte ich vorsichtshalber nichts von meinen Bemühungen. Ich wollte ihn damit überraschen, irgendwann in naher Zukunft wenigstens ein Stück weit mit ihm mithalten zu können.

Ich überraschte ihn dann aber damit, dass ich – zumindest in seiner Gegenwart – nicht mehr rauchte. Er dankte es mir damit, dass er öfter bei mir übernachtete und eines Tages den Vorschlag machte, dass wir uns ein größeres Bett anschaffen sollten. Ich wandelte auf Wolke sieben. Sollte das heißen, er zog bei mir ein? Nun ja, meine Euphorie wurde etwas gebremst, als ich das Zimmer ausmaß und feststellte, dass bei einem 1,40 m breiten Bett gerade noch ein Spalt von 40 cm zwischen Schrank und Bett blieb und dass somit die Tür des Kleiderschrankes sich nicht mehr ganz öffnen ließ. Trotz meines sehr gestiegenen Selbstbewusstseins wagte ich nicht, von mir aus vorzuschlagen, uns stattdessen eine größere Wohnung zu suchen und einfach zusammen zu ziehen.

Das tat Werner dann im Frühjahr 1975. In Ermangelung einer bequemen Couch lümmelte ich nach Feierabend gerade auf meinem (immer noch normal schmalen) Bett und las im ‚Spiegel' einen Bericht über den Vorstoß der vietnamesischen Kommunisten in Richtung Saigon, über all die Gräueltaten der Amerikaner dort und darüber, dass man das Volk nun seinem Schicksal überließ.

Ich las über die Hintergründe der Herstatt-Bank-Pleite und über die RAF-Terroristen, die immer wieder versuchten, mit Gewalttaten einen der ihren aus dem Gefängnis herauszupressen.

Da klingelte es an der Tür. Wie immer, wenn ich dieses Geräusch hörte, machte mein Herz einen Hüpfer und der Schwarm von Maikäfern setzte zu einem kollektiven Rundflug an. Das konnte nur mein Werner sein!

Vermutlich hatte ich eine Art Fürsorglichkeit von meiner Mutter geerbt. Oder es lag einfach in der Natur der Frau, immer irgendjemanden umsorgen zu wollen, denn sofort dachte ich: ach je, nun habe ich keine Steaks gekauft. Ich hatte ja nicht wissen können, dass er kam. Wir waren nicht verabredet. Im Grunde wollte ich ja nie so werden wie Mutti, so untertänig, so dienstbeflissen einem (meinem) Mann gegenüber. Trotzdem lag mir eine Menge daran, Werner in jeder Hinsicht zu imponieren, ihn zufrieden zu stellen, ihm alles Gute angedeihen zu lassen. War das die echte Liebe?

Ich hatte schon gelernt, dass mein Liebster nicht nur wahnsinnig viel trainieren musste, sondern sich auch richtig ernähren sollte. Der Bär von Mann konnte auch Unmengen vertilgen. Doch wegen des speziellen Muskelaufbaus, so erklärte er mir, sollte er möglichst viel Eiweiß zu sich nehmen. Steaks gehörten zu seinem Lieblingsessen.

Wir küssten uns leidenschaftlich, bevor er die Zeitschrift von der Bettdecke zupfte und fragte: „Was liest du denn?“ Ich fasste kurz zusammen, was ich gerade gelesen hatte. Dann unterhielten wir uns über die Themen. Ich erzählte ihm ausführlich von dem Erbe seines Kölner Onkels, von dem uns Firmenmitarbeitern wegen der Herstatt-Pleite nur noch ein Teil übrig geblieben war.

„Sag mal“ fragte ich ihn dann „Deine Mutter und du, ihr scheint ja nicht wirklich viel Kontakt mit Herrn Neumann gehabt zu haben. Wieso eigentlich?“

„Ach… das ist eine alte Geschichte.“ Er zögerte. „Es gab da wohl so eine reiche Tante in der Familie. Ich habe sie nicht gekannt, aber Mama sagt, ihre Mutter hätte sie gepflegt und Onkel Ludwig hätte sich das Erbe unter den Nagel gerissen und damit seine Firma aufgebaut. Sie fand das so ungerecht und deshalb… wollte sie auch unbedingt nach Köln reisen, als wir von seinem Tod erfahren haben. Ich wollte das eigentlich nicht. - Aber jetzt bin ich doch sehr froh, dass ich mitkam."

Er legte seinen Arm um meine Taille und hauchte mir einen Kuss auf den Nacken. „Sonst hätte ich dich ja nicht getroffen."

Und dann sagte Werner plötzlich: „Du Schätzle, du hast doch den Überblick darüber, wie viel die Firma so abwirft. Glaubst du, wir könnten uns davon eine Wohnung leisten?"

Eine Wohnung leisten? Aus dem Überschuss von der Firma? Ich frohlockte. Aber locker!

Und wenn nicht, dann würde ich alles daran setzen, noch mehr Umsatz zu machen. Das aber war gar nicht nötig. Die Firma brummte. Noch.

Das erste, was ich tat, als Werner seinen himmlischen Körper von meinem schmalen Bett erhoben hatte, um sich in seiner eigenen Liegestatt daheim den verdienten erholsamen Schlaf zu holen, war, einen ganz raschen Blick in die Stuttgarter Zeitung zu werfen. Unter ‚Wohnungsmarkt' machte ich mir ein Bild davon, was größere Wohnungen so kosteten. Viel. Aber nicht zuviel. Ich wusste allerdings auch, dass Leute, die eine Wohnung suchten, samstags morgens extra früh aufstanden, eine Zeitung erwarben und sofort sämtliche Telefonnummern anriefen, um bei Besichtigungen nach Möglichkeit zu den Ersten zu gehören, die dort aufkreuzten. Manchmal warteten Wohnungssuchende sogar vor dem Verlagshaus, um Zeitungsboten die erste Zeitung aus der Hand zu reißen, nur um möglichst zu den ersten Bewerbern zu gehören. Der Wohnungsmarkt in Stuttgart war äußerst knapp.

Genauso wie sämtliche anderen erdenklichen Arbeiten, die ich meinem Liebsten in irgendeiner Form abnehmen konnte, nahm ich auch ohne zu fragen die Wohnungssuche auf mich. Von Wolke sieben hüpfte ich noch eine Stufe weiter auf Wolke acht in meiner

Vorfreude, mit Werner-Schatz endlich unter einem Dach zu wohnen. Meine geheimen Befürchtungen, dass Frau Blümle uns in punkto Zusammenziehen Schwierigkeiten bereiten könnte, legte ich so lange in die unterste Schublade. Noch unter die Schublade, in der meine armseligen Aktien lagen, die ich zu dieser Zeit total vergessen hatte.

Doch leider, leider blieb die allerunterste Schublade nicht geschlossen und vergessen. Als ich es endlich geschafft hatte, zwei Besichtigungstermine für unser mögliches Liebesnest zu ergattern (was damals so ziemlich als höchstmöglichster Glückstreffer anzusehen war), plumpste ich von meiner Wolke acht ziemlich hart Richtung Erdball. Werner ruderte plötzlich zurück. Nicht sehr überzeugend. Er wand sich, redete irgendetwas vom falschen Zeitpunkt. Ich verstand: Frau Blümle.

Als hätte ich es nicht geahnt.

Mir war klar, dass auch meine Familie in der Eifel mir niemals die Zustimmung dazu gegeben hätte, mit einem Mann in wilder Ehe unter einem Dach zu leben. Zum Glück aber war diese weit weg und hegte keinerlei Ambitionen, mich in Stuttgart zu besuchen.

Besuch aus der Eifel hatte ich nur einmal übers Wochenende von meiner alter Freundin Uschi. Um ihr möglichst viel zu bieten, hatte ich Karten für die Liederhalle besorgt, wo Cliff Richard auftrat und ich bei seinem Lied „Rote Lippen soll man küssen“ von Herzen mitsang. Sonntags schlenderten wir durch den Schlosspark und tranken dort Kaffee, wo Werner und ich uns endgültig verliebt hatten. Vermutlich habe ich ununterbrochen über Werner und meine Liebe zu ihm gesprochen. Denn als ich Uschi am Bahnhof absetzte, äußerte sie: „Ach Marlene, du scheinst ja wirklich das große Los gezogen zu haben“.

Das große Los. Ja klar hatte ich das große Los gezogen. Und vielleicht sollte man ja nicht gleich alles haben wollen, sagte ich mir. Werner war immerhin zwei Jahre jünger als ich. Eine Tatsache, die mir ein wenig zu schaffen machte, denn eigentlich sollte es eher umgekehrt sein. Vielleicht also sollte ich ihm (und auch seiner Mutter) noch etwas Zeit geben. Enttäuscht war ich trotzdem.

Vermutlich hatte Werner ein schlechtes Gewissen wegen der Wohnung. Im Mai nahm er mich mit zu seinem ersten Zehnkampf in der Saison. Ein österreichischer Ort namens Götzis richtete zum ersten Mal ein Mehrkampf-Meeting aus, und die weltbesten Zehnkämpfer und Siebenkämpferinnen nahmen dort teil.

Wenn auch die Fernsehleute dort mit Kameras herumstanden, es war nicht so ganz das, was ich mir unter einem solch Weltklasse-Wettkampf vorgestellt hatte. Das Stadion war recht überschaubar, das Wetter saumäßig. Aufgeregte Kampfrichter wirbelten im Innenraum herum, überall liefen und hüpften Sportler und Sportlerinnen herum, um sich aufzuwärmen. Mir fehlte der Überblick und ich hatte keine Ahnung, in welcher Reihenfolge die Wettkämpfe über die Bühne gingen. Aber ich lernte schnell. Ich besorgte mir ein Programmheft, in dem die Reihenfolge der Disziplinen, die Startnummern und Bestleistungen der gemeldeten Teilnehmer zu ersehen waren. Nach dem 100 m Lauf gleich am Anfang wusste ich, dass ein Athlet nach dem dritten Fehlstart disqualifiziert wurde. Ich lernte die Namen der Konkurrenten kennen.

Ich erlebte mit, wie sehr sich die Sportler auf jede einzelne Disziplin konzentrieren mussten und wie sehr die Psyche eine Rolle spielte. Als Werner beim Weitsprung zweimal übertrat und der dritte Versuch als Sicherheitssprung gerade noch so durchging, schien er sauer zu sein.

Der Blick zu seinem Trainer sprach Bände. Zu mir blickte er erst gar nicht hin. Er war vollkommen in seiner Welt, in der ich nicht existierte. Ich fühlte mich ausgeschlossen.

Trotzdem fieberte ich mit, drückte mir die Daumen platt und interessierte mich zum ersten Mal dafür, mit welcher Technik man eine so schwere Kugel in hohem Bogen aus dem Ring katapultiert und wie schwierig es ist, beim Weitsprung exakt den Balken zu treffen.

Ich gewahrte, dass einer von Werners Mitkonkurrenten vom Platz her hin und wieder Blickkontakt mit der jungen Frau neben mir aufnahm, sie anlächelte oder auch enttäuschte Miene zeigte. Wir Frauen kamen ins Gespräch. Gerade hatte ich mir eine Bratwurst geholt, als zwischen zwei Disziplinen wieder einmal Leerlauf entstanden war. Als ich die Colaflasche an den Mund setzte und zusah, wie sich die gut gebauten Athleten ein weiteres Mal aufwärmten und lockerten, um dann einige Probesprünge über die Hochsprunglatte zu machen, sprach sie mich an. In Englisch.

Ob mein Mann oder Freund auch dabei sei, welcher es denn sei und wie hoch er denn so springt, fragte sie. Es war mir etwas peinlich, dass sie mir meinen Freund nicht zuordnen konnte, weil er gerade nicht allzu kontaktfreudig war. Und wie hoch er so springt, wusste ich auch nicht. Noch nicht. In dem Moment stellte ich fest, dass ich mich längst nicht genug für Werners Leistungen interessiert hatte. Kein Wunder, dass er mich nicht mit einbezog. Im Laufe des weiteren Wettbewerbes entwickelte sich die nette junge Dame aus Birmingham als eine kompetente Leichtathletik-Kennerin, von der ich einiges über die Wettkampfregeln, die unterschiedlichen Techniken und auch über die letztjährigen Leistungen der Athleten erfuhr. Sie erklärte mir die noch relativ neue Flop-Technik beim Hochsprung.

„I'm Jane“ stellte sie sich vor.

Zum ersten Mal hörte ich etwas von einem Hochspringer namens Dick Fosbury, den man bei seinen ersten Sprungversuchen mit dem Rücken zur Latte zunächst ausgelacht hatte. Man nahm ihn dann aber sehr schnell ernst, als er mit dieser Technik Rekordhöhen erreichte.

„Als er 1968 mit dieser Technik Olympiasieger wurde, haben alle gestaunt“ sagte sie, „und ab da haben immer mehr Springer das ausprobiert und auch die Trainer gehen mehr und mehr dazu über, diese Technik zu lehren“.

Ok, ich hatte nach Möglichkeit auch immer gerne die Olympischen Spiele verfolgt, mir aber noch nie Gedanken darüber gemacht, wie sich Techniken entwickelten oder wie genau die Regeln für die einzelnen Disziplinen waren. Jane kannte sich aus. Sie studierte Sport, war selbst eine ganz gute Werferin (das sagte sie ganz bescheiden) und wollte irgendwann einmal Trainerin und Managerin werden.

„Ist das denn den Kampfrichtern egal, in welcher Technik die da über die Latte springen?“, fragte ich sie und bekam zur Antwort, dass die Vorschrift lediglich besagt, dass der Athlet mit einem Bein abspringen muss. Wie er seinen Körper also über die Latte schiebt, ist ganz egal. Werner schob seinen im Straddle-Stil, also parallel zur Latte darüber. Nicht schlecht, wie ich fand.

Der Sporttag zog sich so dahin. Wenn die Zehnkämpfer Pause hatten, dann konnten wir den Siebenkämpferinnen zuschauen. Mein Körperbau war wirklich nicht der schlechteste, aber wenn ich mir die durchtrainierten Körper der Athletinnen so anschaute… Oh ja, da konnte man schon eifersüchtig werden! Dabei hatte ich überhaupt keinen Grund, denn Werner schaute weder zu Sportlerinnen – außer, dass er in einer Wettkampfpause kurz ein paar Worte mit einer wechselte, die ihm über den Weg lief – noch zu sonstigen zuschauenden Damen. Aber eben auch nicht zu mir. Es schien mir so, als ob seine ganze Konzentration, sein ganzer Geist nach innen gelenkt wurde in seinen Körper, dem viel abverlangt wurde. Es war nicht sonderlich warm an diesem regnerischen Tag, doch immer wenn ich zu Werner hinschaute, dann trank er. Einige leere Wasserflaschen lagen neben seiner Tasche.

Ich fragte Jane, ob es denn gut sei, wenn die Athleten so viel trinken. Denn immer dann, wenn ich vor dem Joggen viel trank, dann gluckerte es in meinem Magen und ich bekam Seitenstechen.

Jane wusste alles. Sie konnte erklären, wieso der Körper die Flüssigkeitsreserven, die er verliert, wieder auffüllen muss und wusste genau Bescheid über die Regenerationsphasen zwischen den einzelnen Disziplinen. Nicht alle Fachausdrücke waren mir in Englisch geläufig, aber ich verstand. Auch wenn Jane, wie ich fand, ein etwas ungewohntes Englisch sprach. Anscheinend gab es auch in England Dialekte.

Am späten Nachmittag, als zwischen den Wolken kurz eine tief stehende Sonne auftauchte und wir Frauen uns einen Kaffee gönnten, fragte ich sie, ob auch sie nicht zusammen mit ihrem Freund in einem Zimmer schlafen dürfe.

„Oh doch“ sagte sie „ich bin seine Physiotherapeutin, ich massiere ihn. Das ist gut für seine Muskeln. Denn morgen ist wieder ein harter Tag.“

Haha, dachte ich und fragte mich, ob die deutsche Mannschaft auch jemanden dabei hatte, der die Muskeln der Athleten bearbeitete. Vielleicht sollte ich ja umschulen.

Ich war müde, als mit dem 400 m Lauf endlich die letzte Disziplin für diesen Tag anstand. Müde vom Herumstehen und Sitzen, müde vom Zuschauen. Was musste Werner erst müde sein. Er hatte sich fünf Mal komplett aufgewärmt, seine Muskeln gedehnt und die Spannung gehalten. Nun ja, 400 m, eine Stadionrunde, das war ja nicht allzu weit. Das würde er wohl noch schaffen. Ich musste zugeben, ich war noch nie 400 m richtig schnell gelaufen und ich hatte keine Vorstellung davon, wie sehr die Muskeln nach einem solchen Lauf übersäuern und die Athleten außer Atem sind. Als die Läufer ins Ziel kamen, legten sich einige flach, andere rangen nach Atem, manche fielen sozusagen ins Ziel. Als ich Werner sah, der in seinem Lauf als dritter über die Ziellinie kam, fragte ich mich ein weiteres Mal, wieso sich ein Mensch so etwas antun musste.

Gerne wäre ich abends schön mit Werner essen gegangen. Wir beide alleine natürlich. Doch nachdem sich die Zuschauer verlaufen hatten und ich ihn endlich einmal zu fassen bekam, verkündete er, dass er erst noch „auslaufen“ müsse, dann unter die Dusche ginge, mit seinen Mannschaftskollegen und Trainern zum Essen und dann nur noch ab ins Bett. „Wir sehn uns beim Frühstück“. Ich stand da wie blöd. Ja, ich hatte ein Zimmer im Hotel. Sogar in demselben wie die Sportler.

Als ich gegen 10 Uhr abends an der Bar aus lauter Frust einen Whiskey bestellte, sah ich Jane mit einem Bier in der Hand auf dem Weg zu den Zimmern.

„Hi Jane", winkte ich ihr zu. „Do you like to have a drink with me?"

Sie nahm mir gegenüber auf dem Barhocker Platz und wir beide hatten einen Drink und einen kleinen Talk. Bis nachts um eins tranken und klönten wir. Dann hatte ich den Unterschied zwischen schottischem und amerikanischem Whiskey kennen gelernt und erfahren wie es war, in einem Arbeiterviertel von Birmingham groß zu werden. Wie sehr der Sport das Selbstbewusstsein eines Menschen verbessern kann und was es heißt, zielstrebig den Weg nach ganz oben anzustreben. Dann torkelten wir in unsere Betten.

Am nächsten Tag hatten wir beide Kopfschmerzen.

Besser wir als unsere Männer. Gleich morgens früh über 110 m Hürden zu rennen, war in meinen Augen der reinste Mord. Abgesehen davon, dass ich nicht einmal über eine einzige dieser Hürden überhaupt drüber gekommen wäre, fand ich es schon eine Meisterleistung, keinen Fehlstart zu fabrizieren. Denn der Mann mit der Startpistole in der Hand wartete furchtbar lange nach dem „Auf die Plätze", ehe er schoss. Die Schüsse dröhnten in meinen Ohren.

Werner warf zwei Hürden um, aber Jane klärte mich gleich darüber auf, dass das nicht schlimm war. Nur wenn ein Hürdenläufer seine Bahn verließe, dann wäre es ein Grund zu einer Disqualifikation. Oh je, was für eine Wissenschaft.

Für den Diskuswurf begaben sich die Athleten jeweils in einen Käfig, der nur zu etwa einem Viertel offen war und einen Korridor vorgab, in dem der Diskus landen musste. So einige Male rettete uns Zuschauer der Käfig davor, Gefahr zu laufen, so eine Ein-Kilo-Scheibe an den Kopf zu bekommen. Werners Diskus landete zwar nicht im Netz, aber einmal außerhalb des eingezeichneten Korridors. Sogar dem Muskelpaket aus der rheinland-pfälzischen

Hauptstadt erging es nicht besser. Der Wurf wurde nicht gemessen. Auch nicht, als es Werners Füße beim mehrmaligen Drehen um die eigene Körperachse über den Rand des Ringes katapultierte. Er schimpfte mit sich. Der dritte Wurf musste es dann wieder herausreißen, genau wie der dritte Sprung beim Weitsprung. Oh, mein Werner brauchte Nerven. Ich auch. Bei jeder Aufregung erinnerte mich mein Kopf an den Whiskey. Ob Schottisch oder Amerikanisch, das war im Nachhinein völlig egal.

Ausgerechnet während des Stabhochsprungs gab es wieder einen Regenguss. Für die Athleten ein Desaster, denn es wurde rutschig. Jane und ich verzogen uns unter ein Dach.

„Wenn ihr mal in Stuttgart seid…" bot ich ihr an „wäre schön, wenn ihr uns mal besuchen würdet". Ich ging davon aus, dass unsere gemeinsame Wohnung bis dahin Wirklichkeit würde.

Auch Jane lud mich ein. Wir tauschten unsere Adressen aus. Jane, die Nette. Ich stellte sie mir in Tarzans Armen vor, auf einer Liane schwingend. So ähnlich, wie ihr Freund, der Tarzan gar nicht so unähnlich sah, sich gerade aber mit einem Stab anstatt mit einer Liane über die Latte schwang. Die Latte blieb liegen. Jane jubelte.

Ich jubelte Stunden später, als kurz die Sonne wieder herauskam und „mein Wernerle" seinen Speer weit über die 55 m Marke schleuderte. Endlich sah ich bei ihm auch einmal eine freudige Reaktion. Er riss die Arme in die Luft, sprang hoch und jubelte. Und dann schaute er zu mir herüber, strahlte und winkte. Das hatte ich gebraucht. Und er wohl sein Erfolgserlebnis.

Nach dem abschließenden 1500 m Lauf, als die schweren Kerle (im Vergleich zu den Spezialisten über eine solche Strecke) wie geklonte Tarzane über die Tartanbahn gelaufen und zum Schluss fast getorkelt waren, lagen sie der Reihe nach flach. Kaputt. Halbtot. „Wie im Krieg" würde Vater sagen. Natürlich wären wir Frauen am liebsten gleich hingerannt, hätten unsere Liebsten verarztet, aufgepäppelt, ihnen zu trinken gegeben, sie gestützt, ihnen gut zugeredet. Das durften wir nicht. Dafür sorgten die Kampfrichter, dass keine Zuschauer die Bahn betraten.

All das durften wir erst viel später, als sie sich sowieso schon erholt hatten, sich locker gelaufen und massenweise Wasser in sich hineingeschüttet hatten.

Auf dem Treppchen bei der Siegerehrung stand ganz oben ein Tscheche mit dem Namen Kratky, unser deutscher Mann aus Mainz, der rheinland-pfälzischen Landeshauptstadt. Die weiteren kannte ich nicht. Werner war nicht unter den besten. Was hatte ich erwartet? Es war die Weltelite.

Der Sommer verging wie im Flug. Der Flug der Maikäfer endete nicht. Die Saisontiere, die ausgewachsen in der Regel nur vier bis sechs, manchmal auch sieben Wochen leben, hielten sich bei mir dieses Mal wirklich erstaunlich lange. Ob es daran lag, dass wir gar nicht dazu kamen, negative Eigenschaften an dem jeweils anderen zu entdecken? Waren wir zusammen in der Firma, hatten wir an Geschäftliches zu denken und küssten uns nur in jeder freien Sekunde hinter verschlossenen Bürotüren. Nahm Werner mich mit zu einem Training oder Wettkampf, blieb mir nichts anderes übrig, als mich als Zuschauerin an ihm zu ergötzen. Waren wir bei mir, nutzten wir die wenigen intimen Momente für die sinnlichsten aller Anwandlungen. Ja, ich war hundertprozentig überzeugt: es war die wahre Liebe. Die Große, die Wundervolle. Der Schwarm Käfer in meinem Bauch hatte sicher schon für Nachwuchs gesorgt und gewährleistet, dass die Tierchen ab jetzt permanent krabbeln und brummen würden. Wären es wie bei den meisten anderen Menschen Schmetterlinge gewesen, die meinen Körper in Aufruhr gebracht hätten, dann hätte es sich bei mir ganz sicher um das Phänomen der Millionen von Monarchfaltern gehandelt, die jedes Jahr von Kanada bis hinunter nach Mexiko fliegen, um dort zu überwintern und dann ganze Bäume und Wälder mit ihren Körpern übersäen.

Dagmar, der es mit ihrem Freund in Köln ähnlich ergangen war wie mir mit Jack, wurde mir immer mehr zu einer guten

Freundin. Ich konnte es ihr gut nachfühlen, dass sie zu Männern erst einmal auf Abstand ging, auch wenn meine Erinnerung an Jack immer mehr verblasste. Dass sie mir Werner nicht gönnte, konnte ich nicht behaupten. Aber sie sagte zu mir: „Sei vorsichtig. Es ist nicht gut, wenn sich Liebe mit Geld vermischt."

Was sie damit meinte? Die Firma natürlich. Sicher, ich hatte mir auch schon Gedanken darüber gemacht, wie es wohl wäre, wenn nicht alles so gut laufen würde. Wenn die Aufträge ausbleiben würden. Schließlich hatte ich bei weitem nicht die Erfahrungen und auch nicht die Verbindungen zu den Bossen der großen Modemarken wie Herr Neumann. Und trotz der fortschreitenden Emanzipation wurde ich noch oft nach dem Chef gefragt oder nach ‚einem der Herren', wenn es um wichtige Angelegenheiten ging. Bislang jedoch war der Chef nicht allzu oft anwesend und mich ärgerte es, dass man uns Frauen immer noch für nicht sonderlich kompetent hielt.

Und noch etwas sagte Dagmar: „Denk an die Mutter!"

Die Mutter. Frau Blümle. Und ob ich an sie dachte. Mehr als einmal musste ich feststellen, dass sie einfach ‚vergessen' hatte, Werner telefonische Nachrichten von mir auszurichten. Mehrmals hatte ich montags den Eindruck, als sei jemand übers Wochenende in den Firmenräumen gewesen. Die Mitarbeiter waren es ganz sicher nicht. Ob Frau Blümle mir misstraute und heimlich die Buchführung durchsuchte?

Wie auch immer: Nichts hielt mich davon ab, weiterhin auf Wolke sieben, auf Rosen, auf Watte oder was es sonst noch so gibt, zu schweben. Besonders dann, als mich Werner nach einem Essen, einem wundervollen Tanzabend im Hotel International oben in der Nähe des Flughafens, bei dem ich mein neues buntes Maxikleid trug, und dann in meinem gemütlichen Bett nach einem Ausflug in die Höhen sexueller Lust fragte: „Lenle, wie wär's, wenn wir heiraten?"

Endlich! Hurra! Wie hätte ich nein sagen können! Innerlich jubilierte ich. Äußerlich küsste ich ihn auf die Lippen, die kurz zuvor meine sämtlichen Körperteile zärtlich berührt hatten.

Mit der Heirat klappte es dann doch noch nicht so schnell, wie wir es uns gewünscht hatten. In der folgenden Zeit, in der sich in Stuttgart alles um den Prozess gegen die Baader-Meinhof-Bande drehte, die Welt von schweren Erdbeben erschüttert wurde, Muhamed Ali alias Cassius Clay Boxkampf um Boxkampf gewann, Bobby Fisher sich im Schach mit Karpow duellierte und nach dem Tod von General Franco in Spanien Juan Carlos endlich König wurde, ging es mit unserer Firma unergründlich irgendwie den Bach hinunter. Es war nicht der Weltuntergang, der für das Jahr 1975 von den Zeugen Jehovas vorhergesagt worden war. Es war einfach so, dass neue Aufträge ausblieben. Dabei war ich so davon überzeugt gewesen, alles richtig gemacht zu haben. Nun aber zweifelte ich an meinen Fähigkeiten. Es ärgerte mich besonders, dass durch unsere Bemühungen, die Firma zu retten, unser privates Glück warten musste.

Wir liebten uns, hatten aber gar keine Zeit zum Heiraten. Diese Tatsache schien nur Frau Blümle zu freuen. Kann sein, dass ihr auch die Probleme in der Firma gerade recht kamen, weil sie darin einen Grund sah, sich dort nun immer mehr einzumischen. Werner brachte sich auch mehr ein. Manchmal sah ich es seinem Gesicht an, dass er seine Entscheidung, die Firma zu behalten, bereits bitter bereute. Er sagte das nicht.

Oh, Werner war so sehr anders als seine Mutter. Auch wenn die Enttäuschung oft groß war, wieder einmal einen guten Kunden verloren zu haben, von Werner hörte ich nie ein böses Wort. Blickte er mir in die Augen, dann strahlte sein Gesicht. Berührten wir uns, dann sprühten die Funken. Es war, als ob die Tiere aus der Familie der Blatthornkäfer höchst sensibel ihre gefächerten Fühler ausstreckten und danach in ein intensives Liebesspiel gerieten.

Wenn wir uns die Muße nahmen, ein Stündchen oder auch mehr in meinem weichen Bett zu verbringen, dann spielte mein

Plattenspieler ganz oft das Lied „I'm on Fire", das die Band „5000 Volts" in diesem Jahr herausgebracht hatte. Wir waren ‚feurig' und wir hatten mindestens 5000 Volt. Und zum Entspannen lauschten wir dann Rod Stewart's „Sailing" und träumten davon, auf große Reise zu gehen und alles um uns herum zu vergessen.

Vergessen hatte ich aber etwas anderes. Wäre ich nicht per Zufall darauf gestoßen, dann hätten wir mit der Firma wohl irgendwann einpacken können. Ich hatte nicht gewusst, dass es in der Branche üblich war, nach allen Seiten hin ‚Geschenke' zu verteilen. Heute würde man sagen: Schmiergelder. Das, wofür heute Mitarbeiter von Firmen entlassen, bestraft und mit Schimpf und Schande weggejagt werden, schien damals ganz normal zu sein. (Oder heute auch noch?) Damals sagte kein Einkäufer „nein danke", wenn ihm zu Weihnachten ein paar Kisten feinster Champagner ins Haus geliefert wurde, ein Umschlag den Besitzer wechselte oder wenn er ab und zu in ein feines Restaurant eingeladen wurde.

Im Betriebswirtschaft-Studium wurde so etwas jedenfalls nicht vermittelt. Werner war ebenfalls bass erstaunt, als ich ihm erzählte, was einer Angestellten einer Unterwäsche-Firma herausgerutscht war. Dass Herr Neumann aber immer zu Weihnachten und Ostern ‚etwas' geschickt hätte und dass sie nun einen anderen Geschäftspartner bevorzugen würden oder so ähnlich.

Aha. Man lernt im Leben immer dazu. Wir taten gut daran, uns den Gepflogenheiten der Wirtschaftswelt zu beugen. Ich konnte mir keinerlei Vorwürfe machen, denn in den Unterlagen waren solche ‚Zuwendungen' verständlicherweise nicht notiert.

Es war nicht einfach, die alten Kunden wieder zurück zu gewinnen und auch nicht, neue zu akquirieren. Zum ersten Mal arbeiteten Werner und ich Hand in Hand. Und wir beide mussten uns echt krumm legen, so dass das Thema Heirat ganz in den Hintergrund geriet.

Das Umbiegen der Firmenkurve ging bei mir auf Kosten meiner Freizeit und bei meinem Liebsten auf Kosten seiner sportlichen Fitness. Dass er es nicht in den deutschen Kader für die Olympischen Spiele 1976 schaffen würde, war ihm schon vorher klar. Trotzdem hätte er wenigstens einen guten Platz bei den Deutschen Meisterschaften belegen wollen, die so nahe im schwäbischen Urach stattfanden. Seine Trainer waren unzufrieden. Hatten sie doch mit Werner ein Talent, dass es dem derzeitigen besten deutschen Zehnkämpfer Guido Kratschmer durchaus hätte nachahmen können. Oh ja, es wurmte Werner gewaltig, als er die Olympischen Spiele in Montreal am Fernsehapparat verfolgen musste. Eine Olympia-Teilnahme war Werners größter Traum. Er blieb vorerst unerfüllt.

Dafür aber trugen bereits in dem heißen Sommer 1976 viele deutsche Käuferinnen wieder Badeanzüge von deutschen Firmen, die unsere Firma in Italien hatte fertigen lassen. Und zum Herbst verkauften auch wieder deutsche Kaufhäuser Unterwäsche mit Spitzen aus Nordfrankreich, die in Mailänder Fabriken genäht und über uns geordert worden waren, zu günstigen Preisen. Wir waren wieder aus dem tiefsten Loch. So stand unserer Hochzeit endlich nichts mehr im Wege.

Im Oktober schritten wir zum Traualtar. Mein Traum ging in Erfüllung. Der Traum, den ich mir in Wachträumen unzählige Male herbeigewünscht hatte.

Weil Werner so gut wie keine Verwandten hatte, beschlossen wir, uns in der Eifel das Ja-Wort zu geben. Zumindest das in der Kirche. Auf dem Standesamt in Stuttgart war die Zeremonie eher nüchtern und nur Uschi war als meine Trauzeugin angereist. Zu der kirchlichen Trauung musste also meine ganze Familie nicht nach Stuttgart anreisen, sondern Werners Mini-Familie und ein paar seiner Sportsfreunde reisten in die Eifel. Ach ja, seit meinem frühesten Jugendalter hatte ich mir immer ausgemalt, an der Hand meines Traumprinzen in unsere heimatliche Pfarrkirche einzumarschieren. Ta-ta-tata!

Ausgerechnet Schwägerin Hedwig überraschte mich. Sie hatte Gitarre spielen gelernt und mit ein paar anderen jungen Frauen aus dem Chor sang sie zur Messe moderne religiöse Lieder. Ich war ihr sehr dankbar.

„In guten und in schlechten Zeiten…“ Ja! Wir gaben uns das Ja-Wort vor Gott.

Den bis dahin üblichen Satz „die Frau sei dem Manne untertan“ hatte ich den neuen Priester der Pfarrei im Vorfeld gebeten, zu streichen. In Zeiten der Emanzipation der Frau passte das gar nicht mehr. Er entsprach tatsächlich meinem Wunsch.

Ich trug ein wunderschönes weißes Brautkleid aus reiner Seide, einen Strauß roter Rosen und ein silbernes Collier, das mir Werner frühmorgens um den Hals gelegt hatte. In einem neuen Restaurant im Nachbarort feierten wir anschließend. Mein Traum ging in Erfüllung.

„Ist das die Mutter? Von dem schönen Mann?“ hörte ich hinter mir Tante Franziska flüstern.

„Ja“ flüsterte ich zurück.

Elfriede, wie ich meine Schwiegermutter nun nennen durfte, beäugte meine Verwandtschaft mit äußerster Skepsis. Vermutlich dachte sie verächtlich, dass ihr die Bauern vom Dorf nicht das Wasser reichen konnten. Nur Tante Resi und deren Ami, die extra zu meiner Hochzeit über den großen Teich geflogen waren, schienen Elfriede Blümle zu beeindrucken. Zumindest versuchte sie im Laufe des Tages öfters, mit ihnen ins Gespräch zu kommen.

Mutter und Vater, die neben mir Platz genommen hatten, waren glücklich. Endlich war ihre Tochter unter der Haube. Mutters Haare waren schlohweiß geworden, Vaters linke Hüfte knickte beim Gehen leicht ein. Die schwere Arbeit auf dem Bauernhof zeigte Spuren.

Tante Agnes ließ sich nach dem Kaffee von Otmar nach Hause bringen, weil ihr Rheuma ihr allzu arg zusetzte. Onkel Johann, Pfarrer im Ruhestand, war ein alter Mann mit einem krummen Rücken geworden, der ganz nach vorne gebeugt nur noch mit kleinen Schritten tippelte.

Tante Resi schien es in Amiland richtig gut zu gehen. Sie sah viel jünger aus, als ich sie in Erinnerung hatte. Ihr Joe betüttelte sie nach allen Seiten. Ich freute mich. Für sie und auch für mich. Oh ja, ich war der glücklichste Mensch auf der Welt.

Uschi war schwanger und zeigte stolz ihren dicken Bauch und Hedwig und Gerd waren mit dem kleinen Michael beschäftigt. Das fünf Monate alte Baby war zu süß und wurde zum Star des Tages, weil es entweder alle mit seinem Lächeln bezauberte oder aber so laut brüllte, dass es selbst die lauteste Unterhaltung übertönte.

Ich fand es ein wenig schade, dass Werners Vater nicht bei der Hochzeit dabei war. Aber es wäre wohl nicht gut gegangen, so ein Zusammentreffen mit Elfriede. Immerhin hatte Werner mit ihm Kontakt aufgenommen. Er hatte uns gratuliert und es sich nicht nehmen lassen, sich an den Kosten der Hochzeit angemessen zu beteiligen.

Abgesehen von ein paar spitzen Bemerkungen seitens meiner lieben Schwiegermutter war unsere Hochzeit wunderschön. Leider verging der Tag viel zu schnell, wie alles, auf das man so lange hinfiebert. Unsere Hochzeitsnacht hätten wir glatt auf einer gründen Wiese verbringen können, denn wir beide waren so trunken vor Glück und Leidenschaft, dass wir um uns herum kaum noch etwas wahrnahmen. Tausende von Maikäfern krabbelten um mich herum. Ein ungeheures Glücksgefühl durchströmte mich. Endlich waren wir Mann und Frau.

Als wir zurück nach Stuttgart fuhren, hatten wir einen Kofferraum voller Geschenke. Waffeleisen, Grill, Mixer, Treveris-Weingläser, ein Servierwagen, ein Kaffeeservice, Bettwäsche und sonstiger Kleinkram. Nun besaß ich ja schon das Nötigste für meinen Ein-Personen-Haushalt, doch für einen Hausstand als Ehepaar oder werdende Familie konnten wir doch noch so einiges gebrauchen. Meine Aussteuer, weiße Leinen-Bettlaken, weiße Bettbezüge und jede Menge weiße Kissenbezüge, die ich im Jugendalter von sämtlichen Familienangehörigen geschenkt bekommen hatte, lagen noch schön eingepackt in irgendwelchen

Schränken. Jetzt gab es doch so hübsche bunte Bettwäsche. Nein, ich wollte es in unserem Schlafzimmer nicht so aussehen lassen wie einem Krankenzimmer. Zum Glück hatte ich es auch damals schon abgelehnt, für ein Silberbesteck zu sparen, gab es doch so hübsche Bestecke aus Materialien, die man nicht stundenlang putzen musste.

Unsere neue Wohnung bestand aus vier Zimmern, Küche und Bad. Es war ein Glücksfall, diese Wohnung in einer neuen Reihenhaussiedlung, jeweils mit Terrasse und einem winzigen Stück Grün, das die Städter als Garten bezeichneten. Das war mir wichtig. Als junger Mensch fühlte ich mich durchaus wohl in der Großstadt. Aber wer in einem Landstrich wie der Eifel aufgewachsen ist, mit all dem Grün und der herrlichen Landschaft rundum, der fühlt sich schnell eingesperrt im Mauernmeer der engen Großstadthäuser. Das, was ich in den Jahren zuvor am meisten vermisst hatte, war ein Balkon oder ein Stückchen Grün, wo ich mich in die Sonne legen konnte.

Wenn auch Stuttgart eine Menge Grün aufzubieten hatte und man herrlich durch die Parks wandeln konnte, so hatte mir doch bis jetzt genau so ein Liegestuhl-Platz gefehlt. Ein Stückchen Wiese, auf dem ich meinen Bikini-Körper der Sonne entgegen strecken konnte, die ich so sehr liebte. Endlich hatte ich es. Bald könnte dort auch ein Kinderwagen stehen und ein Kind Ball spielen.

Leider wurde meine Euphorie in Sachen sofortigen Kinderwunsches rasch gebremst. Werner wollte noch etwas warten. Er hatte vor, jetzt erst einmal seine Sportlerkarriere richtig voranzutreiben, sein Studium endlich zu Ende zu bringen und sich dann irgendwann intensiv um die Firma zu kümmern, so dass ich dort nicht mehr so sehr gebraucht würde. Ok, das war realistisch. Trotzdem. Ich war in der Phase, in der die weiblichen Hormone ihren Besitzerinnen signalisieren, dass Fortpflanzung angesagt ist. Das wirkt sich in der Regel so aus, dass der Körper sich nicht nur nach sexueller Vereinigung sehnt, sondern dass das Gehirn bei jedem Kinderwagen, jedem Baby, und jedem spielenden Kind eine ungeheure Sehnsucht signalisiert, ebenfalls ein solches Wesen aus dem eigenen Fleisch und Blut zu besitzen.

„Sei vernünftig“ sagte Dagmar. „Nun hast du schon mal diesen Traummann. Nun lass ihn doch erst mal Olympiasieger werden bevor er Vater wird. Und denk’ mal daran, was ihr dann zusammen alles erleben könnt. Und reisen! Und sein Name steht in allen Zeitungen!“

Olympiasieger. Vier Jahre bis zur nächsten Olympiade. Das war eine lange Zeit. Und ob er es wirklich schaffen würde, in die absolute Weltspitze einzudringen? Ich drückte ihm die Daumen. Und ich wünschte es meinem Liebsten, meinem Traumprinzen, dem besten Liebhaber aller Zeiten und liebsten aller Ehemänner es aus vollem Herzen. Auch wenn es uns viele gemeinsame Stunden kosten würde.

Eine Zeitlang machte Elfriede auf nette Schwiegermutter. Wollte helfen bei der Einrichtung, brachte Kuchen mit, um mit uns Kaffee zu trinken und suchte sich hier und da einen Grund, uns zu besuchen. Sie fühlte sich einsam. Das konnte ich auch verstehen. Aber junge Eheleute, die die ganze Woche über beruflich und sportlich total ausgelastet sind, brechen nun einmal nicht in Freudenschreie aus, wenn es sonntagnachmittags ohne Anmeldung klingelt und die Mutter/Schwiegermutter vor der Tür steht. Sie nervte.

Unsere Flitterwochen verbanden wir mit einem Trainingslager der Leichtathleten in Tunesien. Ich freute mich auf die Sonne. Davon bekam ich dann auch satt und genug. Auch von den Wellen des Mittelmeeres. Denn von meinem Ehemann sah ich in dieser Zeit eher wenig. Und wenn er abends zu mir ins Hotel kam, aß er Mengen von Eiweiß und fiel anschließend wie tot ins Bett. Erste Zweifel kamen in mir hoch, ob es richtig war, Werners sportliche Ambitionen auch noch zu unterstützten.

1977: Achtzehn Millionen D-Mark hatte der Prozess um Baader-Meinhof gekostet, als man die Terroristen zu lebenslanger Freiheitsstrafe verurteilte. Trotzdem wurde das politische Klima in Deutschland von weiteren schweren terroristischen Verbrechen überschattet. Die Morde an Generalbundesanwalt Buback und dem Arbeitgeberpräsidenten Hans-Martin Schleyer sorgten für Schlagzeilen, ebenso die Selbstmorde der Terroristen in Stuttgart-Stammheim.

Wir wurden nur von der Schwiegermutter terrorisiert. Das heißt, das liebe Wernerle bekam davon eher weniger mit. Elfriede schien sich geradezu an mir, ihrer neuen Verwandten, festzuklammern oder vielmehr festzubeißen.

Zog ich es vor, während Werners Trainingszeiten abends länger in der Firma zu bleiben, erschien sie prompt, um mir zu helfen. Es hatte fast den Eindruck, dass sie in ihrem Job nicht ausgelastet war. Machte ich es mir zu Hause bequem, dauerte es nicht lange und Elfriede klingelte. Mehr als einmal tat ich einfach so, als liege ich in der Badewanne oder höre die Klingel nicht. Zum Glück kam Werner nicht auf die Idee, seiner Mutter einen Wohnungsschlüssel zu geben. Und zu meinem Glück kam Elfriede nicht auf die Idee, ihren Job zu kündigen und ganz in unsere Firma mit einzusteigen.

Als Werner sein Studium als Betriebswirt endlich abschloss und das Examen mit einer Durchschnittsnote bestand, feierten wir. Dagmar, der ich in der Firma ganz bewusst immer mehr Verantwortung zuschob, war eine gute Organisatorin. Sie hatte Sekt und Häppchen besorgt und alle Mitarbeiter stießen mit uns an. Es war ein richtig schönes Fest und selbst Elfriede war friedlich und unsagbar stolz auf ihren Sohn, den Betriebswirt und Firmenchef.

Meine Brummtierchen im Bauch wurden mit der Zeit etwas ruhiger. Vielleicht kümmerten sie sich ja um den Nachwuchs. Das hätte ich nun endlich auch gerne getan.

Die Sportlerkarriere meines Liebsten zeigte eine ähnliche Fieberkurve wie die unserer Firma. Stetig ein wenig aufwärts, aber immer wieder mit leichten Rückschlägen nach unten. Mal waren es Zerrungen, mal Rückenprobleme. Das harte Training und die Wettkämpfe, in denen Zehnkämpfer all die Disziplinen unter einen Hut bringen mussten, die im Grunde ganz unterschiedliche Trainingsmethoden benötigten, schlauchte auch den härtesten Körper. Es gab Augenblicke, da hätte ich den ganzen Sport verfluchen mögen. Werner vermutlich auch. Trotzdem allem hatten wir eine wunderschöne Zeit.

Als 1978 der baden-württembergische Ministerpräsident Filbinger wegen irgendwelcher Nazi-Vorwürfe zurücktrat und Lothar Späth, den man viel später als Cleverle bezeichnete, seine Nachfolge antrat, interessierte mich das noch nicht besonders. Es ist mir nur deshalb in Erinnerung geblieben, weil der Name Lothar Späth im Radio erwähnt wurde, das ich nach dem Aufstehen eingeschaltet hatte. Es war früh morgens, als ich nackt und barfuss aus dem Bad kam und in der Küche die Kaffeemaschine füllen wollte. Werner, mein Hüne, streckte mir seinen wunderschönen muskulösen Rücken und seinen knackigen Po entgegen, doch als ich ihn sanft von hinten streicheln wollte, zuckte er erschreckt zusammen. Das war nun gar nicht die Reaktion, die ich erhofft hatte und auch nicht die, die ich gewöhnt war. Normalerweise zeigte er mir nach solchen zärtlichen Annäherungsversuchen dann auch seine äußerst attraktive Vorderseite und fing seinerseits an, meine anziehenden Körperteile zu streicheln und zärtlich zu liebkosen.

„Was ist?“ fragte ich erstaunt und fügte dann neckend hinzu: „Hast du Angst vor mir?“

Er schluckte etwas hinunter und hustete, griff nach einem Glas Wasser und trank.

„Ha noi“ (nicht die Stadt in Vietnam – wir Eifeler würden es übersetzen mit: ach nee) sagte er, „ich war grad in Gedanken“.

„He!“ sagte ich zärtlich, „du denkst doch wohl nicht an andere Frauen, wenn ich hier nackt vor dir stehe?“ und sah im Geiste die durchtrainierten Leichtathletinnen vor mir. Dünne, ausgemergelte Langläuferinnen, kräftige, muskelbepackte Kugelstoßerinnen, knackige Hinterteile und winzige Brustwarzen in eng anliegenden knappen Trikots.

„Emm, was schluckst du denn da? Hast du Kopfschmerzen?“

„Ha noi, des isch nur… Vitamine. Du woisch doch, wir brauchen davon viel.“

Bevor wir frühstückten und unseren harten Alltag bewältigten, fanden seine Finger dann doch noch den liebkosenden Weg über meine etwas üppigeren Brüste als die der meisten Sportlerinnen, über den weniger muskulösen Bauch bis hin zu der Stelle, an der die Unterschiede zu den sportlichen Damen weit weniger ausgeprägt sind.

Wenn auch meine braunen Lieblingstierchen nicht mehr ganz so fleißig waren, ganz so hatte ich es mir nicht vorgestellt. In der folgenden Zeit, in der der Dollarkurs dramatisch sank, ein Brite namens Daley Thomson als neuer Zehnkampfstar immer besser wurde und in Deutschland Guido Kratschmer die Szene beherrschte, blieb unser so ideales Liebesleben mehr und mehr auf der Strecke. Dazu kam, dass die geniale Firmenidee, die unser guter Herr Neumann gehabt hatte, nicht gleichzeitig garantiere, dass die Geschäfte gut liefen. Wir mussten hart arbeiten, zäh verhandeln. Und ich musste viel reisen. Das machte mir allerdings auch Spaß. Ich lernte dabei, wie man mit Geschäftsfreunden umzugehen hatte. Ich, das kleine dumme Mädchen aus der Eifel, das nie im Leben gelernt hatte, Austern, Langusten oder ähnliches Getier stilvoll zu essen, eignete mir so einiges an gesitteten Umgangsformen an. Irgendwann verstand ich es sogar, einfach nur Konversation zu machen um des Redens willen. So etwas, was Eifeler im Grunde überhaupt nicht können. Leuten Komplimente zu machen und festzustellen, dass man sich dadurch ganz anderen Zugang verschafft. Ja, auch unsere Angestellten fühlten sich bei uns wohl, wenn sie hier und da gelobt wurden. Das heißt, nur so lange, wie meine liebe Schwiegermutter ihnen nicht mit ihren Adleraugen den auf die Finger schaute und ihr Elstergekrächze losließ, sondern sich damit begnügte, Privatentnahmen aus Überschüssen zu kassieren .

Unser Liebesleben also war nicht mehr das, was es einmal war. So alt war unsere Ehe nun doch noch nicht.

„Ist das nicht normal?“ sagte Dagmar, meine inzwischen beste Freundin. „Du kannst doch nicht erwarten, dass ihr jahrelang herumturtelt.“

So etwas Ähnliches hatte Uschi bei einem unserer langen Telefonate auch gesagt. Nun wäre es mir äußerst peinlich gewesen, mich bei ihr über die immer seltener werdenden heißen Liebesnächte zu beschweren, aber bei einem Gespräch unter besten Freundinnen muss ich wohl doch irgend so eine Äußerung von mir gegeben haben.

„Irgendwann hören die Schmetterlinge auf zu fliegen“ hatte sie daraufhin gesagt und ihre eigene Erfahrung wiedergegeben „da kannst du alle fragen, das ist ganz normal.“

„Du weißt ja, bei mir sind es Maikäfer“ sagte ich „und von mir aus brauchen sie nie aufzuhören, herumzukrabbeln“.

„Ach Marlene, man kann sich aber trotzdem noch lieb haben. Die Liebe wird eben anders. Und wenn du mal Kinder hast, dann sind die voll geschissenen Windeln und der verkleckerte Brei irgendwann sowieso viel wichtiger als Sex.“

Meine Sehnsucht nach voll geschissenen Windeln war nicht geringer geworden und dafür hätte ich ganz gerne auf so einiges an Erotik verzichtet. Nun, ich hatte ausreichend Ablenkung und gar nicht allzu viel Zeit, darüber nachzudenken. Was mir allerdings Sorgen machte, war die Tatsache, dass Werners herrliches Körperteil, das mit dem Sport eigentlich am wenigsten zu tun hat, immer öfter einfach so seinen Dienst verweigerte. Ob das der Auslöser dazu war, dass mein liebevoller, freundlicher Ehemann ab und zu äußerst merkwürdige Anwandlungen bekam? Nachts schwitzte er oft, so dass er manchmal wütend die Daunendecke wegwarf und fluchte. Gab es Anlass auch nur zu geringsten Differenzen, dann wurde er bisweilen richtig wütend. So kannte ich ihn gar nicht. Ich machte mir zunehmend Sorgen, ob er nicht doch etwas von seiner Mutter geerbt hatte.

Als ich ihn eines Tages dabei beobachtete, wie er morgens so einige Pillen in sich hinein warf, sprach ich ihn nicht darauf an, wühlte aber später heimlich in seiner Trainingstasche. Ein ganzes Arsenal von Pillen fand ich dort, gelbe, rote, weiße. Aus den Aufschriften ließ sich nicht erschließen, um was es sich handelte, Beipackzettel gab es keine. Ich war beunruhigt.

Von Götzis, dem österreichischen Mehrkampf-Mekka, kam Werner in diesem Jahr mit stolz geschwellter Brust zurück. Sein Ziel, die magische 8000 Punkte-Grenze war erreicht. Natürlich war das noch nichts gegen die Weltbesten, zu denen auch der Mainzer Hüne gehörte, der in Montreal die Silbermedaille gewonnen hatte. Aber Werners Ziel, als weiterer Deutscher für die Olympischen Spielen nach Moskau nominiert zu werden, rückte immer näher.

Mir rückte er leider immer seltener näher. Und wenn, dann war es nicht so wie ich es von ihm gewohnt war. Vermutlich war es für ihn genauso schlimm, dass die stählerne Festigkeit seines gesamten muskulösen Körpers ausgerechnet einen wichtigen Körperteil aussparte. Sicher war unsere Liebe nicht auf das Sexuelle aufgebaut, trotzdem fehlte es uns. Uns beiden.

Wir fingen an zu streiten. Wegen Kleinigkeiten fuhr er gleich in die Luft, so als hätte er einen Sprungstab in der Hand und wände sich über eine vier Meter hohe Stange. Er ging in die Luft wie ein HB-Männchen, bei dem es damals in der Fernsehwerbung hieß „wer wird denn gleich in die Luft gehen?“ Als ich es wagte, ihn auf die Tabletten anzusprechen, wurde ich angebrüllt, was ich denn bitteschön in seiner Tasche zu suchen hätte. Ich weinte. Noch nie hatte er mich angebrüllt.

Von Doping hatte ich bis dahin nur in Verbindung mit DDR-Athleten oder russischen Gewichtshebern gehört. Hier im Westen machten sie doch so etwas nicht.

Dagmar hatte mir einmal erzählt, dass ihr eine Freundin vor ihrem Abitur Tabletten zugesteckt hatte, nach deren Einnahme man unheimlich gut hatte lernen können. Als sie das Abi geschafft und die Tabletten abgesetzt hatte, bekam sie Probleme mit ihren Beinen und ihr Kreislauf spielte verrückt. Im Krankenhaus stellte sich schließlich heraus, dass diese Tabletten, die unter der Hand gehandelt wurden, an der Misere schuld waren und dass sie Glück hatte, dass ein Arzt damals danach fragte und sie ehrlich zu ihm war. Denn es hatte Patienten gegeben, bei denen das Mittel bereits bleibende Schäden verursacht hatte.

Sollte mein Werner irgendwelche Tabletten einwerfen, die sich Leistung steigernd auswirkten, aber irgendwelche Nebenwirkungen hatten?

Ihm zuliebe hatte ich mir das Laster Rauchen ganz abgewöhnt. Nun fing ich wieder damit an. Ich machte mir Sorgen, ich wurde nervös. In der Firma rauchte ich, wenn er nicht da war und ich rauchte zu Hause, wenn er unterwegs war. Bei schönem Wetter auf meinem Liegestuhl auf unserer winzigen Wiese. Ich fing an, mit Dagmar auszugehen, weil mein lieber Ehemann so selten Zeit und Lust hatte. Zwischendurch, wenn alles gut war, begleitete ich ihn zu Wettkämpfen, drückte ihm die Daumen und bewunderte wie am Anfang unserer Beziehung seinen göttlichen Körper, der mit jeder der steinernen Götter-Denkmäler in Florenz hätte mithalten können. Ja, er hatte sogar noch an Muskelmasse zugelegt. Alles an ihm schien aus Muskeln zu bestehen, kein einziges Fettpölsterchen konnte man an ihm entdecken. Nicht so wie bei mir, die in Punkto Sport immer weniger tat und vor lauter Frustessen ein kleines Bäuchlein angesetzt hatte.

Mein lieber Ehemann schaffte es. Seine Ergebnisse wurden besser und besser und Anfang des Jahres 1980 schien es so gut wie sicher, dass er mit nach Moskau zu den Olympischen Spielen fahren durfte. Die Hallensaison war gut gelaufen.

Na gut, dachte ich, wenn das dann der Höhepunkt seiner sportlichen Karriere wird, dann kannst du all das vergessen, was du in den letzten Monaten mitgemacht hast. Vielleicht würde dann auch endlich etwas aus meinem Kinderwunsch, der immer intensiver wurde.

Natürlich war ich stolz, wenn das Fernsehen eine Leichtathletikveranstaltung übertrug, wo mein Göttergatte dabei war. Dann rief ich schnell meine Eifeler Familie an und sagte: „Macht mal schnell den Fernseher an". Natürlich wäre ich nicht weniger stolz auf ihn gewesen als seine Mutter, wenn wir ihm in einem Olympiastadion hätten zuwinken können, auch wenn er gegen Kratschmer, Thomsen und Jenner keinerlei Chancen gehabt hätte, einen der vorderen Plätze zu belegen. Aber man konnte ja nie wissen. Im Zehnkampf konnte so vieles schief gehen. Immer wieder passierte es Athleten, mehrere Fehlstarts zu produzieren, einen ‚Salto nullo' beim Stabhochsprung oder sich gar beim Hochsprung einen Muskelfaserriss zuzuziehen. Oder einfach einen schlechten Tag zu haben. Also, warum sollten andere nicht mal Pech und Werner nicht mal Glück haben?

Ich war stolz auf ihn, wenn er im Fernsehen im Großformat zu sehen war, wenn er in der Sportseite der Stuttgarter Zeitungen erwähnt wurde, wenn Fotos von ihm in irgendwelchen Sportzeitungen erschienen und wenn Reporter bei uns anriefen, um Interviews mit ihm zu machen. Hoch erhobenen Hauptes schritt ich neben ihm einher, wenn wir irgendwo eingeladen waren und fast ehrfürchtig schaute ich an ihm empor, wenn er mitten in Stuttgart von Jugendlichen um ein Autogramm gebeten wurde. Und wenn ich irgendwo in der Stadt nach einem Outfit suchte, dass dem Leben einer Frau an der Seite eines solch berühmten Mannes entsprach und ich gefragt wurde: „Sind Sie nicht die Frau von dem Zehnkämpfer, dem Blümle?“, dann strahlte ich wie ein Pfannkuchen.

Nach den äußerst harten Frühjahrs-Trainingslagern hatte Werner nachts Albträume. Er redete im Schlaf, wurde wütend und schlug um sich. Mehr als einmal zog ich auf die Couch um. Als ich ihm vorhielt, dass das wohl von seinen ‚Vitamintabletten’ käme, hob er zum ersten Mal die Hand gegen mich. Ich war so perplex, dass ich mich überhaupt nicht rühren konnte. Mein Wernerle, mein Liebster, mein Vorzeigeathlet, mein Olympiateilnehmer hatte mich geschlagen! Sofort danach bereute er es, kühlte meine Wange, an der sich ein blauer Fleck bildete, bat mich auf Knien um Verzeihung.

„Werner, glaubst du, das ist es wert?“ fragte ich ihn. Ich hatte Erkundigungen eingezogen. Damals gab es noch kein World Wide Web. Man konnte sich nicht einfach an seinen PC setzen und ‚Doping’ googeln. Man konnte auch nicht über Ebay oder sonstige Anbieter seine Dopingmittel ganz einfach aus aller Herren Länder beziehen. Doping, Aufputschmittel, Amphetamine oder wie auch immer das Zeug hieß, was sich mein Ehemann seiner Karriere wegen so einwarf, er konnte nur auf verschlungenen Wegen daran gekommen sein. Ob die Trainer gar damit zu tun hatten? In der Firma waren mir nicht nur die Privatentnahmen der Frau Blümle aufgefallen. Auch mein Ehemann hatte in letzter Zeit ganz ordentlich in die Kasse gegriffen, während mein Gehalt gerade mal so stieg, wie es zu der Zeit üblich war.

War es das wirklich wert? Ich glaube, Werner hatte damals tatsächlich nur noch Ringe in den Augen. Olympische Ringe. Ich hatte nur eine Hoffnung. Die Teilnahme an den Spielen und dass sie vorbeigingen.

Im Frühjahr ging beim Internationalen Olympischen Komitee die Diskussion darüber los, einen Boykott der Olympischen Spiele in Moskau zu erwägen, weil die Russen in Afghanistan einmarschiert waren. Die Sportler, die jahrelang hart trainiert hatten, waren schockiert. Bei allem Verständnis, ein Zeichen gegen die russischen Aggressoren zu setzen, aber ob das ein passendes Mittel war? Hier konnte ich nun wirklich erstmals nachvollziehen, was in den Athleten vorging, die all ihre Kraft in die Vorbereitung investiert hatten. Die auf so viel Schönes im Leben verzichten mussten und letztendlich auch finanzielle Einbußen hinnahmen, denn sie mussten immer noch sehr darauf achten, nicht gegen den Amateurstatus zu verstoßen, der mittlerweile heiß diskutiert wurde.

In diesen Tagen erinnerte ich mich plötzlich an den Zettel mit der Adresse, den mir diese Jane damals in Götzis in die Hand gedrückt hatte. Jane! Ich rief sie an, investierte die teuren Auslands-Telefongebühren und sprach mit ihr eine halbe Stunde lang. Über den Boykott, den Sport - und schließlich schaffte ich es irgendwie, die Rede darauf zu bringen, dass es Sportler geben soll, die unlautere Mittel zu sich nehmen. Nein, natürlich sagte ich nicht, dass mein Werner so etwas machte. Aber Jane kannte sich aus. Auch sie hätte keinesfalls zugegeben, dass ihr Freund, andere Athleten aus Großbritannien oder gar sie selbst irgendwelche Mittel zu sich nähmen. Trotzdem hatte ich den Eindruck, dass das Thema für sie kein Neuland war. Sie erzählte mir von irgendwelchen Bodybuildern, bei denen man nach der Einnahme von Muskel aufbauenden Präparaten psychische Veränderungen festgestellt hatte und die hier und da ausrasteten.

Die Erkenntnis aus meinem teuren Telefonat war die, dass Leistung steigernde Mittelchen in Sportlerkreisen gar nicht so unüblich waren. Dass der Übergang zwischen erlaubt und verboten nicht immer einfach zu erkennen war und dass die Kunst darin bestand, für den jeweiligen Körper genau die richtige Nahrungsergänzung und das richtige Aufbaumittel herauszufinden. Solange Werner nicht mit mir darüber sprechen wollte, musste ich jedenfalls annehmen, dass seine Mittel nicht gerade auf legalem Wege seinen Körper aufbauten.

Als am 23. April die Bundesregierung beschloss, sich der amerikanischen Aufforderung anzuschließen und seine Sportler nicht zu den Spielen zu schicken, brach für Werner eine Welt zusammen. Für mich auch, denn er ließ seine Wut an mir und unserer Wohnung aus und zerdepperte unser sämtliches Porzellan. Sogar die Treverisgläser, die man uns zur Hochzeit geschenkt hatte. Das ging zu weit.

Ich fuhr zu seiner Mutter. Ich – zu seiner Mutter! Ich muss sehr verzweifelt gewesen sein. Klar, dass Elfriede ihren Sohn in Schutz nahm. Sie glaubte mir nicht, dass ihr Wernerle unerlaubte Mittel zu sich nahm. Und sie hätte vermutlich auch nichts dagegen gehabt, Hauptsache ihr Sohn war ein Star. Die Unterhaltung endete damit, dass sie mir die Schuld zuschob und mir mehr oder weniger zu verstehen gab, dass ich Landpomeranze ja nur darauf aus gewesen sei, mich in ein gut gebautes Nest zu setzen. „Denk daran" sagte sie, „die Firma gehört uns, emm ihm!"

Und ob ich daran dachte.

Ich liebte Werner. Immer noch. Obwohl ich es nie hatte nachvollziehen können, wieso sich Frauen von Männern anschreien, schikanieren oder gar schlagen lassen konnten. Als blöd hatte ich sie bezeichnet, die Frauen, die bei solchen Männern blieben. Mittlerweile konnte ich ihre Lage nachvollziehen. Wenn ein Mann sich so verändert, dann möchte man das erst nicht wahrhaben. Man kann es nicht glauben. So war Werner vorher nie gewesen. Ganz im Gegenteil. Zwischendurch gab es durchaus Phasen, in denen er so liebevoll, zärtlich und großartig war wie am Anfang und in denen ich mir einfach einbildete, alles wäre in Ordnung.

Ich beschloss, alles zu tun, um unsere Ehe zu retten. Die große Liebe meines Lebens wollte ich nicht kampflos aufgeben. Die Diskussion im Nationalen Olympischen Komitee war noch nicht zu Ende. Sollte sie tatsächlich ergeben, dass ein Boykott durchgesetzt würde, dann hätte Werner sowieso keinen Grund mehr, seine Mittelchen zu nehmen und vielleicht würde er dann wieder normal. Wäre die Teilnahme gerettet, käme es wohl auf den Ausgang der Wettkämpfe an. Am 15. Mai, zwei Tage nach Werners Geburtstag, an dem seine Potenz zum wiederholten Male versagt hatte und er daraufhin wütend aus dem Haus gerannt war, ergab die Abstimmung im NOK tatsächlich das endgültige Aus für die Teilnahme an den Olympischen Spielen. Werner rastete erneut aus. Ich wollte es mir nicht eingestehen, noch nicht, aber es war gleichzeitig auch das Aus für unsere gemeinsame Zukunft. Die Brut der Maikäfer hatte es nicht geschafft, über den Winter zu kommen. In diesem Mai flogen nur draußen um die Bäume herum ein paar dicke Brummer. Vermutlich waren es die, die meinem Bauch entflohen. Sie flogen weg, einer nach dem anderen.

Es dauerte noch ein halbes Jahr, bis ich meine Ehe und den Job aufkündigte, aus unserer Wohnung auszog und ganz schön blöd in die Wäsche guckte. Ein halbes Jahr, in dem ich alles versuchte, diese Ehe zu retten. Endlos redete ich auf Werner ein, ich sprach heimlich mit seinen Trainern und ich flog sogar zu Jane, weil ich das unbedingte Bedürfnis hatte, mich jemandem anzuvertrauen. Ich war mir ganz sicher, dass Werners Verhalten etwas mit seinen angeblichen Vitaminpillen zu tun hatte, stieß aber bei allen Beteiligten in dieser Richtung auf taube Ohren. Wer auch immer etwas mehr wusste als ich, sprach nicht darüber. Manchmal hatte ich den Eindruck, als ob es für Werner eine Art Sucht war, seinen Körper immer mehr hoch zu puschen und dass er genau wie Drogen- oder Alkoholsüchtige überhaupt keinen klaren Blick mehr für sein Problem hatte. Und Probleme hatte er. Nicht so sehr mit seinem Körper, eher mit seiner Psyche. Er litt und ich auch. Das ständige Auf und Ab seiner Gefühlslage, seine Aggressionen und die anschließenden Phasen weinerlicher Depression hielt ich einfach nicht mehr aus. Höchste Zeit, dass mein alter Sturkopf mir signalisierte: so nicht!

Ach ja, an unangenehme Lebenssituationen erinnert man sich nicht gerne. Ich sollte auch im Nachhinein nicht jammern. Und jetzt, im gesetzten Alter von 65 Jahren weiß ich längst, dass im Leben nicht immer nur die Sonne scheinen und man nicht immer nur Schokolade essen kann. Es muss auch mal regnen oder schneien und man sollte auch schon mal saure Gurken oder

Bittermandeln essen. Doch das, was ich in diesen Monaten erlebte, kann man mit Regen oder sauren Gurken gar nicht mehr vergleichen. Das waren schon Wirbelstürme, Tornados, Tsunamis. Purer Essig oder mein absolutes Ekel-Gemüse Rote Bete.

Ich besaß eine Langspielplatte von Katja Ebstein. Darin sang sie das Lied „Abschied ist ein wenig wie Sterben“. Ja, das war es. In langen Gesprächen, in denen Werner wütend wurde, weinte und mich anflehte, bei ihm zu bleiben, versprach er immer wieder, dass sich alles ändern würde. Doch der Versuch, ihm ins Gewissen zu reden wegen der chemischen Mittel, die sich so nebulös auf seinen Körper und Geist auswirkten, blockte er ab. Nein, er hatte es so weit geschafft und nun wollte er auch ohne Olympische Spiele nicht seine Sportlerkarriere aufgeben. Es gab ja noch Meisterschaften.

Wenn ihm das also wichtiger war als ich… Na dann. Mein alter Trotzkopf kam durch. Auf der gleichen Schallplatte war auch das Lied „Dann heirate doch dein Büro“ und ich sagte mir „dann heirate doch deinen Sport“.

Es bereitete mir nicht nur seelische Qualen und körperliche Beschwerden, meine große Liebe au diese Weise zu verlieren. Es machte mir auch schwer zu schaffen, die Firma, deren Geschicke ich sozusagen seit dem Tod ihres Gründers in meinen Händen gehalten hatte, einfach so Werner und seiner Mutter zu überlassen. Beziehungsweise Dagmar, die ich in der Voraussicht, dass ich irgendwann meinen Mutterpflichten nachkommen müsse oder vielmehr dürfe, bereits in alle Einzelheiten eingeweiht hatte. Nach all den Jahren die Firma zu verlassen, war fast genauso schlimm für mich, wie mich von meinem Mann zu trennen. Genauso wie er gehörte die Arbeit zu meinem Lebensinhalt. Neben Werner hatten die Geschäfte meine Gedankenwelt erfüllt. Ich hatte all meine Schaffenskraft dort hinein gelegt.

In den langen Abenden, in denen ich grübelnd und weinend in meinem Wohnzimmer saß und mit tiefstem Bedauern feststellen musste, dass nicht nur eine großartige Liebesbeziehung und eine viel zu kurze Ehe, sondern auch ein größtenteils wunderschöner Lebensabschnitt zu Ende ging, nahm ich mir immer eines fest vor: Nie wieder würde ich wegen eines Mannes so abstürzen wie damals nach Jack. Wie schlimm es damals auch für mich gewesen sein mag, es hatte mich stark gemacht. Und für das, was nun kam, musste ich auch stark sein.

Mich von Werner zu trennen fiel ich mir beileibe nicht leicht. Es tat sehr weh, zu beobachten, wie der wundervolle liebe Mensch Werner sich mehr und mehr verabschiedete. Und ehe ich irgendwann im Frauenhaus landen oder verschämt meine blauen Flecke verstecken sollte, würde auch ich mich verabschieden.

Ehescheidungen waren in diesen Zeiten in Großstädten zwar schon keine Seltenheit mehr, aber für meine Familie in der Eifel war die Trennung von meinem berühmten Sportler und doch ach so schönen Mann der absolute Weltuntergang. Eine Schande, eine Todsünde. Ach, und ich wäre im Kirchenbann, dürfte nicht mehr an die Kommunionbank. Die Tanten behandelten mich, als sei ich die Verbrecherin schlechthin. Dem Mann weglaufen, das ging ja gar nicht. Oh je, wenigstens hatten sie keine Kinder, hörte ich sie sagen.

Nur meiner Mutter erzählte ich den wahren Grund unserer Trennung. Dass Werner mich geschlagen hatte, mehrmals. Sie hielt zu mir. Natürlich, sie war meine Mutter. Noch jemand hielt zu mir, von der ich es gar nicht erwartet hätte. Hedwig, meine Schwägerin. Bei ihrem dritten Kind, das sie in diesen Wochen erwartete, sollte ich Patin werden. Ich freute mich, aber der Stich in meiner Brust erinnerte mich schmerzhaft daran, dass es mit den Mutterfreuden für mich erst einmal vorbei sein würde. Ich blieb bis zur Taufe der kleinen Yvonne. Ein zuckersüßes Mädchen mit hellroten Haaren und blauen Augen.

Ich brauchte Abstand, ich brauchte eine Wohnung und ich brauchte einen Job. Ich hatte mich krumm gelegt für die Firma, aus der mein Ex und seine Mutter jetzt den Nutzen ziehen würden.

Nichts blieb mir. Dafür hatte Elfriede Blümle gesorgt. Und ich verspürte nach diesem großen Verlust keine Kraft, auch noch einen Kampf um finanzielle Angelegenheiten aufzunehmen. Nur meine Siebensachen aus unserer Stuttgarter Wohnung nahm ich mit und stellte die Kisten in meinem Schlafzimmer unseres Eifeler Bauernhauses ab.

Dann verkaufte ich meinen alten VW, kratzte meine Ersparnisse von meinem Sparbuch zusammen und flog zu Tante Resi nach Amerika.

Das traumhafte Ambiente an der Küste Floridas nahm ich erst einmal gar nicht wahr. Meine Blicke waren getrübt von Kummer und Herzweh. Wochenlang lag ich lethargisch herum und trauerte. Werner nicht mehr um mich herum zu haben, ihn nicht mehr zu spüren, zu fühlen, zu riechen, tat mir fast körperlich weh. Ich verzehrte mich in Sehnsucht nach ihm und je weiter ich von ihm weg war, je mehr verblasste die Erinnerung an das, was er mir angetan hatte. Es gab Tage und ganz besonders Nächte, in denen ich glaubte, mir all die schlimmen Ereignisse einfach nur eingebildet zu haben. Mehr als einmal lockte mich die Versuchung, meine Sachen zu packen, einen Flug nach Stuttgart zu buchen und mich einfach wieder in Werners starke Arme fallen zu lassen. Dann wieder stand ich am Strand, schaute den rauschenden Wellen des Atlantiks zu und überlegte ernsthaft, mich ihnen ganz einfach zu überlassen.

Mit Tante Resi führte ich lange Gespräche. Sie wusste genau, wie es um mich stand und bestärkte mich immer wieder darin, das Richtige getan zu haben. Nirgends konnte ich mehr Verständnis und Zuspruch erwarten als bei ihr.

„Wir lassen uns nicht von Männern unterkriegen“ sagte sie. „Schau mich an, ich habe auch viel gelitten. Aber jetzt bin ich glücklich!“ Meine Tante Resi, ich liebte sie. Ganz gleich, welches Vorleben sie hatte. (Ob sie Joe jemals davon erzählte?)

Sie hatte gut daran getan, ihre Geldanlagen von dem Hausverkauf in Deutschland zu belassen. In Deutschland stiegen die Zinsen von Monat zu Monat und trugen dazu bei, dass Tante Resi durch den Verkauf ihrer ererbten Villa jetzt wirklich reich war. Nach dem Verfall des Dollarkurses hatten sie und ihr Joe sich ein Haus in Florida gekauft, nicht weit von einem traumhaften Strand. Dort erst einmal Urlaub zu machen, entspannte mich tatsächlich. Aus dem Urlaub in Florida wurden drei Jahre.

Es war eine Zeit der absoluten Maikäfer-Abstinenz. Genau wie in der Natur, wo man den Maikäfern massiv mit Pestiziden zuleibe gerückt war, schienen sie auch bei mir total ausgerottet zu sein. Kein Mann konnte mir auch nur im Entferntesten gefährlich werden oder gar das Auffliegen eines einzigen Tieres veranlassen. Anstatt nach Männerkörpern zu schauen, betrachtete ich Landschaften und Städte.

Nach meiner ersten depressiven Phase jobbte ich als Kellnerin, Übersetzerin und Korrespondentin und reiste zwischendurch mit Joe und Tante Resi durch die Gegend. Wir mischten uns unter die Touristen in den Everglades und den Keys, badeten am Strand von Acapulco, tranken Tequila in dunklen mexikanischen Kneipen oder genossen die grandiose Natur der Rocky Mountains.

Joe war zwar im Rentenalter, verstand es aber, mit wenig Aufwand immer noch ganz gute Geschäfte zu machen. Ein wenig erinnerte er mich an Herrn Neumann ‚hab ihn selig‘, denn seine Geschäftsideen waren ebenfalls recht interessant. Er vermittelte Exporte amerikanischer Waren nach Europa und umgekehrt. Ob es sich um Dessous einer führenden amerikanischen Marke handelte, um King Size Betten für Hotels, Deckenventilatoren oder was auch immer, Joe hatte überall Verbindungen, kannte Leute und wusste, wo und wie man Bedarf wecken konnte. Ich lernte von ihm.

Natürlich verließen mich mein Kummer, meine Verzweiflung und meine Trauer über meine zerbrochene Ehe nicht einfach so mit dem Aufenthalt auf einem anderen Kontinent. Oh nein, ich stellte schnell fest, dass man bei einem Ortswechsel zwar nur ein oder zwei Koffer voller Klamotten mit sich nimmt, aber alle Gedanken und Sorgen, die man vorher auch hatte. Die Gedanken waren da, wenn ich am Strand dem Rauschen der Wellen zuhörte, wenn ich mir am Fernsehapparat eine Leichtathletikveranstaltung anschaute, einem blonden Goliath begegnete und vor allem, wenn ich im Bett lag und nicht einschlafen konnte. Ständig verfolgte mich Werners Bild und immer noch überlegte ich, ob es richtig gewesen war, alles hinter mir zu lassen.

Mein Kinderwunsch tief in mir drin äußerte sich jedes Mal, wenn ich einer Frau mit einem dicken Bauch oder einem Baby begegnete. Ok, nicht alle Frauen mit dicken Bäuchen müssen zwangsläufig schwanger sein. Besonders nicht in Amerika, wo es mein größtes kulinarisches Problem war, zwischen den riesigen Angeboten an Lebensmitteln in den Supermärkten ein einziges ordentliches Brot zu finden. Das Matschbrot, wie ich das dort übliche weiche Toastbrot bezeichnete, hatte ich nach zwei Wochen schon satt.

Egal, auch wenn die Verkäufer/innen in den Geschäften offensichtlich die Anweisung hatten, jedem x-beliebigen Kunden ihr obligatorisches „have a nice day“ hinterher zu rasseln (die Floskel „schönen Tag noch“, die mittlerweile auch an allen deutschen Supermarktkassen üblich ist), ich fand sie trotzdem irgendwie freundlich, die Amerikaner. Auch Joe fand ich sehr nett. Er tat Tante Resi gut. Und ich hatte fast den Eindruck, dass auch in dem doch schon etwas älteren Bauch meiner Tante noch eine Menge Tierchen flogen, ob Maikäfer, Schmetterlinge oder was auch immer.

Irgendwann aber merkte ich, dass mein Leben noch einmal etwas mehr Stabilität brauchte. Das Deutsche in mir kam durch. Die Eifelerin in mir war nicht dafür geschaffen, so in den Tag hinein zu leben. Ich besaß wieder genug Energie. Ich wollte wieder arbeiten, mir etwas aufbauen. Und das wollte ich in Deutschland tun. Nein, ich hatte es in Amiland nicht vom Tellerwäscher zum Millionär geschafft, ich besaß keine Greencard. Ich hatte Heimweh.

1983, in dem Jahr, in dem in den USA erstmals eine Krankheit mit dem Namen Aids erkannt wurde und Präsident Reagan sich mit den Problemen der atomaren Rüstung und einem Militärputsch auf der Insel Grenada auseinandersetzen musste, flog ich zurück ins gute alte Europa. Ich hatte wieder zu mir selbst gefunden.

In Deutschland hatten vorgezogene Wahlen Helmut Kohl als Bundeskanzler und Hans-Dietrich Genscher als Außenminister bestätigt. Hunderttausende demonstrierten gegen den Nato-Doppelbeschluss und im Frühjahr stand am Rhein und an der Mosel das Wasser so hoch, wie man es zuvor nie gesehen hatte. Sogar Bonn und Köln waren teilweise überschwemmt.

Ich selbst wurde überschwemmt von all den Sachen, die ich im fernen Amerika gar nicht mitbekommen hatte. Dass der polnische Arbeiterführer Lech Walesa den Friedensnobelpreis bekam, Michael Groß einen Weltrekord über 200 m schwamm, Daley Thomson bei der Leichtathletik-WM in Helsinki den Zehnkampf gewann und dass zwei andere Deutsche namens Hingsen und Wentz mit den Plätzen zwei und drei ‚meinem' Werner den Rang abliefen. Klar, ich hätte denken können: das hat er jetzt davon, hätte er besser auf den Sport verzichtet und mich….Nein, mittlerweile war ich so weit, dass ich ihm den Erfolg wirklich gegönnt hätte. Das heißt, wenn ich ehrlich bin…

In den drei Jahren meiner Abwesenheit hatte ich noch mehr nicht mitbekommen. Zwar kannte ich die Mode mit den Schulterpolstern, den Puffärmeln und den Miedergürteln aus breitem Stretch und auch die Hosen mit Bundfalten. Aber sowohl Hits wie „Major Tom“ und Nena mit ihren „99 Luftballons“, die in den deutschen Hitparaden ganz oben standen, waren mir unbekannt als auch die Tatsache, dass sich in meiner alten Eifel-Heimat so einiges verändert hatte. Immer mehr Landwirte gaben ihre Betriebe auf und suchten sich Arbeit in den Firmen, die sich rund um die Kreisstädte angesiedelt hatten. Mein Bruder Otmar hatte im Telekolleg das Fachabitur nachgemacht. Im Fernstudium studierte er Maschinenbau, neben einem Job in einer Metallfirma. Vater und Mutter bekamen eine Landabgaberente. „Zu wenig um zu leben und zu viel um zu sterben", wie Vater ironisch bemerkte. Gerd und Hedwig ging es gut. Ihr neues Haus war fertig, jedes ihrer Kinder hatte ein eigenes Zimmer und jedes Jahr machten sie Urlaub in Holland.

Die Tanten schienen geschrumpft zu sein. Fast hätte ich zu ihnen gesagt: „Oh je, was seid ihr klein geworden", aber ich erinnerte mich gerade noch daran, dass ich es als Kind nie hatte leiden können, wenn Verwandte zu mir sagten: „Ach Marlenchen, was bist du groß geworden." Und doch sagte ich so etwas jetzt zu Gerds Kindern. Na ja, und alte Leute wurden nun mal kleiner.

Doch nicht nur die Tanten, das ganze Dorf kam mir nach dem Leben in der großen weiten Welt jetzt unendlich klein vor. Auch die Menschen schienen mir kleinbürgerlicher als je zuvor. Selbst Uschi, meine gute alte Freundin, hatte sich zu einem biederen Hausmütterchen gemausert, dem Themen wie Kinderkrankheiten, Kindergartenbus, Häkelpullover und Hefekuchen viel wichtiger geworden waren als Aussehen, Beruf, Literatur, Politik oder Wirtschaftsfragen. Letztere brachte sie höchstens mit ihrem Mann in Verbindung, der hier und da mal in der ‚Wirtschaft' (Kneipe) versackte und dann nachts schnarchte wie ein ganzes Sägewerk. (O-Ton Uschi)

Das erste, was ich mir daheim zum Essen wünschte, war Tante Franziskas leckere Kartoffelsuppe. Dazu gab es Reibekuchen. Es duftete durch das ganze Haus. Tante Franziska strahlte übers ganze Gesicht, als ich mir irgendwann den Bauch hielt und sagte: „Puh, war das guuut!"

Abends verzehrte ich massenhaft gutes deutsches Graubrot, echten Eifeler Schweineschinken und geräucherte Blutwurst, die keiner besser machte als der Metzger aus dem Nachbarort.

Als ich am nächsten Tag einen langen Spaziergang durch die heimatlichen Gefilde unternahm und mich immer wieder Kindheitserinnerungen übermannten, sah ich am Bach einen Mann mit einer Angel stehen. Die Statur, die Haltung, die Umrisse kamen mir bekannt vor. Als ich näher kam, erkannte ich ihn. Willi, der Poet, der Studiosus. Was machte er hier? Meine Mutter hatte erzählt, er sei jetzt Professor irgendwo in Süddeutschland.

Die Art, wie er mich erstaunt (und irgendwie erfreut) anschaute, weckte in meinem Bauch ganz ohne Vorwarnung einen einzigen Maikäfer auf, der dort wohl schon ziemlich lange geschlafen hatte.

„Marlene!“ sagte Willi, von seiner Angel aufschauend.

„Willi? Was machst du denn hier?“

„Ich angle, wie du siehst.“

„Ja, das sehe ich. Und, hast du schon was gefangen?“

„Nee, muss ich auch nicht.“

„Und warum angelst du?“

„Es beruhigt.“

Eine Zeitlang war es still zwischen uns. Nur das Plätschern des Baches und das Zwitschern der Vögel in der lauen Frühlingsluft über uns waren zu hören. Oh ja, allein schon das entspannte. Es war einfach herrlich hier im Tal zwischen den sanften Hügeln der Eifel, am Bach inmitten der grünen Wiesen mit den gelben Löwenzahntupfern. Es duftete nach Frische, nach Frühling, nach Heimat. Plötzlich bemerkte ich, dass ich sie sehr lange nicht wahrgenommen hatte, diese Empfindung. Auch wenn ich in Amerika großartige Städte und Landschaften gesehen hatte, jahrelang den traumhaften Strand in Florida vor Augen hatte, das hier war eine andere Schönheit. Heimat.

„Was machst du denn sonst so?“ fragte Willi.

„Ich... ich komme gerade aus Amerika“.

Ich ließ mich am Bachrand auf einem dicken Stein nieder. Willi setzte sich ins Gras und hielt seine Angel weiter in der Hand. Und dann hatte ich einen sehr guten Zuhörer. Aus unergründlichen Motiven heraus floss plötzlich alles aus mir heraus. All meine Sorgen und Gedanken lud ich bei ihm ab. So offen hatte ich lange nicht mehr mit irgendjemandem gesprochen. Willi kommentierte nichts, er hörte einfach nur zu. Trotzdem hatte ich das Gefühl, er wolle mir sagen: du hättest dir alles ersparen können, wenn du mich damals nicht in die Wüste geschickt hättest. Ich las mal wieder Gedanken und legte meinem Gesprächspartner Worte in den Mund, wie ich es oft machte.

Aber auch er erzählte. Wie schwer es gegen den Widerstand seiner Familie für ihn gewesen war, Literatur und Kunstgeschichte zu studieren. Wie hart er nebenbei hatte jobben müssen, um sich das Geld für sein Studium zu verdienen und wie sehr er es genossen hatte, als er es endlich geschafft und dazu noch die Frau gefunden hatte, die ihn unterstützte, weiter an seinem beruflichen Aufstieg zu arbeiten. Seine Augen strahlten, als er von seinem Sohn erzählte, der mit seinen neun Jahren bereits ganz tolle Bilder malen konnte.

„Wo wohnt ihr denn?“

„In Freiburg, das heißt, in der Nähe von Freiburg. Wir haben ein Haus im Dreisamtal. Fast so schön wie hier in der Eifel!“

„Du liebst die Natur.“

„Ja. Ich mag Städte nicht. Die strahlen so eine Kälte aus. Genau wie die Menschen dort. Findest du nicht, dass die Leute auf dem Land viel mehr Wärme ausstrahlen?“

„Hmm. Aber… sie sind so kleinbürgerlich! Weißt du, ich finde es einfach fürchterlich, wenn sich Tante Franziska darüber aufregt, dass die Nachbarsfrau sonntags nicht in der Kirche war oder die Frechheit besessen hat, am letzten Samstag die Straße nicht zu kehren. Oder wenn Uschi darüber geiert, dass ihr Schwager schon wieder ein neues Auto hat, obwohl er ihrer Meinung nach das Geld viel besser dafür ausgeben sollte, mal sein Haus anstreichen zu lassen. Ach, und die Leute sind irgendwie so… missgünstig."

„Ja, aber zumindest interessieren sie sich noch füreinander. In der Stadt kann es dir passieren, dass dein Nachbar wochenlang tot in seinem Zimmer liegt und kein Mensch es bemerkt. Und außerdem sind die Leute im Dorf auch noch sehr hilfsbereit. Selbst wenn sie sich nicht leiden können, sie helfen sich trotzdem gegenseitig."

Ach je, wir beiden saßen am Bach und philosophierten. Wir merkten gar nicht, wie die Zeit verging. Willi hatte immer noch keinen Fisch gefangen, aber irgendwann schaute er auf seine Armbanduhr, sprang er auf und packte sein Angelgerät zusammen.

„Oh, ich muss heim. Wilma wollte noch in die Stadt fahren, sie hat einen Friseurtermin. Möchte sich noch hübsch machen."

Er lächelte. „Wir sind heute Abend in Trier bei einem alten Freund von mir eingeladen".

Der einzelne kleine Maikäfer in meinem Bauch rollte sich ganz schnell wieder zusammen.

Ich zog Bilanz: Ich war 36 Jahre alt, hatte weder Mann noch Kind, besaß keine eigene Wohnung, hatte keinen Job und kaum Geld. Das einzige was ich hatte, war eine Idee.

Ähnlich wie mein verstorbener alter Chef und wie Joe in Amerika wollte ich eine Handelsfirma gründen, die, ohne mit der Ware direkt etwas zu tun zu haben, nur vermittelte. „Das Geld liegt auf der Straße, du musst nur wissen, wo", hatte Joe gesagt. Was ich also zu tun hatte, war die Suche nach geeigneten Waren, für die es in Deutschland Bedarf gab, nach Herstellern in aller Welt und nach Firmen, die diese Ware unter die Leute brachten. Genau das war allerdings schwierig genug.

Anstatt der blöden Maikäfer, die meinetwegen noch ein wenig vor sich hin dösen konnten, stoben in diesen Tagen und Wochen wilde Gedanken in meinem Kopf herum. Genau so wie ich mir als Kind bereits abends vor dem Einschlafen schöne Sachen ausgemalt und meine Zukunft in rosarotem Licht gesehen hatte, so sah ich mich bereits als smarte Firmeninhaberin mit eigenem Büro mit Super-Umsatzzahlen und im dunklen Hosenanzug in einem sündhaft teuren Auto durch die Gegend fahren. Ach ja, die Träume.

Doch auch wenn ich für diese Art Handel nicht allzu viel investieren musste, auf jeden Fall brauchte ich ein Auto, ein Telefon und einen Computer. Von meinen Eltern konnte ich kein Geld erwarten, die Ersparnisse meiner Brüder wollte ich nicht hinterfragen und Tante Resi anzupumpen, ließ mein Ehrgefühl nicht zu. Sie hatte mir schon genug geholfen. Sollte ich also erst einmal einen Job annehmen und sparen? Ich kaufte mir einen Stapel Zeitungen. Kölner Rundschau, Frankfurter Allgemeine, die ZEIT. Ach je, ich war naiv. Selbst für einen guten Sekretärinnen-Job verlangte man mittlerweile einen Studienabschluss oder zumindest gute Zeugnisse. Ich hatte nichts davon. Sollte ich wirklich jetzt nach mehr als drei Jahren bei meinem Exmann auftauchen und ihn um ein Zeugnis bitten? Oh nein!

Mein Mädchenzimmer im Haus meiner Eltern sah noch genauso aus wie vor zwanzig Jahren. Das Bett von anno dazumal mit der dreiteiligen Matratze, der antike große Kleiderschrank mit den quietschenden Türen, der Waschtisch mit dem Spiegel, das Häkeldeckchen, die Marienfigur. Das Weihwasserkännchen über dem Lichtschalter, die Bücher auf dem Regal, einige davon noch aus meiner Penne-Zeit. Und die Kartons aus unserer Wohnung in Stuttgart, die kläglichen Überbleibsel meiner Ehe, an denen ich mir permanent die Zehen stieß, wenn ich nachts im Dunkeln aufstand und aufs Klo musste.

Ein paar Mal hatte ich sie hin und her geschoben, allerdings keinerlei Lust verspürt, in meiner Vergangenheit herumzuwühlen. Als ich es irgendwann über mich brachte, einen der Kartons zu öffnen, um nach meiner roten Lieblingsbluse zu suchen, kamen die Erinnerungen. Ich saß auf dem Holzfußboden, dessen Dielen knarrten, wenn man darüber schritt, und betrachtete mit Wehmut die Sachen, die ich einzeln heraushob. Tränen tropften auf meine Jeans, als ich unser Hochzeitsfoto in der Hand hielt. Autogramme von Gilbert Becaud und Cliff Richard, für die ich mich in der Stuttgarter Liederhalle in eine lange Reihe von Fans gestellt hatte, während Werner am Ausgang auf mich wartete. Opernkarten, mit denen ich mich stolz an Werners Seite im langen Kleid präsentiert hatte. Das Fotoalbum von unserer Hochzeit.

Ich wischte die Tränen weg, drehte mich vor dem Waschtisch-Spiegel in der gefundenen roten Bluse hin und her und überlegte, meine leicht gewellten, immer noch ziemlich blonden Haare in Dauerwellen legen zu lassen. Die rote Bluse saß ziemlich straff. Zu straff. Das Fastfood-Essen in den Staaten war also nicht ganz ohne Folgen geblieben. Ich zog sie aus und legte sie zurück in den Karton. Dabei stieß ich auf eine Mappe, die ich längst vergessen hatte. Die Aktien.

An die hatte ich überhaupt nicht mehr gedacht. Ganz plötzlich tat sich ein winzig kleiner Hoffnungsschimmer auf. Nein, der Börsenwelt hatte ich jahrelang keinen einzigen Gedanken mehr gewidmet. Das, was da in der Mappe lag, waren für mich Papier-Mumien. Doch jetzt, in der so ziemlich auswegslosesten Phase meines Lebens, in der ich ganz dringend einen kleinen finanziellen Rettungsring hätte brauchen können, klammerte ich mich an das Fünkchen Hoffnung, dass die alten Aktien wenigstens noch so viel Wert haben könnten, dass ich ein Auto…, na ja, vielleicht auch nur ein altes, gebrauchtes… „Oh, bitte, lieber Gott…“ Die Worte, die ich als Kind so oft an den dort oben gerichtet hatte, waren mir lange nicht mehr über die Lippen gekommen. Jetzt flehte ich ihn geradezu an und schaute zum dem Holzkreuz über der Tür, hinter dem ein alter vertrockneter Palmwedel eingeklemmt war.

Am Tag darauf sah ich dem Banker in der Kreissparkasse flehend in die Augen, den ich um Rat bat und ganz schüchtern nachfragte, was die Aktien denn nun so wert seien. Ich hätte gar nicht so flehend schauen müssen. Der gute alte Herr Neumann (hatte er sich wirklich ein Erbe erschlichen?) hatte wohl nicht nur für geschäftliche Dinge ein gutes Händchen gehabt. Er hatte anscheinend auch über einen siebten Sinn verfügt, was Aktien anbetraf.

„Nach dem Wahlsieg der Konservativen haben uns die Anleger solche Aktien nur so aus der Hand gerissen". Der Banker in Schlips und Kragen schien begeistert. „Hier – zum Beispiel die Siemens-Aktien sind dadurch enorm gestiegen."

Kohl und Genscher habt Dank, sagte ich im Stillen. Ich fragte den freundlichen Herrn, welchen Gegenwert er mir für die Aktien bietet, behielt ein paar restliche für weitere schlechte Zeiten und schritt dann wohlgemut und innerlich singend und jauchzend mit einem satten DM-Betrag und einem neuen Sparbuch in der Hand durch die Drehtür der Kreissparkasse, hinaus in die Welt, die plötzlich wieder schön und bunt war.

Ich ging sparsam um mit meinem Geld. Ganz so, wie ich es als Eifeler Bauerntochter gelernt hatte. Ich kaufte nie etwas auf Pump, kaufte immer nur, was ich mir leisten konnte. Dieses Mal hätte ich mir sogar ein neues Auto leisten können, ich tat es aber nicht. Klein anfangen und sich hocharbeiten, war meine Devise. Und: Nie mehr von einem Mann abhängig sein. Also suchte ich mir beim nächsten Autohändler einen gut erhaltenen Kleinwagen, bezahlte ihn bar und fuhr damit nach Hause in mein Eifeldorf. Der erste Auftrag an Joe in Amerika war der über einen Commodore 64, meinen ersten Computer.

Dort bei Joe hatte ich bereits gelernt, mit so einem Monstrum umzugehen. Und manchmal hatten wir uns das Vergnügen gegönnt, mit dem Joystick an dem kleinen Bildschirm Tennis oder sonstiges zu spielen.

Es kostete mich viel Überwindung, mein Büro fürs erste in meinem alten Mädchenzimmer einzurichten, weil ich mir nicht einmal vorstellen konnte, länger als drei Wochen zu Hause zu wohnen. Trotzdem wollte ich für den Anfang nicht mehr investieren, als unbedingt nötig.

„Such dir lieber einen Job“ sagte Gerd „bei uns in der Firma suchen sie eine Sachbearbeiterin. Ich könnte ein gutes Wort für dich einlegen.“

„Du spinnst, sagte Uschi. Such dir lieber einen reichen Mann. So wie deine Tante. Der geht es doch gut, oder?“

Tante Franziska schüttelte den Kopf, als ich ihr den Computer zeigte und was man alles damit machen konnte. „Wat et net alles gett! Majusebetter!“

„Dat Marlene get noch en aal Juffer“, jammerte Tante Agnes, die selbst eine alte Jungfrau war und mir immer noch nicht verziehen hatte, dass ich meinen tollen Mann verlassen hatte.

„Nou losst et doch (nun lasst sie doch)“ verteidigte mich Mutter. Vater war skeptisch, zeigte sich aber durchaus interessiert an der Sache, die ich vorhatte. Und dann legte ich los.

Als erstes ließ ich mir von Joe Vorschläge machen, mit welchen Waren wir unsere Geschäftsbeziehung am besten beginnen könnten, dann nahm ich Kontakt auf mit den Firmen, mit denen ich in unserer alten Firma schon zu tun hatte. Ich möchte hier keine Tipps geben, wie man am besten eine Handelsfirma aufbaut und auch nicht darüber jammern, wie schwierig es war, mit all den Hürden einer Firmengründung, mit Antragsformularen, Zollbestimmungen, Transportkosten und sonstigen Schwierigkeiten fertig zu werden. Nur eines: Nach drei Monaten und ersten kleinen Umsätzen suchte ich mir eine Dreizimmerwohnung in Trier. Wohnzimmer, Schlafzimmer, Küche, Bad und ein Büroraum. Nein, zu Hause konnte ich es nicht aushalten. Wo Vater morgens um sechs schon durch das Haus polterte, Mutter spätestens um halb acht die Betten machen musste, Tante Franziska punkt zwölf Uhr mittags in mein Zimmer trampelte und sagte „Das Essen ist fertig“ und Tante Agnes jeden, aber auch jeden Tag darüber meckerte, was ich anhatte und überhaupt immer nur jammerte. Nein, mit sechsunddreißig noch im Elternhaus, das ging gar nicht.

Trier, die älteste Stadt Deutschlands, war zwar nicht gerade der Nabel der Welt und auch nicht zu vergleichen mit Köln oder Stuttgart. Aber es war eine große Stadt und nicht allzu weit von zu Hause entfernt. Es gab Ausgehmöglichkeiten, Kultur, Theater, Kaufhäuser und Restaurants. Und römische Denkmäler, einen Dom und herrliche alte Gebäude. Hätte ich die Stadt das erste Mal betreten oder als Touristin besucht, wäre ich vermutlich in Begeisterungsstürme ausgebrochen. Doch in einer Stadt, die man als Einkaufsstadt kennt und die einem sozusagen vor der Haustür liegt, sieht man gewöhnlich die Schönheiten gar nicht mehr. Für mich war Trier nahe liegend, ich kannte mich dort aus und es fiel mir leicht, dort zu wohnen und zu arbeiten.

Ein halbes Jahr später brachten mich mein Bruder Gerd und der Mann meiner Freundin Uschi auf eine geniale Idee, die meinem Geschäft einen enormen Aufschwung verschaffte. Die beiden lagen mir nämlich jedes Wochenende, das ich daheim verbrachte, in den Ohren, ihnen doch auch kostengünstig einen Computer zu besorgen. Wenn schon gleich zwei Leute aus meinem engsten Bekanntenkreis Bedarf anmeldeten, dann musste doch noch viel mehr Nachfrage vorhanden sein. Ich ging das Risiko ein, diese Geräte in großem Stil einzuführen. Heimcomputer waren groß im Kommen und eine große Sendung kostete weit weniger an Frachtkosten. Zur Finanzierung musste ich allerdings den Rest meiner Aktienerlöse investieren und zusätzlich einen Kredit aufnehmen. Dann aber wurde der Handel zu einem Selbstläufer. Die Sache sprach sich herum. Zur rechten Zeit die richtige Nase.

Was weniger gut lief in dieser Zeit in der Mitte der achtziger Jahre war die Sache mit den Maikäfern. Nicht nur in meinem Bauch waren sie so gut wie verschwunden, auch an den Bäumen waren in lauen Maienabenden kaum welche der netten Tierchen auszumachen.

Ab und zu trieb ich mich in Triers Diskos und Kneipen herum, lernte hier und da einmal mal einen netten Mann kennen, flirtete auch schon mal. Aber immer dann, wenn ich das Bild von

Werner ‚hochlud', zogen die wenigen verbliebenen Käferchen ganz schnell ihre Flügel ein. Keiner konnte mit ihm mithalten.

Mitte des Jahres 1985 – der siebzehnjährige Boris Becker hatte gerade das Wimbledon-Tennisturnier gewonnen und kurz danach war Heinrich Böll gestorben, dessen Bücher ich immer regelrecht verschlungen hatte – hielt mir Mutter einen Brief entgegen, als ich wieder einmal Sonntags zum Mittagessen zu Hause erschien. Zu Hause, ja es war immer noch mein Elternhaus. Das große Bauernhaus mit den Sandstein-Fensterrändern, dem angebauten Stall und der großen Scheune, die mittlerweile leer stand und den Nachbarn als Garage diente.

Absender des Briefes war Elfriede Blümle. Meine Ex-Schwiegermutter. Fünf Jahre hatte ich nichts von ihr gehört. Nicht dass ich sie vermisst hätte, oh nein. Von dieser Frau konnte nichts Gutes kommen. Dementsprechend hatte ich ein äußerst ungutes Gefühl, als ich den Brief öffnete.

Ich setzte mich an den Küchentisch, der bereits zum Mittagessen gedeckt war. Als ich den Brief gelesen hatte, verspürte ich auf einmal keinen Hunger mehr auf Tante Franziskas Kasseler mit Sauerkraut und Püree.

„Ich glaube, Du solltest wissen, dass Werner ein kranker Mann ist…" hatte sie geschrieben.

Schlaganfall. Nach dem ersten Schock – immerhin hatte ich ihn einmal sehr geliebt – wurde ich wütend.

Das hat er davon, dachte ich. Von diesem Zeug, das er sich eingeworfen hat, von all der Plackerei, von all seinem sportlichen Ehrgeiz. Und noch etwas machte mich wütend. Was bezweckte Elfriede damit, mich fünf Jahre nach unserer Trennung mit dieser Nachricht zu überschütten? Glaubte sie tatsächlich, ich würde zurückkommen und ihn – wie krank er auch immer war – betütteln, pflegen, jetzt noch einmal die treue Ehefrau spielen? Oh, dieser Brief brachte meine Gefühlswelt in Wallung wie lange nicht mehr. Das hatte nichts mit Maikäfern, mit Liebe, aber auch nicht mit Mitleid zu tun. Oder doch?

Wochenlang überlegte ich, ob ich auf den Brief antworten solle. Wochenlang erschien mir das Bild meines wundervollen, formvollendeten Athleten im Schlaf, das sich dann umwandelte in das eines dahinsiechenden bewegungslosen Kranken. Wieso auch immer, der Brief von Frau Blümle hatte es irgendwie geschafft, mir ein schlechtes Gewissen einzureden. Ich konnte an nichts anderes mehr denken. So konnte es nicht weitergehen.

Als ich beruflich in der Nähe von Stuttgart zu tun hatte, beschloss ich, mich der unangenehmen Begegnung mit meinem Ex-Ehemann zu stellen.

Die Wohnung von Frau Blümle war noch genauso wie früher. Kalt, steril, abweisend. Genau wie die Besitzerin. Im Wohnzimmer saß Werner im Rollstuhl. Ich hatte gewusst, dass es nicht einfach werden würde. Es war noch schlimmer. Nicht unbedingt Werners körperlicher Zustand. Es waren meine Gefühle, die mir zu schaffen machten. Der Rest Liebe und das Mitleid. Mit seiner linken Hand griff er nach einem Glas Wasser und mit seiner linken Hand bugsierte er seinen schlaffen rechten Arm auf seinen Oberschenkel. Die Jeanshose warf Falten. Werners muskulöse Oberschenkel hatten längst nicht mehr den Umfang früherer Zeiten.

„Er geht zur Kur" sagte Elfriede, „er lernt wieder gehen, nicht wahr, Werner?"

Werners Augen wirkten müde. Als seine Mutter den Raum verließ, sagte er:

„Es tut mir so leid, Marlene. Ich hoffe so sehr, dass du mir irgendwann verzeihen kannst."

„Mir tut es auch leid, Werner. Du weißt, woran es lag."

„Ich wusste nicht, dass Mutter… dich informiert hat. Ich hätte es ihr nicht erlaubt."

Ich war froh, dass ihm der Schlaganfall nicht die Sprache genommen hatte.

„Wie geht es in der Firma?" fragte ich, um irgendetwas zu sagen.

„Wie soll es gehen? Ohne dich?“ Er lächelte ein halbschiefes Lächeln. Trotzdem erkannte ich etwas von meinem alten Werner.

„Ist Dagmar noch da?“

„Ja, sie arbeitet viel.“

„Ich hab dich im Fernsehen gesehen, bei der WM“. Ich wusste nicht, ob ich ihn jemals wieder auf seinen Sport ansprechen sollte, doch irgendwie kam kein richtiges Gespräch in Gang.

„Erzähle mir, was du machst, wie es dir geht“, sagte er.

Ich war froh, ein Thema zu haben, als ich von meiner neuen Firma berichtete. Von Trier, von meiner Familie.

„Und... wie stoht's mit deinen Maikäferle?“

Oh, er erinnerte sich noch daran! Ja, in unseren heißen Liebesnächten hatte ich ihm davon erzählt. Hatte ihm seine Hand auf meinen Bauch gelegt und gesagt: „Fühlst du, wie es da drin krabbelt und surrt?“ Wir hatten darüber gelacht und immer dann, wenn unsere Liebesnächte besonders schön waren, hatte er mich gefragt: „Na? Wie viele sind es diesmal?“

Als es Zeit war zu gehen, wusste ich wieder nicht, was ich sagen sollte. Ich legte ihm meine Hand auf die Schulter und drückte seine linke Hand. Zum Glück sagte Elfriede nicht „schau doch noch mal rein“. Sie hatte uns die ganze Zeit allein gelassen und zwischendurch waren Gedanken in mir aufgekeimt, ob sie hier eine kleine Versöhnung inszenieren wollte. Hinterher war ich ihr dankbar, dass sie uns Gelegenheit gegeben hatte, miteinander alleine zu sein. Werner und ich hatten zwar kein Wort darüber verloren, warum unsere Ehe zerbrochen war. Von einer möglichen Wiederannäherung konnte aber auch keine Rede sein. Dennoch kehrte so etwas wie Frieden ein zwischen uns.

Ich war schon an der Wohnzimmertür, als Werner mir noch hinterher rief: „Ach Marlene – gut schaust du aus!“

Elfriede begleitete mich hinaus. In der Diele erschrak ich fast, als sie ihre Arme ausbreitete, mich umarmte und mich an sich drückte. Das hatte sie noch nie gemacht. „Schön, dass du da warst“

sagte sie und flüsterte dann „es hat ihm gut getan, er hatte so ein schlechtes Gewissen dir gegenüber."

Draußen vor der Tür holte ich tief Luft. Das war's also jetzt – endgültig. Es war, als sei mir eine Last von den Schultern genommen. Ich hatte ihm verziehen und war endlich das Gefühl los, selbst Schuld zu haben. Mit einem Mal fühlte ich mich frei.

Die innere Freiheit war es, die mich in der Zeit danach antrieb, wieder einmal intensiver nach Männern Ausschau zu halten. Klar, die Zeiten hatten sich verändert. Ich war nicht die einzige, die nach einer gescheiterten Beziehung wieder auf dem Markt war. Trotzdem. Es war schon ein riesiger Unterschied, als junger Mensch in der normalen Balzzeit nach einem passenden Pendant zu suchen oder mit Ende dreißig erst einmal die ganzen Jungspunde aussortieren zu müssen und an den Gesichtern zu erkennen, wer als Flirtpartner überhaupt in Frage käme. Das Angebot war nicht wirklich riesig.

In einem Café am Trierer Hauptmarkt, wo ich mir ab und zu nachmittags eine kleine Kaffeepause gönnte, hatte ich eine junge Frau kennen gelernt, mit der ich mich ins Trierer Nachtleben stürzte. Gudrun war drei Jahre jünger als ich, arbeitete als Buchhalterin in einer Großhandelsfirma und hatte genau wie ich ein paar massive Beziehungspleiten erlebt. Wir waren beide froh, nicht alleine auf die Piste gehen zu müssen. Die Auswahl an Lokalitäten war nicht allzu groß und die musikalische Bandbreite und Lautstärke der Musiktempel entsprach auch nicht unbedingt unseren nicht mehr ganz so jungen Ohren. Dessen ungeachtet takelten wir uns auf, als sei es unsere letzte Chance. Ganz im Stil der 80-er hatte ich meine Haare in Locken legen und mich dann von meinem Friseur zu einem asymmetrischen Schnitt überreden lassen. Oh je, wenn ich heute die alten Fotos anschaue, dann muss ich zugeben, ich sah aus wie ein Wischmob. Und dazu noch die fürchterlichen Klamotten, die wir trugen: Oberteile wie Säcke, halblange Röcke mit Schlitzen an der Seite. Schlabber! Damals aber fand ich es schön und modern. Und außer ein paar ersten Fältchen im Gesicht und er paar leichten Speckröllchen am Bauch, fand ich mich immer noch ziemlich hübsch. Im Zuge der Aerobicwelle, von Jane Fonda initiiert, hüpfte ich auch jede Woche mindestens einmal mit rosafarbenem Aerobicanzug und dazu passenden Waden wärmenden Stulpen in irgendeiner Turnhalle herum. Non-stop-Gymnastik mit Musik war neu und machte Spaß.

Gudrun und ich gingen also aus. Aufgetakelt, gestylt, geschminkt, auf jung gemacht. Wenn wir uns mit einem Cocktail in der einen und einer Zigarette in der anderen Hand einen Stehplatz mit guter Aussicht auf die Szene gesucht hatten, wippten wir zum Takt der Musik und versuchten, keine allzu gelangweilten Gesichter zu machen. Lächeln war angesagt. Es war nicht immer zum Lächeln, sich unter all den Teenies und Twens in der absoluten Minderheit zu befinden. Die entsprechenden Männer in unserem Alter befanden sich auch in der Minderheit. Mindestens die Hälfte davon konnte man unter ‚Schlussverkaufs-Exemplare' abhaken. Von den wenigen, die einigermaßen gut aussahen, entpuppte sich mindestens noch einmal die Hälfte als absolute Nieten in Umgangsformen und Unterhaltungspotential. Letzteres konnte man natürlich immer erst dann unter die Lupe nehmen, wenn die Musik gerade mal eine erträgliche Lautstärke hatte oder wenn man sich zu einem Date verabredete. Man konnte die Tatsache nun mal nicht verleugnen, dass Männer, die gut aussahen, nett, intelligent und humorvoll waren, durchweg schon vergeben waren.

Die Maikäferchen, sollten sie auch noch so klein sein, kamen bei mir absolut nicht mehr auf die Beine und ich hoffte in dieser Zeit, dass sie nicht für alle Zeit ausgerottet waren. Das Kieler

Forschungsinstitut der Biologischen Bundesanstalt hatte in den 70er Jahren – so hatte ich in einer Zeitung gelesen - bei einer Sammelaktion, trotz Auslobung von fünf Mark je Stück, nur ein halbes Dutzend Maikäfer zusammenbekommen. Biologen klagten, der Maikäfer-Mangel sei ein ‚Alarmzeichen der reglementierten Natur'. So ähnlich schien es bei mir auch zu sein. Tja, und mit Geld waren sie eben nicht zu kaufen.

Außerdem schien sich das Sprichwort mit dem Glück im Spiel und Pech in der Liebe bei mir zu bewahrheiten. Mein Spielglück mit meiner Handelsfirma lief an. Die Unterwäsche-Kollektionen einer Edelmarke in Amerika waren nicht unbedingt der Renner, aber meine importierten Computer brummten. Die Firma, in der Gudrun arbeitete, hatte einige bestellt und ihr Chef hatte sich entschlossen, die Geräte in großem Stil zu verkaufen und gleich einen Spezialisten einzustellen, der den Kunden den Umgang damit erklären konnte und auch für Reparaturen zuständig war. Das war die optimale Lösung. Ich verdiente an den Geräten etwas weniger, verkaufte aber mehr davon. Solche Großhändler suchte ich nun auch in anderen Städten. Immer dann, wenn ich ein gutes Geschäft gemacht hatte, legte ich einen Teil des Erlöses in Aktien an. Die Sache reizte mich wieder. Hätte ich nur noch mal meinen guten Bankberater von damals in der Nähe gehabt. Ach nee, Käferchen wären bei ihm immer noch keine aufgeflogen.

Ende 1985 erlebten anstatt Maikäfer, die ja sowieso nicht in die Jahreszeit passten, meine lieben Aktien dann einen Höhenflug. Die wenigen alten Siemens, die ich noch von Herrn Neumann hatte, waren um 150 % gestiegen, für meine AEG-Aktien bekam ich plötzlich das Achtfache. Viel mehr konnte man mit den Dingern nicht verdienen, also stieß ich die meisten wieder ab – mit einem satten Gewinn. Als ich meiner Familie einen Umschlag mit Bargeld zusteckte und erzählte, dass ich dafür überhaupt keinen Finger gerührt hatte, konnten sie es nicht glauben.

„Mach ja nicht mehr so einen Quatsch“ sagte Vater. Er hatte immer noch die Inflation 1923 und die Währungsreform 1948 im

Hinterkopf. Er, der Landwirt, wusste, was ein Pfund Butter, ein Sack Weizen, ein Keller voll Kartoffeln wert waren. Aber Begriffe wie Börse oder Dow Jones sagten ihm so viel wie einem Zulu die Kälte am Nordpol. Zugegeben, wie das Ganze funktionierte an der Börse, wieso Kurse durch politische Ereignisse nach oben schnellten und all die anderen Umstände der Finanzwirtschaft blieben auch mir verborgen. So ganz begreife ich es heute noch nicht.

Damals aber konnte ich mir erstmalig nach Gründung meiner Firma mit gutem Gewissen einen Urlaub gönnen. Mit Gudrun, meinem vollgestopften Kleinwagen, einem neuen Skianzug und voller Vorfreude fuhr ich im Januar zum Skifahren nach Garmisch. Noch nie im Leben hatte ich auf solchen Brettern gestanden, die Gudrun schon seit ihrer Kindheit kannte. Was macht man am besten, um sich nicht gleich bei der ersten Abfahrt die Haxen zu brechen? Man sucht sich einen Skikurs.

Oh, was habe ich geschwitzt am ersten Tag. Glücklicherweise war meine Kondition auf Grund meiner Aerobicstunden recht gut, mussten wir doch mit den schweren Skischuhen und den Skiern jedes Mal das Stückchen Berg wieder seitlich hinaufklettern, wenn wir in der Schneepflugtechnik sanft nach unten geglitten waren. Zu der Kunst, sein Gleichgewicht beim Gleiten bergab zu halten, lernte ich an diesem Tag auch, wie man am besten hinfällt. So einige Male machte mein Hinterteil Bekanntschaft mit dem Schnee.

Abends machte ich auch eine Bekanntschaft. Gleich bei unserem ersten Aprés-Ski in einer Art Tanzlokal lächelte mich ein dunkelhaariger Mann an, der mit einer Clique Männer unserem Tisch gegenüber saß. Kurze Zeit später standen zwei ‚Willis' vor unserer Nase. Nein, nicht Willi, mein Jugendfreund im Doppelpack. Williams-Christ-Schnaps, von ihm spendiert, dem Unbekannten. Schmeckte einfach super nach so einem kalten Tag. Er prostete uns zu und es dauert nicht lange, da kam er auf mich zu und bat mich zu einem Tanz.

„I wär am liabsten mit dia ganz aloa“ etwa so sang Nicki. So etwas Ähnliches flüsterte der große Dunkelhaarige mir später an diesem Abend dann auch ins Ohr. Nach vier Willis und zwei Glas Bier hörte ich diese Worte gern. Sechs winzige Käferbeinchen machten sich auf. Oder war es der Alkohol, der anfing, meine Sinne zu benebeln?

Er küsste wundervoll und ich war gerade noch vernünftig genug, nicht gleich am ersten Abend sein Hotelzimmer zu besichtigen. Schließlich lauerten meine Sexualhormone auf eine Gelegenheit, endlich noch einmal aktiviert zu werden.

Am nächsten Tag sah ich ihn in einem auffällig blauen Skianorak einer Nobelmarke, todschicker Sonnenbrille und mit an der Brust baumelndem Skipass am Lift stehen. Ich drehte mich rasch um, damit er mich nicht erkannte dort am Idiotenhügel, auf der Anfängerpiste, auf der wir erst einmal das Gefühl für die Bretter an den Füßen bekamen. Wäre mir ganz schön peinlich gewesen, wenn er mir zugeschaut hätte, wie ich mich auf meinen Allerwertesten setze.

Abends aber waren Gudrun und ich wieder in demselben Lokal, wo es bereits vor 17.oo Uhr – gleich nachdem die Dunkelheit eingebrochen war und die Skifahrer genug frische Bergluft geschnuppert hatten – hoch her ging. So etwas hatte ich noch nie erlebt. Eigentlich war es rational nicht nachzuvollziehen. Da trafen sich ganz unterschiedliche Leute aus ganz Deutschland, die den ganzen Tag sportlich unterwegs gewesen waren, tranken in der Kneipe ihre Bierchen und Schnäpse, hörten die ländliche Musik der bayrischen Band und schon sprudelte die Stimmung höher und höher. Es wurde sich zugeprostet, geschunkelt, mitgegrölt, getanzt. Eine halbe Stunde nach Beginn standen die Leute bereits auf den Bänken. „Auf geats“! Diese bayrischen Jungs in Lederhosen verstanden es prächtig, Stimmung zu machen.

‚Er' war auch wieder da. Die Clique um ihn herum schien ein munterer Haufen zu sein. Schnell fanden Gudrun und ich einen Platz in ihrer Mitte. Wir feierten mit. Schunkelten, tanzten, flirteten.

Lange war ich nicht mehr so unbeschwert gewesen. Ich fühlte mich wie damals mit siebzehn und immer mehr der Krabbeltiere wagten es, ihre Fühler auszustrecken.

Norberts rehbraune Augen schienen sich mit meinen nicht minder braunen geradezu zu verbinden. Er hatte so ein Lächeln in den Augen. Nicht nur dann, wenn seine vollen Lippen unter dem Schnurrbart eine Reihe blitzblanker Zähne offenbarten, auch dann wenn sein Mund geschlossen war. Eine unbeschwerte Heiterkeit ging von ihm aus, die mir gut tat.

Auch Gudrun hatte an diesem Abend einen Mann gefunden, der ihr Avancen machte, und so musste ich kein schlechtes Gewissen ihr gegenüber haben, als mich Norbert für den nächsten Abend zum Essen einlud. Erstmals saßen wir uns dann gegenüber ohne bayrische Jodelmusik, ohne Stimmung und Gaudi. Ich war sehr gespannt, ob die ersten zarten Melontha vulgaris nicht gleich fluchtartig meinen Körper verlassen würden, wenn der gute Norbert sich als Prolet, aufschneiderischer Ruhrpöttler oder sturer Westfale entpuppen würde. Nein, sie taten es nicht. Er tat es auch nicht. Obwohl er tatsächlich aus dem Ruhrpott kam.

Er wusste zwar nicht genau, wo Trier lag (irgendwo da unten in der Pfalz) Oh oh, wenn das die Trierer gehört hätten! Aber ansonsten verstand er es ganz toll, Konversation zu machen.

„Bist du das erste Mal hier? Ich habe dich hier noch nie gesehen?“

„Konntest du auch nicht, ich bin tatsächlich das erste Mal hier. Was seid ihr eigentlich für eine Clique?“

„Wir sind ein Kegelclub. Alles Leute aus Mettmann und Umgebung. Wir fahren abwechselnd entweder fünf Tage zum Skifahren oder fünf Tage nach Mallorca.“

„Aha“.

Kegelclubs genossen nicht gerade den besten Ruf. Wie man hörte, trafen sich bei solchen Ausflügen Männlein und Weiblein in bekannten Feier-Hotels und an Mallorcas Saufmeile und dann ging die Post ab. Uschi hatte mir einmal davon erzählt, die auch jedes Jahr einmal mit ihrem Frauen-Kegelclub unterwegs war.

„Und jedes Mal suchst du dir dann eine weibliche Urlaubsbekanntschaft?“ fragte ich leicht stichelnd.

„Was denkst du von mir?“ antwortete er, zog meine Hand zu sich heran, drückte sie zart und umspielte sie mit seinen Fingern. Dann sah er mir wieder tief in die Augen. Konnten solche Augen lügen?

An diesem Abend landete ich in seinem Hotelzimmer, das er eigentlich mit einem seiner Freunde teilte, der jedoch auf wunderliche Weise anscheinend nicht allzu früh seine Liegestatt benutzen wollte. Ich fragte nicht. Mein Bedürfnis nach dem erregenden Gefühl der Kribbelei in meinem Bauch und auch sonst wo schaltete meine Gehirntätigkeit einfach aus. Ich ließ mich von Norbert verwöhnen nach Strich und Faden. Oder besser nach allen Regeln der Verführkunst. Nicht einmal das Bild von Werner tauchte auf.

Als ich gegen Mitternacht durch die klirrende Kälte zurück in mein Hotel stapfte, das nur wenige Schritte von seinem entfernt war (er hatte mir angeboten, mich zu begleiten, nur um das zu erwähnen) bewegten sich die Tierchen zwar immer noch, aber in meinem Kopf zeigte sich immerhin so viel Klarheit, dass ich mir dachte: Marlene, sieh dich vor, das hier ist nur ein Urlaubsflirt. Zu Hause solltest du ihn schnell wieder vergessen.

Ich versuchte es, schaffte es aber nicht. Auf seiner Visitenkarte, die er mir beim Abschied zusteckte, stand:

Selbständiger Versicherungsvertreter, Mettmann, Telefon und Fax. Eine Woche nach unserer Rückkehr aus dem wunderschönen Urlaub, an dessen letztem Tag ich zusammen mit Gudrun sogar schon eine rote Piste hinunterfuhr und mich nur zweimal in den Schnee legte, drehte ich die Visitenkarte in meiner Hand hin und her. Nein, ich würde ihn nicht anrufen. Oder doch?

Er rief an.

„Marlene! Wie schön, deine Stimme zu hören!“

Seine Stimme war wundervoll. Tief, sonor, erotisch. Ich verriet ihm nicht, wie glücklich ich war, sie hören.

„Norbert! Mit dir hätte ich jetzt nicht gerechnet."

„Glaubst du, Dich könnte man so schnell vergessen?"

„Hmm" ich fühlte mich geschmeichelt.

„Oh, Marlenchen, ich würde so gerne noch mal deine weiche Haut fühlen. Deinen Mund küssen…."

Die Maikäfer stoben auf, als wäre eine dicke Amsel im Anflug auf den Zweig am Apfelbaum, an dem sie sich gerade satt fraßen. Ich fühlte seine zärtlichen Finger meinen Rücken hinauf und hinunter streicheln. Ich spürte das Kitzeln seines Schnurrbartes in meinem Gesicht.

Es war still in der Leitung, aber es knisterte.

„Du, was machst du denn nächsten Freitag?" fragte er „ich habe einen Termin in Euskirchen, das ist doch gar nicht so weit von Trier".

Er hatte also mal in den Atlas geschaut. Trier, Pfalz! Na so was! Geografie war mein Lieblingsfach in der Schule gewesen. Ich wusste immer, welche Städte an welchen Flüssen lagen, wie die deutschen Mittelgebirge hießen, und ich hatte nie ein Problem gehabt, bei dem Spiel „Stadt-Land-Fluss" für jeden Buchstaben entsprechende Antworten zu finden. Nicht genau zu wissen, wo die älteste Stadt Deutschlands lag, konnte ich ihm nicht ganz verzeihen, obwohl ich in Stuttgart schon Leute kennen gelernt hatte, die überhaupt nicht wussten, wo Trier lag.

Zu seiner Frage: ich war meine eigene Chefin, also konnte ich meine Termine legen, wie ich wollte. Natürlich hatte ich Zeit am Freitag!

„Emm, warte mal, ich schau mal in meinen Terminkalender", es sollte doch nicht so aussehen, als hätte ich nur auf ihn gewartet. „Emm, wann könntest du denn?" fragte ich. „Und wo?"

„Wäre wohl am besten, wenn ich zu Dir käme. Oder sollen wir uns irgendwo in Trier treffen?"

Klar hatte ich mir schon vorgestellt, erhofft, ersehnt, dass Norbert meine Wohnung betritt, mich stürmisch umarmt, über mich herfällt…., aber wäre es nicht klüger gewesen, ihn erst einmal auf Abstand zu halten? Ach je, war ich so aus der Übung, dass ich mir wieder einmal vorkam wie ein Teenager, der überhaupt nicht weiß, wie weit man den Kerl ranlassen darf.

Es wurde wundervoll. Norbert kam im Anzug, mit Schlips, schicken Schuhen, gestylt – er war ein Mann wie aus dem Katalog. Nachdem er einen ganzen Schwarm Maikäfer hochgescheucht und auch ohne Schlips und Kragen und sonstigen Klamotten eine gute Figur gemacht hatte, lagen wir auf meinem breiten Bett, stießen mit einem Glas Sekt an und redeten.

Was wollte ich mehr von einem Mann erwarten? Er war schön, erotisch, sehr einfühlsam. Man konnte sich gut mit ihm unterhalten. Unterhalten? Ja, er stellte mir Fragen, interessierte sich für alles. Über sich selbst redete er nicht allzu viel. Alles ganz normal. Aufgewachsen als Sohn eines Bergarbeiters in Duisburg, mittlere Reife, Lehre als Bürokaufmann, Versicherung. Mittlerweile selbständig. Der BMW, den er fuhr und die Klamotten, die er trug, signalisierten ein solides Einkommen.

„Und Freundin?“ fragte ich. „So ein Mann wie du ist doch nicht lange alleine?“

„Und du?“ fragte er zurück „So eine Frau wie du ist doch auch nicht lange alleine, oder?“

„Doch“. Ich erzählte von meiner Ehe, von meiner Zeit in Amerika und dass ich gerade dabei war, mir selbst etwas aufzubauen.

„Du bist eine ganz tolle Frau! Ich verstehe nicht, wieso ein Mann so eine tolle Frau gehen lässt. Aber wie gut, sonst hätte ich dich ja nicht kennen gelernt.“

Seine Komplimente gingen mir runter wie Öl. Ich saugte sie geradezu in mich hinein. Selbst wenn ich mir sagte: alles nur schöne Worte. Gut taten sie trotzdem.

Als er samstags vormittags nach einer Nacht ohne allzu viel Schlaf in seinen Anzug schlüpfte, war ich enttäuscht. „Du willst schon fahren? Ich dachte, du bleibst übers Wochenende."

„Liebling (oh, oh, so eine Anrede, bei der sich Männer nie verplappern können), ein Freund von mir feiert heute Abend seinen Geburtstag. Da muss ich unbedingt hin. Weißt du, der mit den blonden Haaren und dem Bart, der mit in Garmisch war."

Aha. Schade. An solche Nächte hätte ich mich gewöhnen können.

„Ich ruf' dich an."

Er rief an, er schrieb mir Briefe und er schickte mir Faxe. Wir trafen uns in Köln, wo ich meinerseits einen Termin hatte, übernachteten in einem Hotel und gingen zusammen am Rhein spazieren. Er besuchte mich. Mal klingelte es mitten in der Woche an meiner Tür und er stand da mit Rosen, mal kam er samstags oder erst sonntags abends. Aber nie blieb er über ein ganzes Wochenende. Natürlich kam mir das merkwürdig vor. Hätte ich damals schon das Internet gekannt, hätte ich recherchieren können. Doch vor der Internet-Ära war das schwierig. Aber vielleicht wollte ich es auch gar nicht. Vielleicht wollte ich es einfach genießen, dieses Kribbeln…

Wurden Frauen denn in Liebesdingen nie klug? Vertrieben diese Krabbeltiere sämtliche Vernunft? Bisher hatte ich immer gedacht, dass nur Männern das Gehirn eine Etage tiefer rutscht, wenn die Hormone verrückt spielen.

Als im April 1986 die Katastrophe von Tschernobyl über Europa hereinbrach, brach für mich auch mal wieder eine kleine Welt zusammen. Klar, dass ich mir selbst die Schuld daran gab, so naiv gewesen zu sein. Als ich meine Briefe im Hauptpostamt am Kornmarkt einwerfen wollte, aber nicht genügend Briefmarken hatte, sah ich durch Zufall die Reihe dicker Telefonbücher aus ganz Deutschland. Ich hatte von Norbert nur die Firmennummer, blätterte und fand neben Norbert K., Versicherungsvertretung, den gleichen Norbert K. noch einmal mit einer Privatadresse. Auf meinen Anruf dort meldete sich eine piepsige Kinderstimme. „Entschuldigung“ sagte ich, ich wollte eigentlich die Versicherungsagentur K. „Da sind sie richtig. Das ist mein Papa, aber der ist nicht zu Hause.“

Peng! Er hatte mich nicht belogen. Er hatte mir nur etwas verschwiegen. Norbert war verheiratet und hatte zwei Kinder. Herrje, und ich hatte mir fast eingebildet, vielleicht doch noch Mutter werden zu können, kurz bevor meine biologische Uhr ablief. Wieder einmal plumpste ich von Wolke sieben hart auf den Boden der Tatsachen.

Dass es viele Männer mit der ehelichen Treue nicht so ganz ernst nahmen, war mir nicht neu. Unter Geschäftspartnern, in Diskos, auf Partys, überall lauerten sie, die verheirateten Männer, die flüchtige Flirts oder auch mehr suchten. In dem Kreis Junger Unternehmer, an dessen Veranstaltungen ich als Mitglied hier und da teilnahm, hätte ich locker jedes Mal irgendeinem der männlichen Unternehmer zu einem Seitensprung verhelfen können. Wenn ich dann gewollt hätte. Die wenigen weibliche Unternehmerinnen, besonders die attraktiv aussehenden, waren begehrte Flirtobjekte. Selbst ehrwürdige Klostermauern hielten die männlichen Unternehmer nicht davon ab, nach Vorträgen und Seminaren auf Teufel komm raus zu flirten. Hätte es damals schon das Lied von der Ärzten gegeben, dann hätte ich öfter als einmal singen können: „Männer sind Schweine“.

Im Jahr 1987, in dem Gorbatschow Ausdrücke wie „Glasnost“ und „Perestroika“ und gleichzeitig etwas mehr Freiheit unters Volk brachte, gab es in der Natur nach langen Jahren, in denen man ihre Ausrottung fürchten musste, wieder einmal eine regelrechte

Invasion von Maikäfern. Trotz all meiner Erfahrungen hatte ich damals die Hoffnung, dass ein wenig von der Invasion sich auch noch einmal bei mir breit machen würde. Aber nichts tat sich. Bis ich meine Lieblingstiere noch einmal ansatzweise verspürte, dauerte es Jahre. Kann sein, dass ich auf die Nachkommen der verfressenen Biester warten musste. Denn aus den Eiern der Maikäfer-Weibchen, abgelegt im Waldboden, schlüpfen die Engerlinge, die sich drei bis fünf Jahre lang von Baumwurzeln nähren - erst von den feinen Wurzelfasern, dann von den dicken Strängen, mit denen die Bäume im Boden verankert sind. Die Larven vergrößern sich sechzig bis hundertfach, dann verpuppen sich die Engerlinge. Nach einigen Wochen schlüpfen die Maikäfer - kritze, kratze - aus der Hülle und wenn es oben wärmer wird, im April oder Mai, schwärmen die Brummer aus.

Ich wartete darauf, arbeitete, verdiente Geld und leistete mir ein neues Auto, zwei neue Büroräume und eine Mitarbeiterin. Gudrun kündigte bei ihrer Firma und stieg bei mir ein. Wir waren eine reine Frauentruppe und hatten vor, den überwiegend männlichen Chefs und männlichen Computerfreaks zu zeigen, dass auch Frauen etwas drauf haben.

Die Hoffnung, dass die Engerlinge endlich kritze-kratze aus den Hüllen kämen und noch einmal solche herrlichen Gefühle in mir auslösen würden, zerfiel. Genau so wie die Sowjetunion und das ganze kommunistische Osteuropa zerfielen und der Westen plötzlich ohne militärisches Feindbild dastand. Als 1989 auch noch die Mauer fiel, fielen nicht nur jede Menge Ossis hier ein, sämtliche Deutsche fielen auch fast aus allen Wolken. Denn auch wenn man das Wort „Wiedervereinigung" immer wieder aus dem Munde der Politiker gehört hatte, wirklich damit gerechnet hatte wohl niemand damit. Ich gebe zu, auch ich, die ich genau wusste, wo Palma, San Antonio, Benidorm, Sylt oder gar Miami lagen, hatte damals keine Ahnung, wo ich die Städte Dresden, Meißen oder Schwerin auf der Landkarte suchen sollte. Dieser Teil unseres Vaterlandes war uns verborgen geblieben. Und plötzlich gehörte es wieder dazu.

Gudrun kam auf die Idee, in den neuen Bundesländern im Osten eine Niederlassung unserer Firma zu gründen. Schließlich brauchten die Leute dort auch günstige Computer. Die Idee war gut, aber eine von uns musste dort vor Ort sein, bis sich das ganze eingependelt hatte. Und man pendelte wirklich ganz schön lange über die maroden Straßen. Die Häuser in den Städten schauten aus wie Vor-Kriegs-Objekte. In kürzester Zeit wollten die Leute dort alles haben, was sie an Konsumgütern so lange vermisst hatten und in kürzester Zeit witterten jede Menge geschäftstüchtiger Wessis dort das große Geschäft. Es war mir schon fast peinlich, auch zu dieser Sorte Geschäftemachern zu gehören, doch sagte auch ich mir: Sie kaufen. Wenn nicht bei mir, dann bei anderen. Die vielen Autoverkäufer sagten sich das auch.

Für unsere Filiale in Leipzig fanden wir über Verwandte von Gudrun einen Mitarbeiter. Ein netter Mann, clever, wortgewandt, geschieden. In der Zeit, in der ich ihn in Leipzig einarbeitete, ging ich ein paar Mal mit ihm aus. Er zeigte mir seine Stadt. Die Nikolai-Kirche, in der Menschen die Friedensgebete abgehalten hatten, die Straßen, auf denen sie immer wieder gerufen hatten „Wir sind das Volk“. Das Völkerschlachtdenkmal, die vielen schönen alten Gebäude. Wir wandelten auf Goethes Spuren im Auerbachs Keller und unser Neuer tat alles dafür, in meinem Bauch ein paar Maikäferchen flugfähig zu machen, was allerdings (und da konnte er nun wirklich nichts dafür) sein allzu sächsischer Dialekt verhinderte. Ich wehrte mich dagegen, das Sächsische unsympathisch zu finden, konnte ich doch unser moselfränkisches Platt auch nicht gerade als schönste aller Sprachen bezeichnen. Allerdings musste ich – war es auch noch so subjektiv – mich in meiner Meinung der Mehrheit der Deutschen anpassen. Dieser Dialekt störte mich.

Damit die Menschheit das Wort Frieden nicht allzu sehr als Normalzustand betrachtete, marschierte Anfang der 90-er ein gewisser Sadam Hussein aus dem Irak in Kuwait ein. Die USA sah

Handlungsbedarf, eroberte das Öl-wertvolle Land zurück, konnte aber nicht verhindern, dass ganze Ölfelder monatelang brannten und sich die Ölpreise erheblich nach oben bewegten. Unsere Computerpreise bewegten sich leicht nach unten. Und deshalb bewegten sich wiederum die Verkaufszahlen leicht nach oben.

Gudrun, meine neue Mitarbeiterin und mittlerweile liebe Freundin und ich versüßten unser hartes Arbeitsleben mit schönen Reisen. Was brauchten wir Männer? Mein Vater meinte „Was hast du nur von solchen Reisen? Das ist doch weggeworfenes Geld."

Nein, das fand ich gar nicht. Ob an den Stränden Mallorcas, auf Kultursuche in Florenz oder beim Skifahren in St. Moritz, überall schnupperten wir den Duft der großen weiten Welt.

Als ein neuer Fernsehsender eine Ratesendung ausstrahlte, in der man tolle Reisen gewinnen konnte, schickte Gudrun eine Bewerbung hin. Wir beide wurden zum ‚Casting' eingeladen, wir wurden getestet. Fernsehtauglich sollten wir sein. Nicht allein das Wissen über das jeweilige Reiseziel war ausschlaggebend, auch Unterhaltungswert sollten die Kandidaten haben. Telegen sollte man sein, nicht wie ein Klotz auf dem Stuhl sitzen und lieber irgendeinen Blödsinn von sich geben als gar nichts sagen. Fast so wie beim mündlichen Abi.

Gudrun und ich hatten anscheinend genug Unterhaltungswert. Dass wir beide später tatsächlich eine Reise nach Norwegen gewannen, sei nur nebenbei erwähnt. Viel erwähnenswerter waren die Engerlinge, die endlich aus ihren Hüllen heraus gekrochen waren und jetzt zu Recht den Namen Maikäfer tragen durften.

Warum? Wegen eines rothaarigen Mannes namens Peter, der ebenfalls darauf aus gewesen war, eine Reise zu gewinnen. Er gewann nicht die Reise, aber er gewann mein Herz und die nächste Urlaubsreise machte er mit mir zusammen. Peter erinnerte mich an Günter. Den mit den Grübchen, der die kleinen Maikäferchen zum ersten Mal in mir hatte krabbeln lassen. Wegen der roten Haare und wegen der Grübchen. Peter konnte herrlich lächeln.

Zugegeben, seinen Bauch konnte man nicht gerade mit einem Waschbrett vergleichen. Aber was will man schon als Ü40 verlangen?

Tja, das Alter. Im Grunde hatte ich gar keine Zeit, um mir allzu viel Gedanken darüber zu machen. Ja, ich entdeckte immer mehr Fältchen im Gesicht und tat gut daran, die ersten grauen Haare mit Tönungen zu übertünchen. Die leichten Wellen an den Oberschenkeln hatten sogar einen Namen: Cellulite. In allen Frauenmagazinen konnte man drüber lesen. Aber erst ein Ausspruch einer Mitarbeiterin beim Optiker, bei dem ich meine erste Lesebrille aussuchte, machte mich echt betroffen. „Das ist normal in ihrem Alter". Oh mein Gott, in meinem Alter! Ich fühlte mich plötzlich so, als dürfte ich zum ersten Mal zum Seniorentreff.

Zurück zu Peter. Genauso, wie ich lernen musste, mit meinen ersten altersbedingten Unzulänglichkeiten umzugehen, musste ich mich von der Vorstellung verabschieden, irgendwann noch einmal einem Mann mit einem Körperbau wie Werner über den Weg zu laufen. Auch Männer verloren mit zunehmendem Alter an Attraktivität. Abgesehen davon, dass der überwiegende Teil der in Frage kommenden männlichen Altersschicht sowieso verheiratet war und der Markt für unsereins nicht gerade die größte Auswahl bot, gab es unter den wenigen in Frage kommenden männlichen Pendants bereits so einige mit Glatzen, dicken Bäuchen oder Fußpilz (letzteres entdeckte man leider erst dann, wenn es schon fast zu spät war.) Oder sie hatten Laster, waren übermäßig trinkfreudig, gefräßig, geizig, verschwenderisch, unzuverlässig oder waren gar Fußballfans. Ein Übel, das ganze Samstagnachmittage vor dem Fernseher und womöglich auch noch sonntägliche Besuche auf Sportplätzen mit sich brachte. Nein danke.

Peter besaß keines dieser Laster. Er hatte sogar ziemlich viele wirklich gute Eigenschaften.

Er war liebevoll, fürsorglich und charakterfest. Er hatte angenehme Umgangsformen und er war und ein guter Zuhörer und Ratgeber. Während ich mit Mitte vierzig immer noch nicht gelernt hatte, meine Gedanken erst zu Ende zu denken, bevor aus meinem Mund die Worte herausprasselten, war er genau das Gegenteil. Er sprach nur das aus, was bereits die Runde durch seine Gehirnwindungen hinter sich hatte. Von ihm konnte ich noch viel lernen.

Die Anzahl der Brummtiere in meinem Körper hielt sich in Grenzen. Sie waren auch nicht mehr ganz so aufgeregt, krabbelten langsamer. Aber sie waren da. Und er war da.

Pünktlich, zuverlässig. Er war keiner, der großartige Komplimente machte und keiner, der in der Gesellschaft alle Blicke auf sich zog. Es kam sogar vor, dass er einen ganzen Abend lang so gut wie gar nichts von sich gab, wenn andere Gäste die Unterhaltung bestritten. Dann fragte ich ihn später: „Wieso hast du denn gar nichts gesagt?"

„Was soll ich denn sagen? Die anderen haben ja genug gesprochen!" antwortete er dann.

Ich kam zu der Erkenntnis, dass ich mittlerweile in punkto Männer ganz andere Kriterien beachtete. Klar war Sex noch wichtig. Hatte aber nicht mehr den Stellenwert, den er früher gehabt hatte. Mit Peter machte es Spaß. Trotzdem flogen die Tierchen nicht mehr so hoch und ich selbst auch eher nur auf Wolke vier bis fünf. Er lenkte mein Leben in ruhigere Bahnen, zeigte mir viele Schönheiten der Natur, die ich zuvor gar nicht beachtet hatte und er gab mir Sicherheit.

Peter kam aus dem Hunsrück. Ein Menschenschlag ähnlich dem aus der Eifel. Mit einer ähnlichen Mundart, ähnlichen Charaktereigenschaften und ähnlich schlechten Bedingungen, gute Ausbildungen und gute Arbeitsplätze zu finden. Peter hatte, nachdem er in seinem erlernten Beruf als Automechaniker keine Aufstiegschancen gesehen hatte, eine Ausbildung zum Fahrlehrer gemacht und sich eine eigene Fahrschule aufgebaut. Saß er neben mir in meinem recht schnellen Auto (oh ja, mittlerweile konnte ich mir ein Angeberauto leisten, wie Gerd es bezeichnete), hatte ich immer das Gefühl, er beobachte jeden meiner Handgriffe und

Fußbewegungen. Doch nie meckerte er herum, wenn ich mal zu schnell war oder an einer Rechts-vor-links-Kreuzung ohne nach rechts zu schauen geradeaus fuhr. Nur manchmal äußerte er dann hinterher, wenn wir auf der Couch zusammen kuschelten, Worte wie:

„Beinahe hättest du die Leitplanke mitgenommen, waren höchstens noch 2 cm Platz…"

Mit ihm diskutierte ich die kriegerischen Konflikte im ehemaligen Jugoslawien und sah mit Erschrecken die Fernsehbilder der zerstörten Städte, durch die ich mit Gudrun zusammen schon gestreift war. Mit Peter konnte ich Begriffe wie Stasi-Akten und Amigo-Affaire erörtern, die in diesen Jahren hochaktuell waren. Mit ihm zusammen hörte ich die neuesten Hits von Herbert Grönemeyer, Phil Collins und Meat Loaf. Nicht mehr auf Schallplatten, sondern auf CDs in meinem nagelneuen CD-Player. Diese Geräte waren weitere gut gehende Artikel, mit denen ich handelte. Man wurde flexibel in diesen Tagen, wo fast monatlich irgendwo technische Neuerungen auftauchten. Dass mir allerdings die Handhabung all dieser neuen Geräte zunehmend schwer fiel, kann ich nicht verleugnen.

Noch lief mein Geschäft wie am Schnürchen. Peters Fahrschule sowieso. Fahren lernen mussten alle irgendwann einmal. Wir hatten beide unsere Wohnungen, unsere Autos, unsere Freunde. Mal trafen wir uns bei ihm, mal bei mir, mal gingen wir mit Freunden aus, mal nur wir beide.

Erst nach einem knappen Jahr unserer Beziehung nahm ich Peter mit nach Hause in die Eifel. Ich hatte ein schlechtes Gewissen, weil ich meine Familie sträflich vernachlässigt hatte und nur noch selten sonntags nachmittags zum Essen oder Kaffeetrinken dort erschienen war.

Als ich mit Peter vor der Haustür stand und die neue Klingel betätigte, bemerkte ich einen Zettel, der mit Tesafilm am Türrand befestigt war. „Bleib ja draußen, du Teufel" entzifferte ich die kritzeligen Handschrift. Hhhee? Was sollte das denn?

Mutter öffnete. „Ihr meint ja wohl hoffentlich nicht mich?" sagte ich lachend und stellte die Vermutung an, dass irgendwelche Nachbarkinder hier einen Streich gespielt hatten.

Mutter schüttelte den Kopf. „Oh, nicht schon wieder", begrüßte uns erst einmal und erklärte uns dann im Flüsterton, dass Tante Agnes neuerdings ein wenig spinne. „Seit sie die Sendung XY im Fernsehen gesehen hat, hat sie dauernd Angst vor Einbrechern und hängt überall Zettel hin." „Aber kommt doch erst mal rein", sagte sie dann laut.

Peter, mit dem ich mich sonst in Hochdeutsch unterhielt, sprach mit meinen Eltern und den mittlerweile uralt gewordenen Tanten moselfränkisches Platt. Und schon hatte er gewonnen.

„Halt' dir den fest. Dat scheint ja mal en ordentlicher Kerl zu sein", sagte Tante Franziska. Sie hatte sozusagen den Kochlöffel abgegeben, seit sich Mutter einen neuen Herd angeschafft hatte und Tante Franziska mit der neumodischen Technik nicht mehr zurechtkam. Dass sie sich nun unnütz vorkam und außer Kartoffel schälen und Gemüse putzen nicht mehr viel arbeiten konnte, machte ihr schwer zu schaffen.

Tante Agnes, deren Körperfülle enorm abgenommen hatte, die aber immer noch jede Menge Strümpfe strickte, bot Peter gleich an, auch ihm welche zu stricken.

„Wat habt Ihr denn für en Schuhgröß?" fragte sie ihn.

„Ach lass mal, Tante Agnes", sagte ich, weil ich dachte, es sei Peter peinlich. Er aber wusste, dass man einen Menschen mit nichts glücklicher machen kann, als ihn für sein Können – was auch immer es ist – zu loben.

„Oh, daan wär eych äwer fruh" (dann würde ich mich aber freuen) sagte er und nannte seine Schuhgröße. Und er lobte die akkurate Strickweise der alten Dame.

Mutter hatte ihren besten Apfelkuchen gebacken. Vermutlich hoffte auch sie, dass ihr Marlenchen endlich doch noch einen ordentlichen Mann abbekam.

Auf dem Klodeckel fand ich einen weiteren Zettel. „Du gehst hier nicht aufs Klo" stand drauf. Ich musste laut lachen.

Später zupfte mich Tante Agnes am Ärmel: „Hast du den Einbrecher reingelassen? Schick ihn weg, der beklaut uns!" Ach herrje, Mutter tat mir mal wieder richtig leid. Und was musste Peter denken von dieser verrückten Familie?

Wir besuchten mein Patenkind Yvonne, mittlerweile schon fast so groß wie ich. Da ich meinen innigen Kinderwunsch schon abgeschrieben hatte (vielleicht nicht so ganz), konzentrierte ich meine vorhandene mütterliche Fürsorge und Liebe ganz auf dieses Kind. Yvonne dankte es mir damit, dass sie mir sehr viel Liebe und Aufmerksamkeit entgegen brachte und jedes Mal in Jubelstürme ausbrach, wenn ich kam. Ich hoffte, dass es nicht nur wegen der Mitbringsel war und musste sehr darauf achten, dass ich auch die älteren Geschwister nicht vergaß und dass Hedwig, die Mutter, nicht eifersüchtig wurde, wenn mich ihre Kinder umringten und nur noch mit mir Computerspiele machen wollten. Mit Peter gingen sie erst einmal vorsichtig um, merkten aber schnell, dass er noch weit mehr Geduld aufbrachte, auf ihre Wünsche einzugehen.

Ja, Peter war ein Tausendsassa. Weil er nicht mehr redete als notwendig, wirkte er immer bescheiden. Er drängte sich nie in den Vordergrund, verstand es aber trotzdem, auch mit Menschen ein Gesprächsthema zu finden, die nicht sonderlich gebildet oder welterfahren waren.

Uschis Mann zum Beispiel war ein guter Handwerker und führte seine Schreinerei mit einigen Gesellen und Lehrlingen vorbildlich. Ich selbst konnte mit ihm immer noch nicht viel anfangen, weil er außer seiner Schreinerei, der nächsten Kneipe und seinem Lieblings-Fußballverein Kaiserslautern kaum ein Gesprächsthema fand. Schon nach weniger als fünf Minuten ging er mir jedes Mal voll auf den Geist. Ich war immer froh, wenn er nicht da war, wenn ich Uschi besuchte. Peter aber ging auf ihn ein, stellte ihm gezielt Fragen zu seiner Schreinerei, plauderte über die roten Teufel, über Stefan Kuntz und über die alten Zeiten, in denen der Moselaner Klaus Toppmöller in Kaiserslautern noch für jede Menge Tore gesorgt hatte.

Als wir uns dann noch einmal in mein Elternhaus begaben, um uns zu verabschieden, hing in der Küche ein Zettel am Kühlschrank. „Hier wird nicht geklaut, du Dreckskerl!“ Ach je, als Peter und ich im Auto saßen und über die Landstraße holperten, fingen wir plötzlich laut an zu lachen.

Die Welt veränderte sich. Im Osten Europas bildeten sich immer mehr neue Staaten, in Südafrika wurde Nelson Mandela Präsident. Ein Farbiger, ein Bürgerrechtler, der jahrelang in Gefängnissen gesessen hatte. Von Frankreich nach England konnte man nun durch einen unterseeischen Tunnel fahren, in der Ostsee versank die Estonia, Ayrton Senna verunglückte tödlich und Michael Schumacher wurde Weltmeister. In der deutschen Politik veränderte sich dagegen wenig. Helmut Kohl wurde wieder einmal Bundeskanzler und war mit Eifer dabei, die ostdeutschen Länder in blühende Landschaften zu verwandeln.

Mit Peter und mir veränderte sich auch wenig. Peter war mir ein angenehmer Begleiter, ein guter Freund und ein solider Liebhaber. Wir verbrachten so gut wie jedes Wochenende miteinander. Für Gudrun hatte ich wenig Zeit und sah sie fast nur noch im Büro.

Unser nächster Besuch in der Eifel hatte einen traurigen Anlass. Tante Agnes war gestorben. Feinsäuberlich hatte sie noch die Socken für Peter fertig gestrickt und mit einem Schleifchen versehen. Dann hatte sie ein Schlaganfall ereilt, aus dem sie nicht mehr erwacht war.

„Es war besser so“ sagte meine Mutter, die noch die schlimmen Monate mit Oma in Erinnerung hatte, als diese bettlägerig war. Peter stand an meiner Seite am Grab inmitten der Verwandtschaft. Beim anschließenden Kaffee im Gasthaus, zu dem wir Tante Franziska im Auto kutschierten, sagte diese: „Ich bin die nächste“.

Sie war es dann auch. Als in Kobe/Japan ein Erdbeben mehr als 6000 Leute tötete, starb auch Tante Franziska. Zugegeben, die Tanten hatten mich als Kind und Jugendliche mehr als einmal mit ihren altmodischen Ansichten zur Weißglut gebracht. Jetzt trauerte ich um sie. Mit Wehmut erinnerte ich mich an Tante Franziskas gute Kartoffelsuppe, das leckere Apfelmus und die Reibekuchen, die mir nirgends besser geschmeckt hatten als bei ihr. Überhaupt, eine gute Köchin war ich selbst nie gewesen. Bei mir musste immer alles schnell gehen und leider muss ich zugeben, dass auch ich zu den Bequemen gehörte, die gerne auf Fertiggerichte aus dem Supermarkt und Tiefkühlkost zurückgriffen oder in der Stadt überall dort etwas aßen, wo es schnell ging. Erst mit zunehmendem Alter wurde mir klar, wie wichtig es ist, Vitamin schonend und mit hochwertigen Lebensmitteln und frischen Zutaten zu kochen.

Übrigens, kochen konnte Peter auch. Ich sage ja, er war ein Tausendsassa. Ein Freund von ihm angelte und Peter servierte Forelle Müllerin. Seine Nachbarn führten einen Bio-Bauernhof und Peter reichte Bio-Kartoffeln, Bio-Karotten und Schweinefleisch aus ökologischer Tierhaltung. Ja, ja, ich hatte es gut. Und wenn Peter die aus bester Wolle gestickten Socken von Tante Agnes trug, strömte auch nicht mehr so ein unangenehmer Schweißgeruch von seinen Füßen aus, wenn er nach einem langen Arbeitstag die Schuhe auszog und seine Beine hochlegte. Dieser penetrante Geruch, der mich jedes Mal an uralte feuchte Spüllappen und an den Kerl erinnerte, der mir meine ersten Aktien geschenkt hatte und dessen Namen mir gar nicht mehr einfiel.

Als 1993 das word-wide-web eingeführt wurde und man in den Jahren danach immer mehr im Internet ‚surfen' konnte, wuchs die Nachfrage nach Computern der immer neueren Art stetig. Laufend musste ich mich mit Neuerungen beschäftigen, neue Lieferanten und neue Kunden suchen. Eine wesentliche Kommunikationserleichterung war das neue E-Mail-Programm, mit dem ich ruck-zuck in aller Schnelle mit all denen Kontakt aufnehmen konnte, die das Netz ebenfalls nutzten. Sehr schnell wurden es immer mehr.

Während in Jugoslawien immer noch gekämpft wurde, verfolgte ich mit Peter vor dem Fernsehapparat die Eröffnung der Olympischen Spiele in Lillehammer, der Stadt, in die ich mit Gudrun damals die Reise gewonnen hatte.

Mit Peter besuchte ich Theateraufführungen im Trierer Theater, Konzerte in der Region und im nahen Luxemburg. Mit Peter entdeckte ich die Naturschönheiten der Eifel und des Hunsrücks und mit ihm zusammen radelte ich auf neuen Fahrradwegen entlang der Mosel.

Mit ihm diskutierte ich die Klon-Frage, als das erste Klon-Schaf Dolly geboren wurde und über die Musik von Michael Jackson, der eine Deutschland-Tour machte. Als ich im Krankenhaus lag und ich mich einer äußerst unangenehmen Unterleibsoperation unterziehen musste, kam Peter jeden Tag. Er brachte mir Blumen mit, versorgte mich mit Lesestoff und saß an meinem Bett. Er war einfach für mich da.

Das Thema Heiraten schnitt Peter nach anfänglichem Vortasten in dieser Richtung bei mir nicht mehr an, weil ich gleich geäußert hatte, dass das für mich kein Thema sei und dass wir doch auch so glücklich sein könnten. Eine andere Frage stand aber immer wieder zur Diskussion: wann ziehen wir endlich zusammen? Was heißt zur Diskussion? Peter hätte es sehr gerne gesehen, wenn ich bei ihm eingezogen wäre. Er hatte immerhin ein ganzes Haus zur Verfügung und ich nur eine 3-Zimmer-Wohnung. Nur? Für mich reichte das voll und ganz. Ich war ja sowieso nicht allzu oft zu Hause. Oh, ich drehte und wendete mich, zog das Thema hinaus, wollte mich nicht entscheiden. Klar, zusammenziehen war nicht so wie heiraten. Peter war mir lieb und treu und ergeben, er tat mir jeden Gefallen, aber…

Als sich bei mir die ersten Wechseljahrbeschwerden zeigten und ich nachts nicht mehr so gut schlafen konnte, stellte ich fest, dass Peter unter Schlafapnoe litt und immer wieder einfach vergaß, zu atmen. Lag er auf dem Rücken, stellte sich auch schon mal ein tiefes Schnaufen oder gar leichtes Schnarchen ein. Er röchelte, ich schwitzte. Ich drehte mich von einer Seite auf die andere, suchte nach trockenen Stellen im Bett und fing an, das zunehmende Alter zu verfluchen.

In der Zeit, als Jan Ullrich dabei war, als erster Deutscher die Tour de France zu gewinnen, feierte ich meinen fünfzigsten Geburtstag. Fünfzig! Au backe. Mir grauste davor, mich plötzlich alt fühlen zu müssen, nur weil eine fünf da vorne stand. Trotzdem ließ ich mich überreden, den Tag gebührend zu feiern.

Alle hatte ich eingeladen. Meine Eltern, meine Brüder mit Familien, Tante Resi und Joe, Uschi mit Mann, Gudrun mit ihrem neuesten Schwarm. Dagmar aus Stuttgart, mit der ich immer noch Kontakt hatte und die seit vielen Jahren mit einem netten Schwaben verheiratet war, einige Freunde und Bekannte und ein paar gute Geschäftsfreunde. Wenn ich schon feierte, dann sollte es etwas besonderes sein. Nicht diese allgegenwärtigen Fünfziger-Feiern, bei denen man offiziell zur alten Schachtel degradiert wurde und Spielchen stattfanden, bei denen man warme Unterhosen, Pillen für Tattergreise, Brillen mit dicken Gläsern und ähnliche Sachen geschenkt bekam.

Wir feierten in einem Lokal mit Aussicht auf die Mosel. Es gab einen Sektempfang und edle Speisen. Aber so, dass alle sie genießen konnten. Also keine Schnecken, Langusten, Hummer oder ähnliches Getier, mit dem Normalbürger Probleme haben, umzugehen. Zur Feier des Tages hatte ich mir in einer chicen Edelboutique ein eng anliegendes knallrotes Kleid gekauft. Sündhaft teuer, aber ganz ohne Schnörkel, ärmellos, aus glänzendem Satinstoff. Zwar in Größe 42, aber immerhin sah man darin keine Fettrollen und nur ein klein wenig Bauchansatz. Eine dicke Modeschmuck-Kette und ein passendes Armband rundeten das Ganze ab. Ich trug die Haare kürzer und nur noch leicht gelockt, aber blond wie eh und je. Haare waschen mit Bier und leichte Tönungen nutzten mittlerweile weniger, ich musste auf Haarfarbe zurückgreifen, um die vielen Grauen zu übertünchen.

Ein Blick in den Spiegel bestätigte mir, dass ich längst noch nicht aussah wie fünfzig. Natürlich sagten mir das auch fast alle, sogar Hedwig. Ich wunderte mich immer noch über sie, hatte ich die missgünstige Kuh im Kindesalter doch nie leiden können. Sie selbst kämpfte ständig gegen die Kilos und hatte dicke Rettungsringe um den Bauch. Im zwischenmenschlichen Bereich jedoch hatte sie sich total verändert. Sie war freundlich, gönnerhaft und half, wo sie konnte. Mittlerweile half sie auch im Haushalt meiner Eltern, fuhr mit Mutter zum Einkaufen in die Stadt und putzte ihr samstags das Haus. Ich war ihr dankbar. Und nicht nur deshalb, weil man mit Speck Mäuse fängt, sondern auch aus reiner Anerkennung, brachte ich ihr ab und zu auch Geschenke mit, für die ihr selbst das Geld zu schade gewesen wäre.

Yvonne trug flippige Klamotten und hatte schwarz geschminkte Augenlider und ein Piercing in der Nase. Sie hatte mir ein Lied getextet und musizierte dazu auf ihrer Gitarre. Alle bewunderten ihr lyrisches und musisches Talent. Ich musste an Willi denken.

Zwischen Otmar und seiner Frau Vera schien es nicht sonderlich gut zu laufen. Immer wieder hörte ich Spitzen heraus, die sie gegeneinander abschossen. Wie zum Beispiel von ihr:

„Ach Marlene, du hast es gut. Du bist unabhängig und kannst dir etwas leisten und musst nicht immer erst deinen Ehemann fragen, wenn du etwas kaufen willst. Einen, der lieber jeden Groschen auf die Bank bringt anstatt sich einmal etwas zu gönnen."

Oder von ihm in einem Gespräch mit Peter: „Na ja, man kann es ja zu nichts bringen, wenn man eine Frau hat, die dauernd neue Funzeln am Hintern hat und jeden Dreck kauft, weil er im Sonderangebot ist."

Oh oh, das hörte sich nicht gut an. Die beiden hatten keine Kinder, weil Vera lieber Karriere hatte machen wollen. Sie hatte es auch schon geschafft, die Leiter ein Stück nach oben zu steigen, dann aber wurde der Betrieb, in dem sie arbeitete, von einem Konzern übernommen und umstrukturiert und viele Arbeiter sowie einige leitende Angestellte wurden einfach abserviert. Sie auch. Seitdem hatte sie keinen Job mehr gefunden. Zumindest keinen, den sie für angemessen hielt. Ach ja, vielleicht hätte sie sich doch besser für Kinder entschieden, vielleicht wäre sie dann nicht so unzufrieden gewesen. Ich jedenfalls hätte alles dafür aufgegeben. Selbst wenn ich auf vieles hätte verzichten müssen. Eine intakte Familie wäre mir heilig gewesen. Otmar dagegen hatte mittlerweile eine sichere Stellung in einer mittelständischen Firma inne.

Dagmar schwäbelte mittlerweile ein wenig. Die Jahre in der Schwabenmetropole hatten abgefärbt. Als sich ihr ‚Läbensgefährte' in perfektem Schwäbisch mit mir unterhielt, stießen ein paar Käferchen mit ihren Fühlern an meine Bauchdecke. Sicher nicht, um dieses aufgeregte Gefühl in Gang zu bringen, eher waren es nur die Erinnerungen daran. Später, als wir mit einem guten Glas Moselwein anstießen, erzählte mir Dagmar, dass es Werner wieder ganz gut gehe und er mittlerweile seine Firma gut im Griff habe. Ja, und dass es sogar wieder eine Frau in seinem Leben gäbe. Ich freute mich für ihn. Nur ein kleines Stückchen Eifersucht nagte doch noch irgendwo in mir herum.

„Und Elfriede, Frau Blümle? Ist sie immer noch… so?"

„Ach je die! Die ändert sich nicht mehr. Stell dir vor, kürzlich hat sie sogar einer neuen Mitarbeiterin Geld angeboten, wenn sie aufschreibt, wann und wie lange wir privat telefonieren."

„Spitzel?" äußerte ich empört. Musste dann aber einräumen, dass wir früher tatsächlich mit Privatgesprächen die Telefongebühren der Firma um einiges erhöht hatten und dass sich die Zeiten in solchen Punkten enorm verändert hatten. Als selbständige Unternehmerin wusste ich auch, was Nebenkosten bedeuteten. Und es waren ja nicht nur die Telefonkosten, auch die Arbeitszeiten, die dabei genau wie bei Rauch- und Kaffeepausen der Mitarbeiter verloren gingen.

Dass es mit Gudrun und ihrem neuen Schwarm nicht lange gut gehen konnte, sah ich gleich. Er im Rockerkostüm, Lederhose, tätowierte Arme, Ohrring. Spielten bei ihr die Hormone verrückt? Wollte sie unbedingt einen auf Jung machen? Oder hatte ich gar Vorurteile?

Am meisten freute ich mich über den Besuch von Tante Resi und Joe. Sie waren extra aus Amerika angereist. Tante Resi sah aus wie eine richtige ältere amerikanische Lady. Bunt gekleidet, mit Schmuck behangen, geschminkt und mit typisch amerikanischer Gestik und Mimik: „Oh hiiiii! Marlene!" Umarmung, Küsschen hier, Küsschen da. „Guuut siehst du aus. Hervorragend". Einen leicht amerikanischen Akzent hatte sie auch schon. Meine Eifeler Familie rümpfte die Nase. Joe hatte fast gar keine Haare mehr. Der Gute versuchte verzweifelt, seine wenigen Deutsch-Kenntnisse herauszukramen.

„Na, wie stehen die Aktien?" fragte Tante Resi später und schaute dabei von mir zu Peter.

„Was meinst du jetzt – unsere Beziehung? Oder die Aktienkurse?" sagte ich scherzhaft. Dass mir die von ihr überlassenen alten Aktien sozusagen das Leben oder zumindest die finanzielle Existenz gerettet hatten, wusste sie längst und sie wusste auch, wie dankbar ich ihr für alles war. Ach, was hätte ich nur ohne Tante Resi gemacht. Sie war aber auch eine echte Persönlichkeit. Immer freundlich zu allen, hilfsbereit, reich an Lebenserfahrung. Joe und Resi waren vom Flughafen in Luxemburg aus mit einem Leihwagen gekommen, hatten in einem der besten Hotels in Trier eingecheckt und hatten vor, bei dieser Gelegenheit eine kleine Deutschland-Rundreise zu machen. Leider eröffnete mir Joe später auch, dass er sich geschäftlich nun endgültig zur Ruhe setzen wolle und meine Geschäfte künftig nicht mehr über ihn laufen könnten. Hmm. Ich konnte ihn verstehen, er war weit über siebzig.. Allerdings würde ich meine Handelsbeziehungen völlig neu gestalten müssen.

An diesem Abend wollte ich nicht darüber nachdenken. Die Stimmung war locker und fröhlich. Man schenkte mir einen Haufen Blumen und Päckchen in Glanzpapier. Wir aßen und tranken und anschließend spielte auf meinen Wunsch hin ein Alleinunterhalter Lieder aus den 60-er und 70-er Jahren. Nostalgie pur.

Ich tanzte gerade in den Armen von Peter, wegen seines Bauchansatzes nicht ganz so eng wie ein Liebespaar, zu einem Lied, das plötzlich merkwürdige Erinnerungen in mir auslöste. „Ich schau den weißen Wolken nach und fange an zu träumen…“

Das Lied aus der 60-ern. Ich weiß nicht einmal mehr wieso, aber irgendwie musste ich plötzlich wieder an Willi denken. Hatten wir das Lied damals zusammen gehört?

Irgendetwas ging in dem Moment in mir vor. Irgendetwas, was nicht zu diesem Abend gehörte, nicht zu meinem Geburtstagsfest und nicht zu dem Mann, mit dem ich gerade tanzte, der mir lieb und teuer war und ohne den ich mir ein Leben in dieser Lebensphase gar nicht vorstellen konnte.

„Ich schau den weißen Wolken nach…“ murmelte ich den Text mit. Ich fing an zu träumen, auch wenn die weißen Wölkchen vor meinen Augen gerade nur aus Zigarettenrauch entstanden.

Ich träumte von Maikäfern im Bauch, in den Beinen, auf der Haut und überall. Von dem Gefühl, das mein Herz klopfen ließ, meinen Blutdruck hochtrieb, meine Gefühlswelt durcheinander brachte. Und von dem, was wohl viele Menschen anlässlich eines runden Geburtstages umtreibt. Von den Gedanken: das kann doch nicht alles gewesen sein! Ich war fünfzig, na und? Hatte ich da nicht mehr das Recht, Schwärme dieser Tiere im Körper zu spüren? Von einer Sekunde zur anderen hätte ich plötzlich alles dafür gegeben, einfach weglaufen zu können. Auszubrechen aus dem Trott, aus der soliden, langweiligen Beziehung. Frei zu sein für einen Neuanfang, mit neuem Elan, mit frisch ausgeschlüpften Engerlingen, die ihre Flügel ausfahren und fliegen und brummen… und kribbeln.

Meine plötzliche Eingebung trog mich nicht. In der Zeit danach verfiel ich immer wieder ins Grübeln. Es war nicht recht von mir, Peter als Lebensgefährten an meiner Seite zu haben, nur weil er ein lieber Mensch war und es einfach bequem war, alles so weiterlaufen zu lassen. Genauso wie ich den kleinen rothaarigen Günter mit den Grübchen auch später noch gut leiden und auch Willi nie ganz aus meiner Erinnerung streichen konnte, genau so erging es mir mit Peter. Ich mochte ihn, aber für eine Beziehung war es einfach zu wenig. Ein paar mehr Tierchen sollten schon herumkrabbeln, auch wenn ich nicht mehr die Jüngste war. Es hätte viel schöner kribbeln müssen.

Es klingt vielleicht ein wenig blöd, das Zugrundegehen einer Liebe bei mir schon wieder mit einem einschneidenden Ereignis in Verbindung zu bringen. Es ergibt sich einfach so bei den Erinnerungen daran. Am Tag, nachdem Lady Di tödlich verunglückte und alle Medien sich darauf stürzten, Mutmaßungen anstellten, Hintergründe eruierten und das Thema in aller Munde war, saßen Peter und ich uns an meinem Esstisch gegenüber, schauten uns in die Augen und wussten: das war's. Wir hatten uns viel zu selten tief in die Augen geschaut. Wir hatten zu selten das Kribbeln verspürt und wir hatten viel zu selten oder fast gar nicht die Worte ausgesprochen, die auch in der längsten Ehe ab und zu einmal gesagt werden sollten: „Ich liebe dich".

Ich weiß, Eifeler und auch Hunsrücker haben in ihrer moselfränkischen Mundart für Liebe kein Wort, aber wir beide redeten ja Hochdeutsch miteinander. Hochdeutsch mit Abstrichen. Worte wie ‚dat' und ‚wat', ‚sch' anstatt ‚ch' und Ähnliches. Egal, Peter wusste sofort, was ich ihm sagen wollte, als ich damit anfing, herumzudrucksen. Dass ich ihn sehr mag und es mir schwer fällt, ihm das zu sagen und und und.

Vielleicht ging es ihm ja ähnlich. Die Sache mit dem „Freunde bleiben" meinten wir aber ernst. Beide.

Wir blieben es auch. In den Jahren danach, in denen es auf die Jahrtausendwende zuging und alle Welt sich Gedanken darüber machte, ob es an diesem historischen Datum zu einem kompletten Computerchaos kommen könnte, änderte sich in unserer Beziehung gerade nur so viel, dass wir kein Liebespaar mehr waren. Immer noch besuchten wir zusammen kulturelle Veranstaltungen und Weinfeste an der Mosel, machten weiterhin gemeinsame Wanderungen durch die Eifel und manchmal fuhr Peter auch noch einmal mit mir zu meinen Eltern. Mutter hatte Herzprobleme und hatte mehrere Krankenhausaufenthalte. Die Aufregungen um Otmars Eheprobleme, der Streit mit einem bekloppten Nachbarn und das zunehmende Alter machten ihr zu schaffen. Das war auch ein Grund dafür, dass ich ihr vorerst nicht erzählte, dass Peter und ich nicht mehr zusammen waren. Jedenfalls nicht so wie vorher.

Geschäftlich wurde es schwierig. Mehrere Male reiste ich nach Amerika, suchte Kontakte mit den Firmen, mit denen Joe schon Geschäfte gemacht hatte und versuchte dort einen verlässlichen Partner zu finden, der für Koordination und Abwicklung sorgte, so wie Joe es gemacht hatte. Es klappte nicht und meine Umsätze verringerten sich spürbar.

In Bezug auf Maikäfer hielt ich es in den folgenden Jahren mit dem Spruch von Wilhelm Busch „Fort damit und in die Ecke unter Onkel Fritzens Decke!" Ich hätte auch wie Reinhard Mey verzweifelt singen können: „Es gibt keine Maikäfer mehr." Freunde und Freundinnen um mich herum zu haben, geschäftlich ausgelastet zu sein, war eine gute Sache. Aber war es genug?

War ich als Single wirklich so zufrieden, wie ich es meiner Umwelt immer vormachte und bei jeder Gelegenheit gut gelaunt betonte? Nein. Auch wenn sich die Prioritäten mit dem Alter erheblich verschoben, so ein Schwarm wild gewordenen Käferchen in meinem Bauch – nichts Sehnlicheres hätte ich mir gewünscht.

Einige Male versuchte ich, im Internet Bekanntschaften zu knüpfen. Zwei der Unbekannten schrieben ganz herrliche Texte und schienen mir geradezu ideal dafür, meine vermissten Tierchen herbeizuzaubern. Doch als dann Verabredungen zustande kamen, war ich beide Male bereits beim ersten Anblick meines Gegenübers absolut ‚abgetörnt'.

Die Menschheit überstand die Jahrtausendwende ohne Computerabstürze. Wir Deutschen trauerten unserer guten alten D-Mark nach und setzten uns mit Euroscheinen, 50-Cent-Münzen, 20-ern und 10-ern auseinander und mussten erfahren, dass innerhalb weniger Jahre die Euro-Preise fast das DM-Niveau erreicht hatten, obwohl der Euro fast doppelt soviel wert war. „Das sind fast zwei Mark" äußerte sich Mutter empört, wenn sie eine Tafel Schokolade für 89 Cent kaufte, die vorher vielleicht eine Mark gekostet hatte. „Oder der Schinken, das ist doch unverschämt, wenn ich für 100 g Schinken 1,89 € ausgeben muss. Fast 3,80 DM für 100 Gramm!!"

Tja, das Leben wurde teurer und die Menschen sprachen vom T-Euro. „Alles doppelt so teuer, nur unsere Gehälter sind nicht gestiegen", äußerte auch Gudrun. Die Gute. Auf sie konnte ich mich verlassen, wenn ich auf Geschäftsreise war. Meiner Ansicht nach verdiente sie nicht schlecht. Dass das Leben teurer geworden war, musste ich zugeben, aber ihr Gehalt konnte ich ihr beim besten Willen nicht erhöhen. Eine andere Mitarbeiterin musste ich entlassen, weil sie unzuverlässig war und für einen Zickenkrieg gesorgt hatte. Und weil ich einfach sparen musste.

Unser netter Sachse in Leipzig hatte einen klassischen Flop hingelegt. Nicht im Sinne wie Dick Fosbury und der gesamten Garde der neuen Hochsprunggeneration. Eher im Sinne von Reinfall, Fehlgriff. Viel zu spät haben wir gemerkt, dass er außer Verkaufen auch noch die Fähigkeit hatte, Unterlagen zu manipulieren und in die eigene Tasche zu wirtschaften.

So einige schlaflose Nächte lang wälzte ich mich im Bett hin und her und grübelte. In den 90-er Jahren waren die Computerfirmen nur so aus dem Boden gewachsen. Der Markt war eng geworden. Sämtliche Elektronikgeräte wurden mittlerweile von großen Discountern oder im Internet zu Spottpreisen angeboten. Meine Geschäftsidee war ausgereizt und wenn mir nicht bald etwas einfiel, dann würde ich bald Insolvenz anmelden müssen. Bankrott, oh mein Gott! Wenn man nicht zu der Sorte Geschäftemachern gehört, die so etwas aus unedlen Motiven machen und hinterher immer noch ihr Schäfchen im Trockenen haben, dann ist das ein Wort, das besonders für solide Eifeler Menschen so ziemlich das Schlimmste Szenario darstellt. Die sieben fetten Jahre waren also vorbei, sollten jetzt wieder die sieben mageren Jahre kommen, so wie in der Bibel?

In der Zeit, als ich es tagelang vor mir her schob, Gudrun schweren Herzens erklären zu müssen, dass sie sich wohl eine andere Stelle suchen müsse, stieß ausgerechnet sie mich auf eine völlig neue Geschäftsidee.

Wir älteren Single-Frauen machten immer wieder einmal unsere Späße darüber, wie wir das Kribbeln im Bauch – ob von Schmetterlingen oder Maikäfern – endlich noch einmal in Gang setzen könnten. Gudrun hatte sich, im Gegenteil zu mir (dachte ich zumindest), immer noch nicht mit ihrem partnerlosen Dasein abgefunden. Nun war sie auf eine Partneragentur gestoßen, von der sie hin und wieder ein ‚passendes' Pendant vermittelt bekam und für deren Aufnahme in die Kartei sie viel Geld bezahlt hatte.

„Na los, Marlene, geh doch mal mit dahin", versuchte sie mich zu überreden. „Die machen Fotos oder drehen sogar ein kleines Video und das geben sie nur an die Männer, von denen sie vorher genau checken, ob sie zu Dir passen."

„Und, hast du schon den Passenden gefunden?"

„Ich hatte ja erst zwei Verabredungen. Na ja, die waren ganz nett, aber… du würdest wahrscheinlich sagen: keine Maikäfer".

Tja, das war so eine Sache mit diesem Gekribbel im Bauch. Die Sehnsucht danach war einfach nicht unterzukriegen.

Als ich eine weitere schlaflose Nacht mit furchtbar schlechtem Gewissen darüber nachdachte, wie ich der lieben Gudrun die Hiobsbotschaft vom Ende unserer Firma beibringen sollte, schweiften meine Gedanken ab. Ich stellte mir vor, wie es zuging, wenn sich Gudrun mit einem potentiellen Partner traf. Wie gehemmt sich die beiden in irgendeinem Café gegenüber saßen und wie schwierig es für Gudrun oder auch den Unbekannten dann vermutlich war, am Ende der Begegnung zu sagen: Äh, äh, das war wohl nichts. Viel angenehmer wäre es doch wohl, einen netten Single-Kreis zu versammeln, etwas miteinander zu unternehmen, zu kochen, zu essen, zu verreisen…Und dabei möglicherweise herauszufinden, ob jemand dabei ist, mit dem man sich auch eine Zweisamkeit vorstellen könnte.

Da machte es plötzlich klick. Ja, das war's doch! Wenn es schon bei uns beiden nicht kribbelte, warum sollten wir nicht etwas dafür tun, dass es bei anderen klappte? Meine neue Geschäftsidee war geboren!

Gudrun hatte bereits geahnt, wie es um unsere Firma stand. Als ich ihr meine neue Idee unterbreitete, brach sie zunächst nicht gerade in Begeisterungsstürme aus, musste aber erkennen, dass sie eine echte Alternative bot. Dass es immer noch besser war, in einer Partneragentur zu arbeiten, als bei einem Arbeitsamt irgendwelche dämlichen Bewerbungskurse zu absolvieren und sowieso keine Chancen mehr auf dem Arbeitsmarkt zu haben.

Wir gingen es also an. Wickelten meine alte Firma ab und gründeten eine neue, in der wir beide gleichberechtigte Geschäftspartnerinnen waren. Die Idee, unsere neue Agentur „Maikäfer" zu nennen, stammte nicht von mir. Gudrun meinte, der Name assoziiere Frühlingsgefühle und Herzklopfen. Genau das wollten wir erreichen. Eine Partner- und Freundschaftsvermittlung für die Generation 50 plus, die noch mal den Frühling spüren wollte. Die Generation, die noch nicht allzu sehr auf das Internet fixiert war und noch eher Interesse daran hatte, keine virtuellen, sondern echte Kontakte von Mensch zu Mensch zu knüpfen. Einen Internetauftritt hatten wir natürlich trotzdem. Wir mussten bekannt werden und wir mussten werben. Die erste Durststrecke überwanden wir locker mit den noch vorhandenen Finanzen. Und unsere Ideen sprudelten nur so.

Bis dahin hatten wir gar keine Vorstellung davon gehabt, wie viele ältere Menschen tatsächlich auf der Suche nach Kontakten waren. Nicht zum Heiraten, so wie es früher einmal war. Die Leute suchten Liebe, Zweisamkeit, Geborgenheit oder auch einfach nur jemanden zum Reden oder um etwas gemeinsam zu unternehmen. Es war die Einsamkeit, die viele nach sämtlichen Strohhalmen greifen ließ. Männer und Frauen, deren Partner verstorben waren oder sie hatten sitzen lassen, Geschiedene, ewige Junggesellen. Männer, die Frauen suchten, nur um umsorgt zu werden. Frauen, die sich nichts sehnlicher wünschten, als jemanden zu umsorgen.

Uns war bewusst, dass Partnervermittlungen so etwas den Touch des Unseriösen innehatten. Ganz bewusst entschieden wir uns deshalb dafür, die Gebühren für die Inanspruchnahme unserer Dienste nicht allzu hoch anzusetzen und setzten dafür mehr auf einen umso größeren Kundenkreis. Als wir es nach einer schwierigen Anlaufphase erst einmal geschafft hatten, eine stattliche Anzahl von älteren Menschen unsere Kunden nennen zu dürfen, fing das Ganze an, mir und auch Gudrun richtig Spaß zu machen.

Es dauerte nicht lange, da kutschierten wir mit Bussen voller einsamer Senioren durch die Gegend, die sich bei Picknicks, Besichtigungen und Wanderungen gegenseitig kennen lernten. Wir veranstalteten Tanz-, Koch-, Genuss- und sonstige Abende. Wir rissen uns buchstäblich die Beine aus und freuten uns wie die Schneekönige, wenn tatsächlich bei so einigen Damen und Herren die Maikäfer anfingen, zu krabbeln.

Gudrun und ich waren uns von Anfang an einig gewesen, dass wir Geschäftliches und Privates strikt trennen sollten. Und doch hatten wir beide insgeheim gehofft, dass – sozusagen als Abfallprodukt unserer Arbeit – vielleicht zufällig auch für uns…

„Vielleicht sind wir auch einfach nur zu spruchsvoll“ meinte Gudrun, als wir beide uns diese Tatsache gegenseitig eingestanden. „Es ist aber auch wirklich nicht so einfach, die Sache mit der stimmenden Chemie.“

„Mag sein, dass wir zu sehr auf Äußerlichkeiten schauen“, gab ich zu bedenken, „möglich, dass man mit zunehmendem Alter mehr auf innere Werte setzen sollte.“

Gudrun zuckte mit den Schultern. „Schön und gut, aber man kann ja auch nicht dauernd die Augen zumachen. Also ein bisschen muss ein Mann mir aber auch gefallen.“ Sie klimperte mit ihren Augenlidern, die sie immer noch mit einem dunklen Lidstrich bemalte.

„Wenn ich mir manchmal in der Runde so die Männer… nackt vorstelle…Nee, also bis jetzt hat mich das beileibe nicht angemacht.“

„Du stellst dir die Männer nackt vor?“ Ich musste grinsen. Bis zu diesem Zeitpunkt hatte ich das nur als Ratschlag irgendwelcher schlauen Psychologen oder auch von Fernsehmachern gehört, wenn jemand Angst vor einem öffentlichen Auftritt oder einer Antrittsrede hatte.

„Na ja. Wenn sich die Männer uns nackt vorstellen würden…“ gab ich zu bedenken.

Wenn ich da an meine wabbelnden Oberschenkel dachte, die immer schwabbeliger werdenden Oberarme, mein Bäuchlein…, von den einst knackigen Brüsten ganz zu schweigen.

Gudrun in ihrer direkten Art brachte es auf den Punkt: „Du hast Recht, wenn ich so meine Rettungsringe im Spiegel sehe, also dass da einem Mann nicht gerade vor Begeisterung die Hose platzt…“ Wir lachten. Wie anders sollte man mit dieser Tatsache fertig werden, als sich darüber lustig zu machen?

Also sagten wir uns wenig später zum circa fünfhundertsten Mal, dass wir als Singles doch gar nicht so schlecht lebten. Und

Gudrun tröstete sich laut damit, dass sie mir die Nachteile eines langen Ehelebens ins Gedächtnis rief:

„Hast du mal gesehen, wie ältere Ehepaare im Café sitzen? Kein Wort sprechen sie miteinander. Müffeln ihren Kuchen in sich hinein, schlürfen ihren Kaffee und glotzen doof durch die Gegend. Und wenn sie in Gesellschaft sind, dann reden sie entweder beide gleichzeitig oder unterbrechen sich andauernd gegenseitig."

„Tja" pflichtete ich ihr bei, „und wir müssen keine fernsehguckenden, Bier trinkenden Pantoffelhelden ertragen, die ihre Zipperlein pflegen und sich bedienen lassen. Wir müssen nicht um punkt zwölf das Essen fertig haben, den Männern die Klamotten hinterher tragen und ihnen sagen, welche Krawatte zu welchem Hemd passt."

Wir machten uns gegenseitig froh. In Wirklichkeit hätten wir das alles vermutlich liebend gerne getan, wenn uns die Maikäfer endlich noch einmal richtig erwischt hätten.

In den Jahren zuvor hatte ich einiges auf die hohe Kante legen können und mir trotzdem – wie mein Bruder Gerd es bezeichnete – einen ziemlich hohen Lebensstandard geleistet. Otmar meinte sogar manchmal abfällig, ich wandle in der Schicki-Micki-Szene. Na ja, ganz so hätte ich es nicht bezeichnet. Aber ich sollte mich nicht beschweren. Immerhin dachte ich sogar darüber nach, mir irgendwann einmal so ein fahrbares Urlaubsmobil zuzulegen, mit dem man auf Reisen gehen und ohne Hotelsuche überall dort übernachten konnte, wo man gerade etwas anschauen wollte und wo es einem gefiel. Und wenn es kein Mann war, dann war es eben Gudrun, die mich begleitete. Mit Tante Resi und Joe hatte ich in Amerika eine solche Wohnmobil-Reisen gemacht und es ganz herrlich gefunden, so unabhängig zu reisen.

Der Zufall wollte es so, dass ich 2004 auf dem Petrisberg oben auf der Höhe, von wo man eine schöne Aussicht auf Trier hat, die Landesgartenschau besuchte. Ganz alleine. Mit Freude an den bunten Pflanzen, an den Kunstobjekten, den Musterhäusern am Wasser und mit Interesse an allem, was meine Sinne anregte. Das Wetter war gut und meine Laune ebenfalls, und so kam es, dass ich wie ein Kind an dort aufgebauten Klangobjekten herum klopfte und werkelte, denen man die unterschiedlichsten Töne entlocken konnte. Feuer-Wasser-Erde-Luft, die Elemente erzeugten Klänge. Ich horchte an einer Luftharfe, als ich mich unvermittelt auf der anderen Seite des ‚Musikinstrumentes' einem Augenpaar konfrontiert sah, das mein Interesse just in diesem Moment von meinem Sinn ‚hören' auf den Sinn ‚sehen' verlagerte. Dichte graue Augenbrauen oben und ein grau-schwarz melierter Schnurrbart unten umrahmten die strahlend blauen Augen und das jung gebliebene Gesicht eines Mannes, der wie ich von dem Kunstobjekt Klangkörper fasziniert war.

„Interessant, nicht wahr?" sagte er.

„Jaaa".

Zusammen sahen wir uns die Tropfinstallation an und schlenderten anschließend in verschiedene Richtungen weiter. In der Waldausstellung betrachtete ich dann Bilder von Bäumen, von Waldbewohnern und – von Maikäfern. Ein wenig wehmütig dachte ich an die lieben Tierchen, von denen man an lauen Frühlingsabenden in den letzten Jahren hier und da noch mal einzelne sehen konnte, wenn man Glück hatte. Von denen allerdings längst nicht mehr ganze Schwärme auftauchten, ganz zu schweigen davon, dass solche in meinem Körper zu spüren gewesen wären.

Als dasselbe blaue Augenpaar, der schwarz-graue Schnurrbart und der dazugehörige noch recht ansehnliche Männerkörper mir ein weiteres Mal über den Weg lief, rief mir dessen Besitzer frohgelaunt zu: „Das nächste Mal gehen wir aber einen trinken".

Bemerkte ich da einen winzigen Maikäfer? Ich dachte mir noch, warum nicht gleich? Ich verspürte Durst und Hunger und in dem nahen riesigen Restaurant mit Terrasse gab es jede Menge, mit dem man diesen Bedürfnissen abhelfen konnte.

Kaum saß ich dann allein unter einem Sonnenschirm an einem der Tische, als der besagte schlanke Herr langsam durch die Reihen schlenderte, mich irgendwann entdeckte und fröhlich winkte.

„Also wenn man sich so oft über den Weg läuft… Darf ich mich zu Ihnen setzen?"

„Ja bitte. Wirklich schöner Tag heute, nicht wahr?"

„Ja, fast schon ein wenig zu heiß, finden Sie nicht?"

„Ich mag es gerne so."

Die Kellnerin kam, ich bestellte einen Sprudel und eines der üblichen Essen. Er suchte noch auf der Speisekarte und trank eine Cola.

Wir unterhielten uns angeregt über die einzelnen Objekte der Landesgartenschau, über dies und jenes, und ich bemerkte bei jedem der mehr oder weniger zufälligen Blicke in seine blauen Augen ein Exemplar der lange vermissten Käferchen in meinem Bauch. Oh je!

„Sind Sie hier aus Trier?" fragte er.

„Jja, das heißt…ich wohne hier. Ich stamme aus der Eifel, bin aber auch schon ein wenig herumgekommen". Warum sagte ich das? Was ging das den fremden Mann an?

„Und Sie?"

„Ich wohne in Merzig. Saarland. Bin aber auch nicht da geboren."

„Sonst hätte ich Sie wohl auch an der Sprache erkannt". Saarländer und Trierer verstanden sich, wie es mit einem Augenzwinkern immer erzählt wurde, nicht sonderlich gut. Über die ‚Schwenker', also die Meister im Grillen, zu denen sich so gut wie alle männlichen Saarländer zählen, gibt es im Trierer Raum zahlreiche Witze. Das übliche Nachbarschaftsgehabe. Genauso wie es die Kölner mit den Düsseldorfern tun, die Schwaben mit den

Badensern und die Eifeler mit den Moselanern. Umgekehrt natürlich auch.

„Ist ja nicht allzu weit, der Weg von Merzig nach Trier."

„Nee, aber ich breche gerade auf zu einer Tour durch Deutschland. Und nun hatte ich bei einem Preisausschreiben hier die Eintrittskarte gewonnen und da dachte ich, ehe ich sie verfallen lasse…"

„Deutschlandtour? Aha, aber nicht etwa zu Fuß oder mit dem Fahrrad?" So sportlich sah er gerade nicht aus.

Er lachte. „Nein, aber mit dem Wohnmobil. Wissen Sie, ich konnte etwas früher in Rente gehen. Und jetzt gehts… aufi."

Ich sah dem Mann geradezu an, wie er aufatmete, Unangenehmes hinter sich ließ, zu neuen Ufern aufbrach.

„Ach was. Das ist ja interessant" sagte ich. „An so etwas habe ich nämlich auch schon gedacht. Ich habe zwar nicht so viel Zeit, aber diese Unabhängigkeit, einfach irgendwo stehen zu bleiben oder dahin zu fahren, wo gerade schönes Wetter ist…"

„Eben. Man muss sich kein Hotelzimmer suchen, muss nicht morgens zum Frühstück in Schlips und Kragen erscheinen…ach, ich freue mich schon."

Ich quetschte ihn aus, nach welchen Kriterien er sein fahrbares Wohnzimmer ausgesucht hatte und was so ein Gefährt denn so kostete. Er gab nicht nur bereitwillig Auskunft, er gab mir sogar Tipps, worauf ich zu achten habe und wie man beim Kauf viel Geld sparen konnte.

Wir fingen an, über Reiseziele zu diskutieren, bestellten noch etwas zum Trinken und irgendwann sah ich auf die Uhr und erschrak, weil es schon so spät war und ich noch mit Gudrun verabredet war.

„Wenn es Sie interessiert, ich kann Ihnen gerne noch mein Wohnmobil zeigen" sagte mein nettes Gegenüber, der mir erzählt hatte, dass er Berufschullehrer war und seine Nerven in der letzten Zeit seines Arbeitslebens ziemlich blank gelegen hatten.

„Oh, das ist sehr nett, aber ich muss dringend weg. Tut mir leid, war sehr angenehm, mit Ihnen zu plaudern."

„Ganz meinerseits."

Ich bezahlte meine Rechnung bei der Kellnerin und er sagte dann: „Ach, eigentlich wollte ich Sie doch einladen."

„Schon gut" sagte ich hastig. Die Zeiten waren nicht mehr so, dass Männer die Rechnungen zahlen mussten, wenn sie mit einer Frau ausgingen. Ausgingen? Er war ja nicht mit mir ausgegangen. Noch nicht. Aber als ich schon zwei Schritte weg war, rief er mir hinterher – er wusste ja meinen Namen nicht: „Ach bitte, Frau…"

Ich blickte zurück. „Wenn ich zurück bin von der Reise, vielleicht könnten wir uns dann… noch mal so nett unterhalten?"

Ich hatte ihn nicht gefragt, ob er verheiratet ist, ob er alleine reist. Ich hätte doch ein gebranntes Kind sein müssen, ehe mir die Käfer im Bauch herumkrochen und diese Flattergefühle verursachten.

„Darf ich Sie anrufen?" Seine blauen Augen blickten mich bittend an. Das Kribbeln ging los. Und gleichzeitig warf ich mal wieder sämtliche Single-Vorsätze über Bord.

Ich zog eine Visitenkarte aus meiner Handtasche und reichte sie ihm. „Falls es Sie dann jemals wieder in die Heimat verschlägt" sagte ich lachend. Als ich schnellen Schrittes in Richtung Ausgang ging und seine verfolgenden Blicke im Rücken spürte, hoffte ich, dass er wirklich irgendwann anriefe.

Drei Wochen später war es soweit. Ich saß gerade vor dem Fernseher und sah mir an, wie Tausende von Menschen überall in Deutschland gegen die geplanten Hartz-4-Gesetze demonstrierten, da klingelte das Telefon. Es war einer dieser Klingeltöne, an dem man sofort erkennt, wer es ist. Nicht an der Nummer im Display, sondern an der Art des Klingelns, in die man vermutlich selbst etwas hineininterpretiert, weil man ganz im Innern genau darauf wartet.

„Müller, Guten Abend Frau Wegener".

Ich hatte übrigens meinen Mädchennamen wieder angenommen. Nein, mit dem Namen Blümle wollte ich nicht mehr herumlaufen. Das Blümle war verwelkt und auch die Marlene war nicht mehr sonderlich frisch. Die Frau, die mit großen Schritten auf die sechzig zuging. Wo war nur die Zeit hingegangen? Au weia, ich musste an den Ausspruch von Tante Agnes denken. War ich nun also doch eine alte Juffer geworden?

Damals hatte ich mir noch nicht vorstellen können, dass auch ich irgendwann auf dieser Seite des Lebens stehen würde. Auf der Seite der Unbemannten und auf der Seite der Älteren. Ich hätte mir nicht vorstellen können, dass auch ich mich irgendwann mit der Tatsache abfinden müsste, meine Krampfadern unter langen Hosen zu verstecken, alle paar Wochen den grauen Haaransatz färben zu lassen und sich mit Gleitsichtbrillen, Zahnimplantaten und ähnlichen Sachen herumzuschlagen. Und alleine zu sein.

Zurück zu dem Anruf. Mehrere dicke Käfer stoben nur so auf. Der Name Müller sagte mir überhaupt nichts, den brachte ich höchstens mit dem mehlig-weiß gefleckten Frühlingstieren in Verbindung. Aber das konnte nur einer sein. Der herzige Merziger, der Wohnmobilfahrer, der Berufsschullehrer. Am Telefon hörte sich seine Stimme noch besser an als in Natura. Inniger, mit ein klein wenig Erotik.

„Ich hoffe, Sie erinnern sich an mich!“ sagte er, weil ich einen Moment perplex war und nicht wusste, was ich sagen sollte. Wie blöd. Dabei hatte ich doch die ganze Zeit darauf gewartet, dass so ein Anruf kam.

„Emm, - lassen Sie mich raten – Landesgartenschau?“

„Bingo! Ich weiß ja nicht, wie viele Männer so einer schönen Frau über den Weg laufen. Also sehe ich es mal als Kompliment an, dass Sie sich an mich erinnern.“

Hmm, hatte ich etwa zu schnell reagiert? Keinesfalls sollte es so aussehen, als hätte ich ausgerechnet auf ihn gewartet. Ach, diese Spielchen. Eine Bekannte von mir war zwei Wochen zuvor an Krebs gestorben, Uschi hatte einen Bandscheibenvorfall, Peter hatte angerufen und von Prostatabeschwerden berichtet. Warum in aller Welt sollte ich es langsam angehen lassen? Warum sollte ich wie ein Teenager ein Katz- und Maus-Spiel anfangen und kokett darauf warten, dass er richtig heiß darauf würde, mit mir eine Verabredung zu haben? Ich hatte keine Zeit zu verlieren, jeden Tag meines wer weiß wie langen oder kurzen Lebens wollte ich genießen.

„Na ja, ganz ehrlich. An einen Mann wie Sie kann man sich durchaus erinnern“ flirtete ich also los.

„Sie sind mir auch nicht mehr aus dem Kopf gegangen“, erwiderte er daraufhin, „wissen Sie, ich habe die ganze Zeit gedacht, wie schön es doch wäre, so eine Frau wie Sie bei so einer Reise dabei zu haben.“

Das war ein Wort. Wir verabredeten uns. Wir streiften durch Trier, erzählten aus unseren Leben. Auch er war geschieden, seit sechs Jahren. Seine Tochter war erwachsen und lebte in Frankfurt. Seine Exfrau, wie er mit bitterer Stimme erzählte, wohnte in Saarbrücken, er musste Unterhalt zahlen.

Ich überlegte, wieso ich eigentlich damals so ohne weiteres auf finanzielle Unterstützung meines Exmannes verzichtet hatte und stellte mit Befriedigung fest, dass mein Vorsatz, niemals mehr von einem Mann abhängig zu sein, bis zu diesem Zeitpunkt aufgegangen war. Niemals mehr!

Ullrich war ein guter Liebhaber. Ich genoss es, dass endlich noch einmal ein paar Schwärme durch meinen Körper tobten. Längst musste ich nicht mehr an Verhütung denken, dafür aber hatten mir jahrelang enorme Hitzewallungen zu schaffen gemacht. Immer noch kam es vor, dass ich ganz plötzlich meinen Pullover ausziehen musste und glaubte, ich sei in einer Sauna. Das ging natürlich nur, wenn ich zu Hause war. Also hatte ich mir angewöhnt, mich immer nach dem Zwiebelsystem zu kleiden, leichtes kurzärmliges Shirt, Pulli oder Weste darüber. So, dass ich immer irgendetwas rasch ausziehen konnte, wenn mir die Hitze zu Kopf stieg und mich aussehen ließ wie ein errötendes

Schulmädchen. Nachts wurde ich wach, warf immer wieder einen verschwitzten Pyjama neben das Bett und wälzte mich oft stundenlang schlaflos hin und her. Zum Glück war mein Bett breit genug, dass ich mir immer noch trockene Stellen auf dem Betttuch suchen konnte.

Wenn Ullrich neben mir lag, klappte das nicht. Es war mir peinlich, wenn sein Körper an mir klebte, weil ich mal wieder einen Schweißausbruch oder einen hochroten Kopf hatte. Nun ja, auch er hatte Unarten, die ihm peinlich sein konnten. In der ersten Nacht, in der er sich in meinem Bett räkelte, wurde ich nicht nur von meinen Wechseljahrbeschwerden geweckt, sondern auch von einem tiefen, röchelnden Schnarchgeräusch. Uiuiui, waren das die auffliegenden Maikäferchen, die sexuell aufregenden Erlebnisse, die Orgasmen wirklich wert?

Sie waren es. Vorerst jedenfalls.

Mit Ullrich war es anders als mit Peter. Ok, Peter war von Anfang an mehr wie ein guter Freund oder gar Bruder zu mir gewesen, weniger wie ein feuriger Liebhaber. Aber auch sonst war er anders. Ullrich hatte zum Beispiel weniger daran, schön essen zu gehen, ins Theater oder in die Oper. Er mochte es viel lieber, wenn ich zu Hause kochte (oder er tat es an meinem Herd) und wenn wir es uns auf der Couch vor dem Fernseher oder in meinem breiten Bett bequem machten. Ich gebe zu, auch ich war ruhiger geworden und es machte mir nicht mehr so viel Freude, jedes Wochenende in der Gegend herum zu rennen.

Am zweiten Weihnachtstag dieses Jahres saßen wir beide auf der Couch vor dem Fernseher, als wir die Bilder der schrecklichen Tsunamikatastrophe mit ansehen mussten. Ullrich war schockiert:

„Genau da war ich schon, vor zehn Jahren, mit meiner Frau!“ sagte er. „Oh Gott, wenn ich mir vorstelle, dass uns so eine Monsterwelle…“

Gemeinsam stellten wir fest, dass man gerade in unserem fortgeschrittenen Alter jeden Tag seines Lebens intensiv genießen sollte. Ob Unfall, Krankheit oder Katastrophe, keiner wusste, wann sein letztes Stündchen schlagen würde.

„Wann machen wir unsere erste gemeinsame Reise im Wohnmobil?“ fragte er. Zu Weihnachten hatte er mir einen Wohnmobil-Reiseatlas geschenkt, in dem sämtliche Stellplätze in Deutschland und Europa aufgeführt waren.

„Wann du willst, vielleicht im Frühling an den Gardasee?“

„Ich habe ein Saisonkennzeichen. Kann das Mobil also erst ab April nutzen.“

„Ok, also Ostern?“

„Super. Ich freue mich.“

Ich hatte eine gute Flasche Rotwein geöffnet. Es war mein Lieblingswein, von dem ich kurz zuvor ein paar Kistchen von einem Winzer in der Pfalz mitgebracht hatte.

„Schmeck mal“ sagte ich und prostete Ullrich zu.

„Jaa, gut. Ich merke, du lebst nicht schlecht“ antwortete er. „Was kostet denn davon die Flasche?“

„Hmm, weiß ich nicht mehr genau“, ich nannte ihm den Preis, den ich in etwa in Erinnerung hatte.

Sein Gesichtsausdruck verriet mir, dass er ihn recht hoch fand.

„Nun ja“ sagte er dann „ich habe kürzlich in einem Schnäppchenmarkt ein paar Flaschen gekauft, der schmeckte so ähnlich. Der hat nur halb so viel gekostet.“

Dass Ullrich recht sparsam war, hatte ich schon gemerkt. Wenn ich mit ihm zusammen durch die Stadt oder durch einen Supermarkt ging, stellte ich fest, dass er wie kaum eine Hausfrau sämtliche Preise von alltäglichen Waren im Kopf hatte und jedes Mal wusste, in welchem Laden es die gleichen Sachen billiger gab. Bei mir war das anders. Ich kaufte, was ich brauchte und dachte nicht daran, an Lebensmitteln zu sparen. Ok, ich war Geschäftsfrau, ich hatte wenig Zeit und ich konnte es mir leisten.

Und wenn Ullrich sparsam war, dann war mir das egal. Ich verdiente mein eigenes Geld, ich hatte nicht die Absicht, mit ihm zusammen einen Hausstand zu gründen und ich würde ganz gewiss auch bei einer gemeinsamen Urlaubsreise meinen Anteil bezahlen.

Es dauerte auch nicht lange, bis ich weitere recht ausgeprägte Eigenschaften an ihm entdeckte. Er war zum Beispiel sehr ordentlich. Eine Eigenschaft, die ich mir selbst auch nicht unbedingt zuschreiben konnte. Nein, es stapelten sich bei mir weder Tellerberge noch Abfälle und auch die Zahl der Staubschichten oder Spinnweben hielt sich in Grenzen. Aber hier und da lagen doch mal ein Slip, ein BH oder mein Bademantel einfach so über dem Rand der Badewanne, standen einzelne Tassen auf der Anrichte anstatt in der Spülmaschine zu verschwinden oder lagen Zeitschriften, Bücher und Fachliteratur auf meinem Wohnzimmertisch herum. Ullrich störte das. Das merkte ich. Unsere Beziehung war aber noch zu jung, als dass er darüber ein Wort verloren hätte. Sie war auch noch so jung, dass ich immer noch versuchte, einen guten Eindruck auf ihn zu machen. Deshalb räumte ich vor jedem seiner Besuche auf und achtete auf peinliche Sauberkeit.

Irgendwann aber, wir kamen gerade aus dem Kino und Ullrich hatte noch Hunger, hatten wir unseren ersten Streit.

„Was hast du denn noch im Kühlschrank?“ fragte er.

„Nicht viel. Komm lass uns in ein Bistro gehen und eine Kleinigkeit essen.“

„Können wir doch auch bei dir. Ist doch viel gemütlicher.“

„Ach, ich fange doch jetzt nicht noch mal an zu kochen. Schau mal, da hinten ist ein Restaurant, das sieht doch gemütlich aus.“

„Also Marlene, man muss das Geld ja auch nicht zum Fenster raus werfen.“

„Ach Ulli, jetzt stell dich doch nicht so an, ich lade Dich ein.“

Oh, oh, da hatte ich wohl in ein Wespennest gestochen. Er wurde stinksauer, er sei doch kein Schnorrer, es gehe ihm ja nur ums Prinzip und überhaupt, dass Frauen wohl grundsätzlich nur das Geld mit vollen Händen ausgeben und so weiter.

Ich war zumindest ziemlich irritiert. Oh nein, da machte mein Dickkopf nicht mit. Ich sagte ihm, dann soll er doch nach Hause fahren und sich um Himmels willen dort etwas essen machen. Ich hätte nun keine Lust mehr. Und ging allein in meine Wohnung.

Es dauerte ganze drei Tage, bis ich wieder etwas von ihm hörte. Drei Tage, in denen sich meine Käferchen äußerst ruhig verhalten hatten und in denen ich mir mehrmals selbst auf die Finger klopfen musste, um nicht Ullrich Nummer auf meinem neuen Handy zu wählen. Dann rief er an.

„Marlene? Hast du heute Abend Zeit? Emm, tut mir leid wegen neulich abends."

Ich zögerte noch.

„Schatz bitte. Wir werden uns ja wohl nicht wegen so einer Kleinigkeit streiten."

„Ich wollte mich nicht streiten!"

„Ich auch nicht. Also – bis später."

Er hatte aufgelegt. Abends kam er mit einem Strauß Blumen. Einen vom Hauptmarkt für 8 €, das Preisschild klebte noch an einem Blatt.

Als seine zärtlichen Hände sich an meiner Wirbelsäule herunter tasteten und er mir anbot, mich zu massieren, hatte ich ihm schon fast verziehen. Auch wenn ich oft stur war, ich wusste, das Leben war es nicht wert, sich wegen einer Kleinigkeit zu streiten.

Meinem Rücken tat eine Massage sehr gut, ich litt in der letzten Zeit oft an Verspannungen. Die Art, wie er dann auch die anderen Partien meines Körpers massierte, ließ schließlich auch meine Maikäferchen wieder aus ihrer Ruhestellung herauskrabbeln. Oh ja, es tat gut. Sehr gut.

Unser erster gemeinsamer Wohnmobilurlaub, auf den ich mich sehr freute, startete an dem Wochenende vor Ostern. Wegen der vielen Feiertage war das auch für mich ein günstiger Termin.

Da ich als Wohnmobil-Beifahrerin vollkommen unerfahren war, hielt ich mich an die Tipps, die ich von Ullrich bekam.

„Du brauchst keinen Koffer. Ich parke das Mobil kurz in deiner Straße und dann können wir deine Sachen mit einem Wäschekorb einladen."

Ich hatte dann zwei Wäschekörbe voll, eine Kiste mit Büchern, die ich im Urlaub endlich einmal mit Ruhe lesen wollte, einen Korb mit Lebensmitteln, weil ich ja den Kühlschrank leer räumen musste und eine große Toilettentasche.

Ullrich schlug die Hände über dem Kopf zusammen. „He, du gehst doch nicht zu einer Modenschau. Marlene, wir machen einen Wohnmobil-Urlaub!"

„Das heißt?" Es hieß, höchstens ein Wäschekorb mit Klamotten. Ein Karton voller Bücher? Kam gar nicht in Frage. Viel zu schwer. Schließlich wollte Ullrich nicht gleich der ersten Polizeikontrolle wegen Überladung auffallen. Lebensmittel? Hatte er doch selbst schon eingekauft. Alles genau geplant. Auf meinen Einwand hin, dass ich doch nicht alles wegwerfen könne, was noch in meinem Kühlschrank war, lenkte er schließlich ein.

Ich verstaute meine Sachen in den Schrankfächern, schaute mir das fahrbare Haus von innen genau an und fand, dass es ganz gemütlich werden könne oben in dem Alkovenbett und unten auf der gut gepolsterten Sitzgarnitur. Sogar Gardinen hingen an den Fenstern. Ein Fußabstreifer lag am Eingang und zusätzlich ein ausgebreiteter Putzlappen, damit möglichst wenig Schmutz von außen in das saubere Mobil mitgenommen wurde.

„Du hast hoffentlich Schlappen dabei", sagte er, als ich mich mit meinen Straßenschuhen häuslich einrichten wollte.

„Oh, der Karton mit den Schuhen, den hätte ich glatt vergessen", rief ich erschrocken, rannte zurück zu meiner Wohnung und sortierte schon freiwillig einige von den Schuhen aus, die ich bereitgestellt hatte. Trotzdem fand Ullrich, dass es zu viele waren. „Ein paar Straßenschuhe, ein paar Turnschuhe, ein paar Schlappen, das reicht".

Hmm.

Endlich brummten wir los. Ich saß als Beifahrerin neben Ullrich vorne in der Fahrerkabine und nahm mir den Straßenatlas zur Hand, um zu schauen, welche Route wir nehmen.

„Hast du ein Navi?“

„Brauche ich nicht. Hab mir alles aufgeschrieben.“

Ok, ich versuchte mich zu entspannen und schaute mir die Landschaft an, die mir vorerst noch gar nicht fremd war. Autobahn Richtung Kaiserslautern und dann südlich nach Freiburg.

„Über Straßburg wäre vielleicht näher gewesen“ wagte ich zu äußern.

„Kostet aber Maut“ bekam ich zur Antwort.

Ich überlegte. Was war nun teurer, das Benzin bzw. der Diesel für den Umweg oder der Mautbetrag? Ullrich hatte in Luxemburg voll getankt. Ich tankte auch immer dort. An den Trierer Tankstellen tanken die Leute fast nur dann, wenn sie es sehr eilig haben oder nur so viel, dass sie es noch bis über die Grenze nach Luxemburg schaffen. Die Preispolitik der großen Ölkonzerne ist mir schleierhaft, und wieso ausgerechnet in unserer Region, die so nahe am Tankparadies Luxemburg liegt, die Benzin- und Dieselpreise immer zu den höchsten in ganz Deutschland gehören, kann ich bis heute nicht verstehen. Die Tankstellenbesitzer vermutlich auch nicht.

Als wir das nächste Mal tankten, waren wir bereits hinter der Schweizer Grenze. Ullrich versicherte mir, dass die sonst so teure Schweiz zum Tanken ebenfalls billiger war als Deutschland. Geringfügig, aber immerhin. Zwischendurch hatten wir auf einem Parkplatz an der Autobahn ein paar Brote gegessen und Sprudel getrunken, den Ullrich in Sechserpackungen im Großformat in einem Discounter erstanden hatte. In seinem Wohnmobil hatte er alles exakt geplant verstaut, so dass es nirgends schepperte.

Es war noch nicht sonderlich warm nördlich der Alpen, trotzdem aßen wir unsere Brote draußen, weil Ullrich nicht mochte, dass wir das absolut toll gereinigte Mobil gleich am ersten Tag mit Krümeln verunreinigten.

Abends rasteten wir kurz vor dem Gotthard-Tunnel in einem Dorf in der Nähe eines Sportplatzes. In meinem Wohnmobil-Atlas hatte ich einen Stellplatz gefunden, der nur drei Kilometer entfernt lag.

„Findest du es nicht sicherer, wenn wir auf einem speziellen Stellplatz stehen?“ fragte ich, die ich von Natur aus ein ausgesprochenes Sicherheitsbedürfnis hatte.

„Phh, dann guck mal. Der kostet 20 Franken. Die können wir sparen.“

„In Ordnung“, antwortete ich, immer noch gut gelaunt, „dann können wir die gesparten 20 Franken ja jetzt sinnlos verprassen. Sollen wir mal schauen, ob es hier ein Restaurant gibt?“

„Bist du verrückt? In der Schweiz kannst du doch nicht essen gehen!“

Mir schwante Böses.

„Du könntest uns aber etwas kochen“ meinte er dann und zeigte mir, wie der Gasherd funktionierte. „Ich weise dich jetzt mal ein. Also hier...“ er entfernte das Polster der Sitzbank und öffnete einen kleinen Stauraum. „Hier lagern unsere Lebensmittel. Die Konserven habe ich nummeriert, die Nummer 1 hat die kürzeste Ablaufzeit, Nummer 2 die nächst kürzeste und so weiter. Du musst also immer die jeweils nächste Nummer nehmen. Hier sind Reis und Nudeln. Wenn eine Packung geöffnet ist, dann schütte ich den Rest hier in ein Schraubglas. Weißt du, sonst fällt etwas aus der Packung heraus und dann tritt man drauf...“

Unter den missbilligenden Blicken von Ullrich zog ich aus dem symmetrisch geordneten Vorrat ein paar Dosen heraus und las die Etiketten. Die Nr. 1 war Linseneintopf, Nr. 2 Gulasch, dann Erbsensuppe, Sauerkraut, Rouladen. Ich war zwar keine gute Köchin, aber auch keine Konserven-Liebhaberin.

„Emm, willst du damit sagen, wir essen der Nummer nach und nicht danach, worauf wir gerade Lust haben?“

„Sonst kommt ja alles durcheinander!“

Ich hatte Urlaub und wollte keinen Streit. Also gab es an diesem Abend Linseneintopf. Die Nummer 1, die Dose mit dem kürzesten Haltbarkeitsdatum, dazu ein paar mickrige Würstchen aus verschweißter Folie. Zur Feier des Tages öffnete Ullrich zwei Flaschen Bier aus dem Discounter, weil Wein ja dazu nicht passte. Ab und zu mag ich ganz gerne einmal Linseneintopf, aber nicht aus der Dose und wenn schon, dann brauche ich ein frisches knackiges Brötchen dazu. Das ging aber nicht, weil ich in dem Ort keinen Bäcker fand. Ullrich war darüber sehr erfreut, weil ich ja sonst das ganze Mobil verkrümelt hätte.

Er spülte ab, wischte den Tisch sauber und verstaute Teller und Töpfe wieder exakt an ihrem Platz.

Was ich an so einem Wohnmobil sehr angenehm fand war die Tatsache, dass es über eine Toilette, ein winziges Waschbecken und eine Dusche verfügte. Als Jugendliche hatte ich ein einziges Mal gezeltet und überhaupt nicht gemocht, einen Donnerbalken aufzusuchen, mich im Bach zu waschen und auf einer Luftmatratze zu schlafen. Diese neue Art des Campens war doch schon wesentlich angenehmer.

Als ich mich entkleidete, meine Klamotten über die Lehne der Sitzbank warf und mein Duschzeug suchte, fragte mich Ullrich fast entsetzt: „Du willst doch jetzt nicht duschen?“

Ich dachte noch, er hätte es so eilig, mit mir sein Alkovenbett einzuweihen, aber dann setzte er nach: „Wir müssen sparsam mit dem Wasser umgehen, sonst muss ich gleich wieder nachtanken.“

„Was? Wie viele Liter passen denn in so einen Tank? Müsste doch reichen für ein paar Mal Duschen – oder?“

„Nee, weißt du, wie viel Sprit man mehr verbraucht, wenn man so viel Wasser mitschleppt? Wenn wir am Gardasee sind, kannst du duschen. Ach, und räume bitte deine Klamotten weg.“

Als wir endlich in unserem Alkovenbett lagen, war kein einziges noch so kleines Maikäferchen zu spüren. Und selbst als Ullrich mich mit seinen zarten Händen überall streichelte und mich mit seinem Schnurrbart kitzelte, waren es sicher nicht mehr als vier Beine, die langsam ihre Füßchen bewegten. Ein wenig anders hatte ich mir das schon vorgestellt.

Ich konnte nicht einschlafen. Denn spätabends, als wir uns bereits zur wirklichen Ruhe gelegt hatten, machten sich einige Jugendliche des Ortes einen Spaß daraus, im Dunkeln mit einem Ball auf dem Sportplatz herumzurennen und wilde Schreie auszustoßen. Als sie endlich verschwunden waren, ging neben mir die Schnarcherei los. Zudem verursachten die Linsen irgendwann in den Gedärmen meines lieben Ullrich eine Menge Luft, die mit entsprechenden Begleitgeräuschen entwich. Bei mir war es ähnlich, allerdings versuchte ich krampfhaft, die Geräusche zu vermeiden. Eigentlich wäre es egal gewesen, denn wer dermaßen schnarchte, würde sich ganz gewiss nicht von ein paar Pupsern stören lassen.

Ich lag steif und starr, hielt mir die Nase zu wegen des üblen Geruches und bekam Schweißausbrüche. Draußen in den Sträuchern rundum knackte es verdächtig. Ich hatte Angst. Die absolute Dunkelheit um uns herum tat ein Übriges, mir im Halbschlaf irgendwelche Gangster vorzustellen, die es auf unser Geld abgesehen hatten und uns mit Gas betäuben könnten. So etwas soll auf Raststätten in Südfrankreich und auf Parkplätzen entlang den Autobahnen schon öfter vorgekommen sein.

Es kamen keine Gangster. Dafür aber Polizisten, die morgens früh an unsere Tür klopften und uns zu verstehen gaben, dass wir hier nicht campen dürften.

„Wir campen nicht. Wir haben hier nur über Nacht gestanden, weil ich zu müde war, um weiterzufahren“, erklärte Ullrich. Die Herren ließen sich besänftigen, gaben uns aber zu verstehen, möglichst schnell zu verschwinden.

Ich war noch im Schlafanzug, zog mich immer noch ungeduscht rasch an und schon fuhren wir zur Autobahn. Nach zwei Stunden stop and go vor dem Gotthard-Tunnel ging es dann endlich in Richtung Italien.

In der Nähe des Gardasees verfuhr sich Ullrich, musste auf engstem Raum drehen und stieß dabei mit der hinteren Stoßstange gegen einen dicken Stein. Es waren nur ein paar Kratzer, aber er war sauer. Stinksauer.

Die Sonne schien, es war angenehm warm, wie ich durch das geöffnete Seitenfenster spüren konnte, das ich auf Ullrichs Geheiß aber rasch wieder schließen musste. „Es zieht".

Er suchte die Stadt Sirmeone, gurkte einige Male durch enge Straßen und blieb schließlich auf einem Parkplatz vor einem Campingplatz stehen. „So, voila, Gardasee", sagte er, sichtlich erleichtert, und zeigte auf das Stückchen Wasser, das man von dort aus in einiger Entfernung sehen konnte.

„Was ist, fahren wir nicht hinein?" fragte ich und hielt Ausschau nach der Rezeption des Campingplatzes.

„Ach nee, erst mal nicht. Aber wenn du unbedingt duschen willst..."

Ich war noch nicht oft auf Campingplätzen gewesen, wusste aber, dass es dort Sanitärgebäude und Duschen gibt. Also packte ich meine Toilettensachen und ein Badetuch in einen Korb und wollte mich auf den Weg machen.

„Emm, du kannst da aber nicht so einfach mit den Badesachen reinmarschieren. Eigentlich darf man da nur duschen, wenn man einen Platz belegt hat und angemeldet ist. Aber ich schleiche mich immer heimlich rein, dusche umsonst und tue dann so als ob ich Campinggast sei und eben mal in die Stadt ginge."

Ich fasste es nicht. „Du Ullrich, wenn dir das hier alles zu teuer ist, dann bezahle ich es. Los, lass uns reinfahren."

„Das sehe ich gar nicht ein. Weißt du was die hier nehmen? Achtunddreißig Euro! Für eine Nacht! Wofür habe ich denn ein Wohnmobil?"

Das fragte ich mich auch. Wofür hatte er eine Dusche und wofür hatte er einen Wassertank? Und wofür hat man einen Besen, wenn man keinen einzigen Krümel auf den Boden machen darf? Und überhaupt. Da kaufte sich dieser Mensch ein Wohnmobil, was weiß ich für sechzig oder siebzigtausend Euro (wenn das reichte) und dann sparte er an den Stellplatzgebühren, am Wasser, am Strom, an allem! Ich fasste es nicht. Ach herrje, das hier machte mir nun wirklich keinen Spaß mehr.

Ich nahm meinen Korb, bezahlte an der Rezeption den Tagessatz für eine Person und genoss die heiße Dusche, die meinen Kopf so weit frei machte, dass ich wieder klar denken konnte.

Bis zum nächsten Tag hielt ich durch. Dann aber hatte mein lieber Ullrich mich gebeten, meine Haare draußen zu kämmen, weil ja das ein oder andere Haar ausfallen und auf seinen heiligen Mobilboden hätte fallen können. Frische Brötchen zu kaufen, hatte er abgelehnt, weil er ja eingepacktes Brot aus dem Billigmarkt dabei hatte. Außerdem machten ihm Brötchen generell viel zu viele Brösel.

Für Kaffee kochte er Wasser in einem Topf auf dem Gasherd, weil ein Stromanschluss ja wiederum Geld gekostet hätte und man diesen auch nur bekommt, wenn man einen Stellplatz oder Campingplatz mietet. Die Frischkäsepackung war auch nummeriert und sowohl Honig als auch Marmelade stammten aus dem untersten Billigregal einer Supermarktkette.

Weder mittags noch abends wurde im Restaurant gespeist, für Essen hatte er ja schließlich vorgesorgt. Selbst wenn ich vorschlug, nur mal eben einen echten italienischen Wein in einem der kleinen Lokale am See zu probieren, winkte er ab. Hatte er alles. ER war ja Wohnmobilist.

Um an den See zu gelangen, um dort im Bikini zu liegen und endlich von dem Wort Urlaub ein winziges bisschen zu erhaschen, mussten wir eine halbe Stunde zu Fuß gehen, weil Ullrich den ‚faulen Mafiosis' an den offiziellen Badestränden nicht auch noch Geld dafür bezahlen wollte, nur um ein bisschen Wasser zu sehen.

Wie ich schon sagte. Nach einer weiteren Nacht in der unmittelbaren Nähe eines Sägewerks (Ullrichs Schlund) waren nicht nur sämtliche Maikäferchen samt Engerlingen verschwunden, sondern auch meine Geduld und meine Nachsicht. Und schließlich ich selbst.

Während Ullrich am Strand einen Mittagsschlaf hielt, kaufte ich mir im Ort einen Koffer, stopfte meine wichtigsten Utensilien hinein, setzte mich in den nächsten Bus und fuhr wenigstens so weit, dass ich von einem Geizkragen und Pedanten namens Ullrich weit und breit nichts mehr sehen konnte. Ich suchte mir ein Hotel, machte ein paar Tage entspannt Urlaub mit frischem knackigen Weißbrot und jeder Menge Brösel und dachte darüber nach, wieso mir das nur hatte passieren können. Wieso in aller Welt ich es nötig hatte, mich in so einen Kerl zu verlieben. Und das in meinem Alter.

Zum Heimfahren nutzte ich den Zug. Alle Männer, die mir auch nur einen einzigen Blick zuwarfen, strafte ich mit Verachtung.

Was für ein Glück, dass ich den Merziger nicht mit zu meiner Verwandtschaft geschleppt hatte. So musste ich mich weder rechtfertigen noch irgendetwas von ihm erzählen, als ich an Ostern dort auftauchte.

„Marlene" freute sich meine Mutter. „Warum hast du nicht angerufen? Jetzt habe ich nicht genug zum Essen eingekauft."

„Ich lade euch ein. Wir gehen essen." Ich bestimmte es einfach. Das Wetter in Deutschland war um einige Grade kälter als in Italien, aber in dem Moment fand ich die Eifel einfach nur wunderbar. Ohne Pedanten, Geizhälse, Dusch-Erschleicher, Konservenfresser. Wir speisten in einer alten Mühle, die man liebevoll renoviert und in ein Restaurant umgebaut hatte. Es schmeckte hervorragend und selbst Vater zeigte sich richtig glücklich. „Danke, mein tüchtiges Mädchen" sagte er nach dem Dessert. Dann aber brauchte er dringend seinen Mittagsschlaf.

Ich setzte mich zu Mutter in ihr Wohnzimmer und wir redeten. Sie sprach über den zugezogenen Nachbarn, der so einige Macken hatte und immer Ärger machte, über ihre Herzprobleme und darüber dass Vater auch nicht mehr so gut dran war, aber nie darüber sprach. Und dass sie sich Sorgen um mich machte, weil ich für ein Leben als alte Juffer nicht geeignet sei. Ach je, meine Mutter.

„Ach übrigens“ sagte sie dann noch, „wusstest du, dass dem Willi seine Frau gestorben ist? Marlene, ich habe immer schon gedacht, der Willi wäre der richtige Mann für dich gewesen.“

„Mutter, sag doch nicht so was. Du glaubst doch wohl nicht, dass ich jetzt, wo seine Frau gestorben ist, …“

Was alte Leute doch für Ideen hatten.

Yvonne hatte ihr Studium auf Lehramt fast fertig. Wenigstens sie hatte es geschafft.

„Sie ist verliebt“ vertraute mir Hedwig an. „Ach Marlene, du weißt gar nicht, welcher Kummer dir erspart bleibt, wenn du keine Kinder hast. Stell dir vor, Yvonnes Freund ist bei der Bundeswehr und muss demnächst nach Afghanistan und jetzt weint sie sich die Augen aus dem Kopf.“

Oh je, meine arme Yvonne. Sollte unsere Generation die einzige gewesen sein, die von Kriegsschauplätzen verschont geblieben war? Wer konnte wissen, was der junge Mann dort in dem unberechenbaren Land erleben würde und mit welchem Trauma er später zu kämpfen hatte. Und die Frau an seiner Seite gleich mit. Als absolute Pazifistin war es mir zuwider, dass deutsche Soldaten wieder in kriegerische Auseinandersetzungen verwickelt werden konnten. Obwohl die Feministin in mir durchaus zugeben musste, dass ohne den Einsatz der internationalen Gemeinschaft die Frauen in Afghanistan immer noch unterdrückt würden (noch viel mehr) und die Mädchen immer noch nicht in Schulen gehen dürften.

Ich fragte mich, welche Tiere es in Yvonnes Körper waren, die für das spezielle Kribbelgefühl sorgten. Schmetterlinge? Oder vielleicht auch Maikäfer, wie bei mir? Ich hoffte jedenfalls, dass ihre Tierchen mehr Durchhaltevermögen hatten als die meinen.

Erst einmal wollte ich selbst nichts mehr von irgendwelchen Flattertierchen wissen. Egal wie sie hießen und welche Flügel sie auch immer hatten. In den Jahren danach hatte ich genug damit zu tun, die Maikäfer-Partneragentur in Schwung zu bringen und gleichzeitig mit dem Verlust und meiner Trauer um geliebte Menschen umzugehen.

Tante Resis Asche wurde auf ihren Wunsch hin vom Winde über den Atlantik in Richtung Europa geweht. Tante Resi, der ich so viel zu verdanken hatte. Irgendwann fuhr ich an die französische Atlantikküste, stellte mich an den Strand und führte ein langes Gespräch mit ihr, mit dem Wind, mit den Wellen. Joe hatte mir einen Anhänger geschickt. Den Lieblingsanhänger von Tante Resi. Er schrieb, dass sie so oft davon gesprochen hatte, dass ich wie eine Tochter für sie gewesen sei. Ach ja, wir kinderlosen Frauen, wir suchten uns unsere Ersatzkinder, unsere Nichten oder Neffen. Jemanden, dem wir unsere überschüssige Liebe schenkten konnten. Die menschliche, die gütige, die beschützende Liebe, die nichts zu tun hat mir der zur Männerwelt, der erotischen Liebe, die diese Kribbelgefühle auslöst und unseren Verstand benebelt.

Ein halbes Jahr später beerdigten wir Mutter auf dem Friedhof in ihrer geliebten Heimaterde. Ihr Tod traf mich weit schlimmer als der aller anderen Familienangehörigen. Auch schlimmer als der von Tante Resi. Weit schlimmer auch als die nicht lange danach einsetzende Finanz- und Bankenkrise, bei der eine Menge meiner hart erarbeiteten hoffnungsvollen Lehman-Zertifikate zum Teufel gingen, die ich als Alterssicherung vorgesehen hatte.

Mutter war keine Frau großer Worte gewesen, aber Mutter hatte mich immer verstanden und sie hatte jederzeit zu mir gehalten. Egal, welche Fehler ich auch machte. Ich vermisste sie sehr. Auch wenn ich mir stets tröstend sagte, dass sie recht alt geworden war und eigentlich Glück hatte, einem Herzinfarkt zum

Oper gefallen zu sein, anstatt monate- oder gar jahrelang krank dahinsiechen zu müssen.

Vater, der auf die 90 zuging, siedelte um in das Haus von Hedwig und Gerd. Er tat es nicht gerne, aber es musste sein. Wieder einmal war ich Hedwig dankbar. Als sich dann die Frage auftat, was mit unserem Elternhaus geschehen sollte, waren sich meine Brüder und ihre Frauen einig. Sie wollten es verkaufen. Ich war dagegen. Vater auch. Unser gutes altes Elternhaus. Ja, es musste einiges daran gemacht werden. Neues Dach, neue Fenster, neues Bad… „Das rentiert sich nicht, da musst du so viel Geld reinstecken. Und dann? Willst du es etwa vermieten? Hier in einem kleinen Eifeldorf? Nachher hast du irgendwelche Leute drin sitzen, die alles versauen und die du nicht mehr raus bekommst. Ach Marlene, sei vernünftig."

So redeten sie mit mir. Ich wollte nicht, dass das Haus verkauft wurde.

Auch wenn mir mit meinen so geliebten Maikäfern das Glück nicht immer hold gewesen war, so konnte ich mich im Grunde doch im Laufe meines nicht mehr so jungen Lebens oft als Glückskind bezeichnen. Pessimisten hätten es vielleicht anderes gesehen und darüber gejammert, in ihrem Leben so viel Pech mit Männern gehabt zu haben. Ich war Optimistin. Ich sah halbgefüllte Gläser immer als halbvoll an und nicht als halbleer. Und wenn ich manchmal die Texte in Todesanzeigen las so ähnlich wie „wir vermissen ihn sehr, aber sind froh und dankbar, ihn gehabt zu haben", dann dachte ich mir, dass es mit meiner Ehe und meinen Liebesverhältnissen auch so ähnlich war.

Dieses Mal konnte ich es durchaus als Glück bezeichnen, dass sich die Elternhaus-Frage noch kurz vor der Bankenkrise und der damit einhergehenden Finanz- und Wirtschaftskrise aufgetan hatte. So nämlich kratzte ich bis auf die längerfristig angelegten Altersabsicherungen meine sämtlichen Aktien und sonstigen Bankguthaben zusammen, zahlte meinen Geschwistern ihren Anteil aus (natürlich mit Vaters Einverständnis) und fing an, mir

Handwerker zu suchen, die in ‚meinem' Haus Energiespar-Umbauten und Verschönerungen vornahmen.

Jedes Wochenende schuftete ich selbst mit, auch wenn mir hinterher jedes Mal mein Rücken wehtat. Immerhin war ich nicht mehr die Jüngste. Mittlerweile musste ich sogar feststellen, dass in den Todesanzeigen der Tageszeitung immer öfter die Geburtsjahrgänge meiner Altersgruppe auftauchten. Die dazu teilweise schrecklichen Krankheitsgeschichten verschiedenster Freunde und Bekannten, die mir immer wieder zu Ohren kamen sowie die Besuche am Krankenbett meines alten Vaters bestärkten mich in meinem Lieblingsausspruch „Carpe diem". Lebe den Tag. Auch wenn die Welt mit zunehmendem Alter nicht lustiger wurde, auch wenn ich um meine lieben Menschen trauerte, ich nahm mir vor, die Schönheiten des Lebens zu genießen.

Ähnliche Weisheiten versuchte ich auch den älteren Herrschaften weiterzugeben, denen ich Partner vermitteln wollte. Irgendwie fühlte ich mich verpflichtet, meinen Kunden nicht nur den Blick für eine mögliche neue Partnerschaft zu öffnen, sondern ihnen auch eine Art Lebensfreude zu vermitteln. Oh ja, ich versenkte mich sogar in Fachliteratur zum Studium der menschlichen Psyche und stellte dabei fest, dass all meine eigenen Erfahrungen mir für mein neues Berufsbild sehr von Nutzen waren.

Von meinem Maikäfer-Gekribbel hatte ich bis dahin noch nie öffentlich erzählt. Wenn ich nun in den Gruppen, in denen sich meine Kunden und Kundinnen zusammenfanden, hier und da gefragt wurde, wieso sich unsere Agentur ‚Maikäfer' nannte, so sorgte meine ehrliche Antwort bei fast allen zunächst für große Heiterkeit, dann aber auch für eine Menge nostalgischer Erinnerungen.

„Oh ja, wir haben als Kinder auch immer Maikäfer gefangen…" ging es dann los, oder „ja, ich weiß noch, wie es kitzelte, wenn so ein Käfer über meinen Arm krabbelte", „wir verstauten sie in Zigarrenkisten oder Schuhkartons". Schon hatten die Leute Gesprächsstoff.

Gesprächsstoff ergab das Thema Kribbeln im Bauch noch oft anlässlich solcher Abende. Am interessantesten fand ich die Stunden, in denen die Interessenten (ich mochte den Ausdruck Kunden nicht) bei lockeren Unterhaltungen einfach einmal offen über ihre Situation und ihre Empfindungen sprachen. Auch wenn bei vielen das Thema Sex nicht mehr so im Vordergrund stand wie bei jüngeren Menschen, die meisten fanden jedoch genau dieses Kribbeln als unbedingt notwendige Voraussetzung für den Beginn einer neuen Partnerschaft. Es gab aber auch andere Stimmen.

Eines Abends ergab sich eine Gesprächsrunde mit etwa folgendem Wortlaut:

Herr A.: „Hach, was gäbe ich nicht alles drum, endlich noch mal dieses Kribbeln zu spüren. Wäre doch toll, sich noch mal wie ein verliebter Teenager zu fühlen, dieses Herzklopfen, dieses aufregende Gefühl, diese Sehnsucht."

Frau U., die Nüchterne: „Herrje, und dann bekämen Sie Herzklabaster und Ihre Angebetete müsste den Notarzt rufen, was? In Ihrem Alter sollten Sie solche Aufregungen vermeiden."

Herr B.: „Also zugegeben, mich hat es auch gereizt, dieses Kribbeln im Bauch noch mal zu spüren. Und ich habe es mir immer wieder bei Seitensprüngen geholt. Nach all den Ehejahren war das mit meiner Frau einfach nicht mehr so aufregend, obwohl ich sie eigentlich sehr geliebt habe. Aber was hat es mir gebracht? Meine Ehe ist daran zerbrochen. Heute bereue ich es zutiefst. Das ganze Gekribbel, das ist doch nur kurzfristig. Die Tierchen flattern genauso schnell davon wie sie kommen. Nee, nee, also noch einmal würde ich den Fehler nicht machen."

Frau C.: „Mein Mann ist jetzt 2 Jahre tot und ich muss zugeben, von dem Gefühl, wovon ihr hier redet, habe ich bei ihm nie etwas gespürt. Eigentlich war ich in jungen Jahren in einen anderen Mann verliebt, aber der ist im Krieg gefallen und als mein Mann mir damals einen Antrag machte, war ich froh, versorgt zu sein. Und als dann die Kinder kamen und wir uns nach und nach eine Existenz aufgebaut haben, da blieben diese Art Gefühle völlig auf der Strecke. Aber ich hatte trotzdem einen guten Mann und ich will mich nicht beschweren."

Frau D.: „Also ich habe das Kribbeln nur am Anfang gespürt, als ich noch total verliebt war. Das hat sich aber dann ganz schnell gelegt. Mein Mann hat nämlich immer schon gerne einen getrunken. Und als das immer schlimmer wurde und er im besoffenen Kopf herum getobt und sonst was von mir verlangt hat – also ich kann euch sagen, da sind die Tierchen ganz schön schnell abgehauen. Hätte ich besser auch gleich getan. So habe ich dämliche Kuh gewartet, bis er unser ganzes Geld versoffen hatte. Nee nee, auf das Kribbeln gebe ich gar nichts. Für mich kommt nur noch ein Mann in Frage, der aber auch gar nichts mit Alkohol am Hut hat."

Bei der Aufnahme in unsere Kartei hatte mir Frau D. klipp und klar gesagt, dass sie eigentlich von Männern die Schnauze voll hatte. Die Frau, die sich mit Putzjobs über Wasser hielt, hatte offen zugegeben, dass es ihr bei der Partnersuche im Grunde nur darum ging, versorgt zu sein.

Herr F.: „Ach ihr mit eurem Kribbeles! Dat brauch' isch net mehr. Ich bin jetzt 72 und such' ne Frau, mit der ich meine letzten Jahre verbringen kann und die mir wat Gutes zu essen kocht und die Wohnung in Ordnung hält."

Während ich daran dachte, dass es Frau D. bei ihm vielleicht gar nicht so schlecht hätte, ereiferte sich Frau G.: „Ja ja, das ist ja mal wieder typisch Mann. Und bestimmt wollen Sie auch noch eine, die mindestens 10 Jahre jünger ist als Sie. Dann suchen Sie sich doch eine Haushälterin!"

Frau F.: „Ja klar. Wir Frauen sollen noch knackig sein und bei Euch knacken die Knochen, was? Vielleicht sollten wir Frauen auch endlich mal das Selbstbewusstsein haben, nach jüngeren und potenteren Männern zu suchen."

Frau H.: „Gar keine schlechte Idee. Aber seien wir doch mal ehrlich. Die meisten Leute in unserer Gesellschaft sagen doch immer noch ‚Iihh', wenn sie ältere Frauen mit Sex in Verbindung bringen. Und überhaupt, Alter und Erotik, das ist für die meisten einfach nur peinlich. Wieso eigentlich? Die Menschen werden heute viel älter als früher und wer sagt uns, dass wir nicht auch noch im Alter Spaß und Freude an erotischen Aktivitäten haben sollten?"

„Sie hat Recht", meldete sich nun auch Frau X, die sonst eher Schüchterne. „Und wenn es nicht mehr so klappt wie früher, dann gibt es in der Apotheke genug Hilfsmittel für Männlein und Weiblein. Ich meine, Leute die nicht mehr gut gehen können sagen sich ja auch nicht, ‚dann gehe ich eben nicht mehr'. Die nehmen ja auch einen Stock oder einen Rollator zur Hilfe."

Herr H. bekannte offen, dass ihm Sex auch mit seinen 69 Jahren noch sehr wichtig war und er noch keinerlei Hilfsmittel benötigte. Auch Frau I. war auch der Meinung, dass ältere Frauen sich überhaupt nicht dafür schämen müssen, wenn ihnen Sex noch Spaß macht, während sich ältere Männer sogar damit brüsten, noch sexuell aktiv zu sein. Das Kribbelgefühl im Bauch hielt sie für absolut notwendig für eine in Frage kommende Partnerschaft.

Insgesamt stellten wir gemeinsam fest, dass das ‚Gekribbel' zwar toll, aber nun einmal leider kein Dauergefühl ist und selbst im Laufe der besten Ehe oder Partnerschaft beim besten Willen nicht über längere Zeit erhalten bleibt. Dass Liebe aber viel mehr bedeutet als das Kribbeln, dass die meisten Menschen eine dauerhafte verlässliche Beziehung mit inniger Zuneigung gar nicht hoch genug einschätzen und dass die Jagd nach dem Kribbeln allzu häufig gute langjährige Beziehungen zerstört.

Mein Bruder Otmar, der nach der Trennung von seiner Frau alleine lebte, hatte uns seine Wochenendhütte in der Eifel für Clubabende und Kundentreffs zur Verfügung gestellt. Die Hütte lag ideal. Dort in der herrlichen Maar-Gegend konnten wir mit dem bunt zusammen gewürfelten Gruppen wandern, grillen, diskutieren oder sonstige Veranstaltungen organisieren.

Irgendwann ließ sich Otmar dazu überreden, an einem solchen Clubabend auch teilzunehmen. Und siehe da, prompt fingen bei ihm angesichts einer netten, gut betuchten Witwe aus Luxemburg ein paar Tiere an zu flattern. Ich habe ihn nicht gefragt, welche es waren, egal. Ich sah, wie seine Augen an der eleganten Madame hängen blieben und Wochen später sah ich die beiden – zufällig – Hand in Hand durch Trier schlendern. Solche Momente waren es, die meiner Arbeit immer wieder neuen Auftrieb gaben, obwohl ich mich manchmal danach sehnte, wie andere Frauen in meinem Alter einfach mal meine Ruhe zu haben. Dass zumindest der Körper mit jedem Lebensjahr ein wenig an Kraft verlor, war einfach nicht wegzuleugnen. Da nützte es auch nichts, sich mehr und mehr gesund zu ernähren und regelmäßig noch etwas Sport zu treiben.

An einem wunderschönen Frühlingstag half mir Gudrun dabei, sämtliches Sammelsurium, das sich in all den Jahren in meiner Trierer Wohnung angesammelt hatte, in Umzugskartons zu packen. Mein altes neues Haus war so weit fertig und fortan wollte ich also in meiner alten Eifelheimat wohnen. Es schwang ein wenig Wehmut mit, denn ein Lebensabschnitt wurde wieder einmal abgeschlossen. Auch wenn es nur eine Wohnung war, die ich verließ. Sie hatte mir lange Jahre ein Gefühl der Geborgenheit vermittelt. Und so blieb es nicht aus, dass wir beiden älteren Ladies wieder einmal tiefgeistige Gespräche über das Leben im Allgemeinen und im Speziellen führten.

„Wenn du noch mal zwanzig wärst, was würdest du anders machen in deinem Leben?“

„Ach herrje, Gudrun. Es ist müßig, darüber nachzudenken. Ich kann ja doch nichts mehr ändern. - Vermutlich würde ich alles noch einmal genauso machen. Nein, wahrscheinlich würde ich zumindest mein Studium fertig machen. Und wahrscheinlich würde ich nicht mehr auf die falschen Kerle reinfallen. – Oder doch? Ach Quatsch. Das Leben ist nun mal keine Versicherung. Jeder muss seine eigenen Fehler machen und daraus lernen."

„Also ich würde auf jeden Fall nicht mehr nein sagen, wenn mein alter Schulfreund von damals mich noch mal fragen würde, ob ich ihn heirate. Ich blöde Kuh, damals war er mir nicht gut genug in seinem Blaumann, da hatte ich nur Augen für Schlipsträger. Oh Mann, heute leitet er eine Firma mit über hundert Mitarbeitern."

Ich lachte. „Habt ihr damals in der Schule nicht Gottfried Keller gelesen?" Dann wurde ich wieder ernst. „Aber ich weiß, was du meinst. Ich habe mich früher auch leicht blenden lassen. Erst mit einer gewissen Lebenserfahrung erkennt man, was hinter den Fassaden der Menschen steckt. Doch selbst bei älteren Menschen stelle ich immer wieder fest, dass bei vielen immer noch die Devise gilt: Kleider machen Leute."

Ich musste noch einmal lachen. „Schau dir den Herrn W. an. Kaum eine unserer Kundinnen will sich mit ihm treffen, weil er immer so schlampig angezogen ist. Dabei ist der Mann hochintelligent, wohlhabend und sehr gefühlvoll. Aber das erkennt kaum jemand, weil die meisten nach einem Blick auf sein Äußeres gleich wegschauen und nichts mit ihm zu tun haben wollen. Vielleicht braucht er ja einfach jemanden, der mal hinter die Fassade schaut."

„Oder vielleicht braucht er auch jemanden, der mal mit ihm zum Herrenausstatter geht. Der sieht wirklich aus wie ein Penner."

Das war Gudruns Logik. Wir waren wieder in der Wirklichkeit angekommen.

„Und du bist sicher, dass dir in deinem Dorf nicht die Decke auf den Kopf fällt?"

„Das will ich nicht hoffen. Ich gehe doch davon aus, dass der Schreiner die Holzdecken fest montiert hat."

Gudrun verdrehte die Augen. „Ich meine, Trier ist auch nicht gerade der Nabel der Welt... aber in so einem Dorf, also ich weiß nicht... Ich glaube, da bekäme ich Klaustrophobie. Ach, übrigens, der Herr Weller hat mir ein neues Lokal empfohlen, wo man toll essen gehen kann."

Und das waren mal wieder Gudruns Gedankensprünge. Der Herr Weller also, ein Kunde. Verwitweter Rentner, solide Verhältnisse, humorvoll, Hobbys Reisen und Wandern. Ich hatte es mir so gut eingeprägt, weil ich mir bei seiner Aufnahme in unsere Kartei gleich hatte vorstellen können, dass dieser Herr sich zu einem begehrten Objekt für die Damenwelt entwickeln könnte.

„Und er hat dich nicht zufällig gleich dahin eingeladen?" Ich erinnerte mich an Gudruns Blicke, als sie besagtem Herrn zum ersten Mal über den Weg gelaufen war.

Anstatt einer Antwort hechtete sie gerade einen Stapel Bücher in eine Umzugskiste und keuchte dann:

„Der hat auch gesagt, wir wären in unserer Partneragentur viel zu billig. Er war nämlich Betriebswirt bevor er in Rente ging. Und er könnte uns noch ein paar gute Tipps geben für unser Geschäft und so."

„Also warst du schon mit ihm essen. Raus mit der Sprache, Gudrun!"

Sie tat so, als sei sie von den Buchtiteln geradezu fasziniert, die sie gerade weiter in die Kiste legte.

„Ich reiße dir schon nicht den Kopf ab, weil du mit einem Kunden essen gehst. Ich dachte nur, es wäre besser, wenn…"

„Ja, ich war mit ihm essen! Und ja, er gefällt mir! Und ja, ich weiß, dass praktisch jede unserer Kundinnen scharf darauf wäre, sich mit ihm zu treffen. Aber nein, verdammt noch mal, den kriegt keine! Das ist endlich mal ein Mann, der genau zu mir passt. Ich habe nämlich Schmetterlinge im Bauch, Marlene. Oder von mir aus auch Maikäfer. Es kribbelt! Verstehst du?"

Oh ja, ich verstand. Dass es so eingeschlagen hatte zwischen den beiden, das hätte ich allerdings nicht gedacht. Ich wünschte Gudrun, dass die Flatter- oder Krabbeltierchen Ausdauer bewiesen.

Ich zog also wieder aufs Land. Von Klaustrophobie keine Spur. Was sich die Städter doch einbilden. Haben doch viel weniger Platz als die Landbewohner. Noch einmal in einen einem kleinen Dorf zu leben, machte mir weniger aus als ich gedacht hatte. Es hatte durchaus seine Vorteile. Keine laute Verkehrsstraße, keine Abgase, keine Industrieschornsteine. Nur ein wenig Getöse der Düsenjäger, die vom nicht allzu weiten amerikanischen Flugplatz ihre Kriegsspielchen am Eifelhimmel einübten und je nach Windrichtung ein paar Stallgerüche von dem einzigen Bauern, den es noch im Dorf gab.

Dafür aber gab es viel Grün rundum, einen herrlichen Wald, durch den man weite Spaziergänge machen konnte und ein Stückchen Garten, in dem ich Kräuter, Blumen und meinen eigenen Salat züchten konnte.

Ich fühlte mich wohl in dem umgestalteten alten Haus. Die ziemlich krummen Innenwände hatte ich mit Lehmputz überziehen, die alten Holzböden abschleifen lassen. Das Haus hatte Atmosphäre. Der Geist meiner Vorfahren schwebte über mir. Immer wenn ich die alte Holztreppe hochstieg und über die immer noch ein wenig knarrenden Holzdielen in meinem Schlafzimmer schritt, übermannten mich die Erinnerungen an früher. Daran, dass meine Gedanken immer öfter in die Vergangenheit zurückschweiften, merkte ich auch, dass ich älter wurde. Als Vater neben Mutter begraben wurde, verstärkten sich diese Rückblicke in frühere Zeiten. Manchmal träumte ich sogar davon, wie mich Vater auf seinem Rücken die Treppe hoch trug und mich dann oben wie einen Sack Weizen in mein Bett plumpsen ließ. Ein Spielchen, das mir als Kind riesigen Spaß gemacht hatte. Oder wie Mutter mir Wadenwickel machte, wenn ich krank war. Oder wie Tante Agnes… Ach je, ich wurde alt.

Dass mir die Pendelei zwischen Wohnung und Büro in der Zeit danach auch zunehmend schwerer fiel, war nicht wegzuleugnen. Der Verkehr morgens in Richtung Trier und durch die Stadt war eine Katastrophe. Manchmal sehnte ich mich sogar danach, einfach mal länger im Bett zu liegen und tagsüber lieber einen Spaziergang zu machen, als zu arbeiten.

Irgendwann erwog ich, beruflich kürzer zu treten und mich, solange es gesundheitlich ging, mehr auf die Schönheiten des Lebens zu konzentrieren. Es war zu dem Zeitpunkt, als der nette Herr Weller nicht nur für meine Freundin und Geschäftspartnerin Gudrun als Mann immer wichtiger wurde. Er hatte sich auch aus dem Status ‚Kunde' immer mehr zu einem kompetenten Geschäftsberater für unser Unternehmen entwickelt. Als Gudrun, die immerhin noch ein paar Jahre jünger war als ich, mit ihm zusammenzog, sah ich den Zeitpunkt als ideal an, mich weitgehend aus der Firma zurückzuziehen. Die beiden hatten noch so viele Ideen. Sollten sie die mittlerweile erfolgreiche Agentur „Maikäfer" doch weiterführen. Mein Lebensabend war gesichert.

Nun konnte ich mich ganz der Beschäftigung hingeben, weiter an meinem alten Haus herum zu renovieren, meinen kleinen Garten in Ordnung zu halten und Bücher zu lesen. Fortan genoss ich es, wie früher von allen Leuten, die ich im Dorf traf, gegrüßt zu werden und hin und wieder ein paar Worte mit ihnen zu wechseln. Endlich hatte ich Zeit, meine alte Freundschaft zu Uschi noch einmal etwas mehr zu pflegen und mich öfter im Haus von Gerd und Hedwig sehen zu lassen. Und bei Yvonne, die mit ihrer kleinen Tochter Elskea und ihrem Freund Mehmet in einer modernen Mietwohnung zusammenwohnte. Ach ja, dass Yvonne sich in Abwesenheit ihres Bundeswehrsoldaten ausgerechnet in einen arbeitslosen Türken verliebt hatte und dass die kleine Elskea (was die Kinder heute Namen haben) nicht getauft war, passte Gerd und Hedwig nicht besonders. Immerhin kümmerte sich Mehmet liebevoll um das Kind, während Yvonne als Grundschullehrerin ihren Lebensunterhalt verdiente. Und wenn er mal wegen Arbeitssuche unterwegs war, aktivierte ich sehr gerne auch meine Ersatz-Oma-Gefühle, so dass ich endlich doch noch dazu kam, vollgeschissene Windeln zu wechseln.

Ich versuchte, mit den Leuten, die ich als Kind schon gekannt hatte, wieder in Kontakt zu treten und all die Jüngeren und Kinder, die ich nicht kannte, kennen zu lernen. Mir war klar, dass das Dorfleben längst nicht mehr das gleiche war wie damals vor fünfzig Jahren, wo man mal eben auf ein Schwätzchen zum Nachbarn ging, ohne an der Haustür zu klingeln und ohne sich vorher telefonisch anzumelden und gar Blümchen mitzubringen. Es gab auch keine Schule mehr im Dorf, keine Poststelle und auch keinen Laden, in dem man einkaufen und etwas plaudern konnte. Und wenn sonntags die Glocken läuteten, füllte sich die Kirche höchstens noch zur Hälfte.

Trotzdem war noch etwas da von dem Charme eines Dorflebens, den man in einer großen Stadt nie und nimmer verspürt.

Zugegeben, nach meinem Arbeitsleben, das viel Flexibilität von mir verlangt hatte, fiel es mir keinesfalls leicht, als Berufsbezeichnung nur noch ‚Rentnerin' anzugeben. Denn ich werde wohl nie eine sein (oder zumindest hoffentlich noch lange nicht), die sich brühwarm am Dorfklatsch beteiligt oder sich beim Kaffeetrinken im dörflichen Seniorentreff über Wetterfühligkeit und über sämtliche Krankheiten auslässt.

Vor zwei Jahren wurde unser Dorf tausend Jahre alt und alle Leute waren in der totalen Euphorie, ihre Häuser anstreichen zu lassen, ihre Vorgärten zum Blühen zu bringen und Bürgersteige und Plätze ordentlich zu pflastern. Auch mein Haus erstrahlte in neuem Glanz. Nein, nicht ganz. Aus dem alten Bauernhaus sollte kein moderner Bau werden. Die Sandstein-Fensterumrandungen waren geblieben. Ich hatte neue Fensterläden anbringen und eine Haustür von einem Schreiner machen lassen, die fast so aussah wie die alte, aber den neuesten Wärmeschutzbedingungen standhielt. Mit Blumen an den Fenstern und dem bunt blühenden Vorgarten war das Haus ein richtiges Schmuckstück.

Am Tag der Tausend-Jahr-Feier strömten Besucher aus allen Teilen der Eifel und dem ganzen Umland in unser kleines Dorf. Das Wetter war herrlich und fast alle Bewohner des Ortes waren im Einsatz. Es gab Rückblicke in das Leben unserer Vorfahren, Demonstrationen der bäuerlichen Arbeiten von anno dazumal. Waschfrauen wuschen auf Waschbrettern in Bütten, eine Hochzeitsgesellschaft in alten Klamotten bewegte sich durch die Gassen, Kinder spielten mit Klickern und hüften in Hüpfhäuschen. Es wurden Reibekuchen, Buchweizen-Pfannkuchen, Kapes-Teartisch (Sauerkraut in Püree), Waffeln, Viez und jede Menge andere herkömmliche Speisen und Getränke angeboten. Im ganzen Dorf hatte man Stände aufgebaut.

Ich hatte Gudrun (Herr Weller hatte an dem Tag einen anderen Termin) eingeladen und wandelte mit ihr auf den Spuren der Vergangenheit. In einer Bilderausstellung, wo ich wie viele andere Dorfbewohner und Ehemalige auch fasziniert die alten Fotos betrachtete, hörte ich immer wieder freudige Ausrufe wie „Ach guck mal, das war Walter mit der Heugabel“, „Oh, schau mal, da trugen wir Mädchen noch Schürzen“ oder „Das da, das ist doch der Egon, der wohnt jetzt irgendwo im Ruhrgebiet. Herta hat erzählt, er hat schon sieben Enkel.“ Ob mich in fünfzig Jahren auf Fotos wohl auch noch jemand erkennen würde?

Auch eine Ausstellung von früheren Haushaltsgeräten ließ Nostalgie aufkeimen. Milchkannen, Zentrifugen, Butterfässer, Brotkurbeln erinnerten mich allzu sehr an Mutter und meine alten Tanten. Alte landwirtschaftliche Geräte aller Art ließen erkennen, wie sehr sich die Welt verändert hatte.

Ich traf eine Menge Leute, die ich zum Teil zwanzig, dreißig oder gar vierzig Jahre lang nicht mehr gesehen hatte, und ehrlich gesagt rief ich so einige Male erstaunt aus „Ach du bist das, ich hätte dich gar nicht mehr erkannt“. Bei Günter war von dem Rot seiner Haare nicht mehr viel zu sehen, weil er keine mehr hatte. Magda, die an der Mosel wohnte und schon vier Enkel hatte, war rund wie eine Tonne. Gisela schien unbedingt ihren kompletten

Goldschmuck zeigen zu wollen und Klaus konnte wegen seines Bauchumfangs kaum seine Füße sehen.

Einen, den ich auf den ersten Blick erkannte, traf ich in der Nähe des Gemeindehauses, in dem sich Gudrun gerade ein Stück Kuchen aussuchte.

„Willi“ sagte ich. „Schön, dass du auch hier bist!“ Ich hatte ihn nach dem Tod seiner Frau nicht mehr gesehen. Seit seine Eltern nicht mehr lebten und deren uraltes Haus einer Bushaltestelle hatte weichen müssen, war er ein eher seltener Gast im Dorf.

„Tja, ein wenig in Nostalgie schwelgen.“

„Meine Mutter hat mir kurz vor ihrem Tod noch erzählt, dass deine Frau…gestorben ist. Es.. tut mir leid. Und jetzt ist Mutter auch schon tot“. Beileidsbezeigungen waren noch nie meine Stärke gewesen. Auch nicht, wenn der Todesfall schon zwei Jahre zurück lag. „Wie geht es dir denn jetzt?“

„Der Schmerz lässt langsam nach. Und du?“

„Ich wohne wieder zu Hause“. Ich lächelte. Ja, es war immer mein Zuhause geblieben, in all der Zeit. Vielleicht lag es daran, dass ich keine eigene Familie gegründet, kein Nest gebaut, niemanden gefunden hatte, der mir diese Nestwärme gegeben hätte.

„Hat man mir erzählt. Und?“

„Und?“

„Na, wie ich dich kenne, wirst du ja jetzt nicht anfangen, Strümpfe zu stricken, oder?“

Ich lachte. „Wie kennst du mich denn? Als junges verrücktes Huhn, als Gymnasiastin, als Marlenchen mit blonden Löckchen?“

Ich hätte auch sagen können, als junges Mädchen, das in dich verliebt war und dem du irgendwann zu langweilig wurdest? Unsere uralte liebesähnliche Beziehung, das erste größere Maikäferflattern im Bauch, erwähnte ich mit keiner Silbe.

„Menschen verändern sich zwar äußerlich, aber innen drin bleiben sie doch die Gleichen.“ Willi schaute mich durch seine Brillengläser an. Seine Haare waren grau und struppig und ein wenig sah er auch aus wie ein Professor.

Gudrun kam zurück und trug einen Pappteller vor sich her. „Ich habe gleich mehrere Stücke gekauft. Können wir bei dir im Garten essen. Du machst einen Kaffee dazu und dann sitzen wir dort gemütlicher als hier in dem Trubel. Gibt eh keinen Platz mehr da drin." Auf selbst gebackene Kuchen waren die Leute ganz scharf und so ein sonntägliches Kaffeestündchen in reger Gesellschaft war für die meisten Leute eine sehr angenehme Begleiterscheinung eines nostalgischen Dorfbummels.

„Emm. Möchtest du… vielleicht mitkommen?" fragte ich Willi.

„Ach nee, geht ihr nur. Ich mache erst mal meinen Rundgang."

Wochen später, nachdem ich feststellen musste, dass sich ein winzig kleines Kribbeln in meinem Bauch einstellte, sobald Willis Gesicht in meiner Erinnerung auftauchte, traf ich ihn wieder. Ich machte gerade einen Spaziergang und kam an einem Haus vorbei, das etwas außerhalb des Dorfes stand. Das ehemalige Bauernhaus war in einem erbarmungswürdigen Zustand und stand seit dem Tod seiner Besitzerin leer. Zwei Autos parkten im Hof, ein einheimisches und eines mit Freiburger Kennzeichen. Ich dachte gerade darüber nach, wie schön es wäre, wenn solche alten Häuser nicht dem Verfall überlassen würden und sich irgendjemand daran geben würde, auch dieses Haus zu retten. Da sah ich ihn. Willi. So wie es den Anschein hatte, ließ er sich von einem Makler herumführen.

Gerade als ich auf dem Weg rasch um die Ecke verschwinden wollte, weil ich nicht den Eindruck erwecken wollte, ich sei neugierig oder sonst was, hatte mich Willi doch gesehen.

„Marlene!" rief er mir hinterher.

Ich schaute zurück. „Willi, du bist das! Was machst du denn hier? Ich mache gerade meinen täglichen Spaziergang."

Ich war dick über sechzig und nun kam ich mir plötzlich vor wie eine Sechzehnjährige, die dummes Zeug daherplapperte, nur weil sie ihrem Schwarm begegnet war. Wie damals, als Willi ganz schüchtern nach meiner Hand gegriffen hatte. Was war bloß mit mir los?

„Du kommst genau richtig. Du kennst dich doch aus mit alten Häusern. Hast du ein wenig Zeit?"

„Zeit? Jetzt? Oder wie meinst du das?" Ich war immer noch verwirrt, weil ich etwas in meinem Bauch spürte, wovon ich geglaubt hatte, dass es so schnell oder besser gesagt überhaupt nicht mehr auftaucht.

Er stellte mir den Makler vor. „Die Dame hier hat nämlich auch ein altes Bauernhaus renoviert" erklärte er dem Herrn und zu mir gewandt: „Du kannst mir bestimmt ein paar Tipps geben. Weißt du, ich überlege, ob ich mich nicht auch wieder hier niederlasse. Ich bin dabei, ein Buch zu schreiben und brauche Ruhe. In der Nähe von meinem Haus bei Freiburg wird jetzt eine Straße gebaut und…nun ja, mein Sohn ist in Südafrika… und was soll ich jetzt da alleine? Jetzt, wo ich im Ruhestand bin."

Eines meiner Lieblingstierchen krabbelte mir bis in die Magengegend.

Ja, Willi, der Poet, der Professor, der feinfühlige Mann, kaufte tatsächlich das alte Bauernhaus. An Geld mangelte es ihm sicher nicht. In der nächsten Zeit steckten wir beide oft die Köpfe zusammen, schauten uns Prospekte an, wählten Holzarten, Fußböden und Wandverkleidungen aus und ich gab ihm Adressen von guten Handwerkern. Und wir kamen uns näher.

Es war nicht so, dass wir beide nun plötzlich ein Paar waren, übereinander herfielen und berauschenden Sex miteinander hatten. Absolut nicht. Obwohl ich genau wie Frau H. überhaupt nicht der Meinung bin, das so etwas für ältere Menschen tabu ist.

Willi und ich streiften miteinander durch die Natur, führten endlos lange Gespräche, luden uns gegenseitig zum Essen ein oder saßen bei Kerzenschein in seinem Garten und tranken ein gutes Glas Wein. Wir philosophierten darüber, wieso das Wort Heimat mit zunehmendem Alter eine andere Bedeutung bekommt. Wir diskutierten über ein Buch, in dem die Autorin den Menschen weismachen will, dass es die lebenslange Liebe und Treue gar nicht gibt und dass es ganz natürlich sei, dass Partnerschaften auseinander gehen und Erotik erst wieder mit neuen Partnern aufflammt. Ich wusste es nicht. Ich wusste nur, dass ich es mir nicht ausgesucht hatte, durch verschiedene Verursacher in meinem Leben immer wieder aufs Neue dem Kribbeln und Krabbeln der Maikäfer ausgesetzt gewesen zu sein. Vermutlich wäre ich durchaus damit zufrieden gewesen, wenn sie nur einmal im Mai meines Lebens herumgeschwirrt wären und sich dann mehr oder weniger ruhig verhalten hätten. Wenn meine große Liebe sich nicht auf diese Weise verabschiedet hätte und wenn wir gemeinsam alt geworden wären.

Willi und ich waren der gleichen Meinung, dass die meisten Menschen immer gerade dem nachtrauern, was andere haben und sie nicht. Und wir waren uns auch darüber einig, dass es müßig ist, darüber nachzudenken, was wäre wenn. In einem Punkt stimmten Willi und ich vollkommen überein: Gerade in fortgeschrittenem Alter sollte man alles im Leben viel intensiver genießen. Sei es der Sonnenstrahl am frühen Morgen, der Anblick eines Maikäfers auf einem blühenden Apfelbaum oder eines Schmetterlings auf einer Blume, jeder Atemzug an frischer Luft. Ganz besonders aber das Glück, das man mit einem lieben Menschen teilen kann.

Und wenn ich das in der Vergangenheit sage, dann stimmt das nicht ganz, denn so ist das heute noch mit uns. Ach nein, ein klein wenig mehr ist es dann doch. Und mit jedem Tag, jeder Woche und jedem Monat kommt etwas mehr hinzu. Denn genau wie in der Natur sind sie noch nicht ausgestorben, die Maikäfer. Sie fliegen wieder. Und kribbeln so schön... Ob es bei Willi Schmetterlinge sind oder auch Maikäfer, weiß ich nicht. Aber manchmal klopft sein Herz ganz schön schnell.